바닷가의 루시

LUCY BY THE SEA

바닷가의 루시

ELIZABETH STROUT

엘리자베스 스트라우트

장편소설

정연희 옮김

문학동네

일러두기

1. 주석은 모두 옮긴이주이다.
2. 본문 중 고딕체는 원서에서 이탤릭체나 대문자로 강조한 부분이다.

남편 짐 티어니에게

그리고 사위 윌 플린트에게

두 사람 모두에게 사랑과 존경을 보내며

차 례

제1권

하나

1

다른 많은 이들처럼, 나도 그것이 오는 것을 보지 못했다.

하지만 윌리엄은 과학자고, 그것이 오는 것을 보았다. 나보다 더 먼저 보았다는 것, 그게 내가 하려는 말이다.

*

윌리엄은 내 첫 남편이다. 우리는 결혼해서 이십 년을 같이 살았고, 또 그만큼 오래 이혼한 채로 지냈다. 우리는 친구 같고, 나는 그를 이따금 만났다. 우리 둘 다, 우리가 결혼하고 처음 살았던 뉴욕에 살고 있었다. 하지만 내 (두번째) 남편이 죽고 그의 (세번째) 아내가 그를 떠났기 때문에, 지난해에 나는 그를 좀더 자주 만났다.

세번째 아내가 그를 떠났을 즈음, 윌리엄은 메인에 이부누이가 있다는 사실을 알게 되었다. 족보 웹사이트를 통해 알아냈다. 줄곧 외동이라고 생각하고 살았기에 그 사실은 대단히 놀라운 발견이었고, 그래서 누이를 찾아가는 이틀 동안 내게 동행을 부탁했다. 그래서 같이 갔고, 그 여인은—이름이 로이스 부바였다—음, 나는 그녀를 만났지만 그녀는 윌리엄을 만나고 싶어하지 않았다. 그게 윌리엄은 몹시 서운한 것 같았다. 또한 메인으로 가는 길에 우리는 윌리엄의 어머니에 대한 사실도 알아냈는데, 그는 완전히 경악했다. 나 역시 경악했다.

결국 그의 어머니는 믿기지 않을 만큼 가난한 집 출신이었던 것으로 밝혀졌고, 심지어 내가 자란 것보다 더욱 열악한 환경이었다.

요점은, 메인에 짧게 다녀오고 두 달이 지났을 때 윌리엄이 내게 같이 그랜드케이맨에 가달라고 부탁했다는 것이다. 거긴 우리가 아주아주 오래전에 그의 어머니 캐서린과 함께 갔던 곳이고, 우리 딸들이 어렸을 때 딸들을 데리고 캐서린과 함께 갔던 곳이기도 했다. 그랜드케이맨에 같이 가자고 말하러 내 아파트로 온 그날, 그는 풍성하게 길렀던 콧수염을 깎고 숱이 많은 흰색 머리칼도 아주 짧게 자른 채였다―그리고 나중에야 깨달았는데, 그건 로이스 부바가 그를 보고 싶어하지 않았던 것과 그가 자기 어머니에 대해 알아낸 모든 사실들에 기인한 결과였던 것 같다. 그는 그때 일흔한 살이었지만, 내 생각에, 자기보다 훨씬 젊은 아내가 열 살 된 그들의 딸을 데리고 집을 나간 데서 비롯한 상실감과 이부누이가 그를 만나고 싶어하지 않은 것, 그리고 어머니가 자신이 줄곧 생각해온 사람이 아니었다는 것 때문에 일종의 중년의 위기에, 혹은 중년을 지난 남자의 위기에 빠져 있었던 것 같다.

그래서 나는 그렇게 했다. 10월 초에 그와 함께 그랜드케이맨에 가서 사흘을 보냈다.

그 시간은 어색했지만, 좋았다. 우리는 방을 따로 썼고, 서로에게 다정했다. 윌리엄은 평소보다 더 말이 없었고, 나는 콧수염이 없는 그의 모습을 보는 것이 낯설었다. 하지만 그가 고개를 뒤로 젖히고 호탕하게 웃을 때가 몇 번 있었다. 우리는 한결같이 예의를 지켰고, 그것은 조금 이상했지만, 좋았다.

하지만 우리가 뉴욕에 돌아왔을 때, 나는 그가 그리웠다. 그리고 나는 죽은 두번째 남편 데이비드도 그리웠다.

그들 두 사람이 정말로 그리웠고, 데이비드는 특히 그리웠다. 내 아파트는 너무 적막했다!

*

나는 소설가이고, 그해 가을에 새 책을 냈다. 그래서 그랜드케이맨에 다녀온 뒤로 전국을 돌아다닐 일이 많았고, 실제로 많은 곳을 돌아다녔다. 그것이 늦은 10월이었다. 나는 3월 초에 이탈리아와 독일에도 가기로 되어 있었는데, 12월 초에 거기엔 가지 않겠다고 결정했다―그건 좀 이상한 일이었다. 나는 북투어는 한 번도 취소한 적이 없고 출판사도 달가워하지 않았지만, 가지 않기로 한 것이다. 3월이 다가오자 누군가가 말했다. "이탈리아에 가지 않기를 잘했어요. 거기 사람들이 그 바이러스에 감염됐다는데요." 그래서 그때 알게 되었다. 그때가 처음이었던 것 같다. 나는 그것이 뉴욕에도 상륙하리라고는 추호도 생각지 않았다.

하지만 윌리엄은 그러리라 생각했다.

2

결국 3월의 첫 주에 윌리엄은 우리 딸들인 크리시와 베카에게 전화를 걸어 이 도시를 떠나라고 말했다―사정했다. 두 아이는 브루클린에 살고 있었다. "엄마에게는 아직 말하지 말고, 제발 그렇게 해다오. 엄마는 내가 알아서 할 테니까." 그래서 딸들은 내게 말하지 않았다. 그건 흥미로운데, 내가 우리 딸들과 가까우니 윌리엄이 나서는 것보다 내가 말하는 게 더 친밀하게 느껴졌을 것이기 때문이다. 하지만 딸들은 그의 말을 따랐다. 금융계에서 일하는 크리시의 남편 마이클은 윌리엄의 말을 진지하게 받아들여, 크리시와 함께 코네티컷에 있는 마이클의 부모 집에서 지내기로 계획을 세웠다―그의 부모는 플로리다에 가 있어서 크리시와 마이클이 그들의 집에서 지낼 수 있었다. 하지만 베카는 남편이 브루클린을 떠나고 싶어하지 않는다면서 윌리엄의 말을 듣지 않았다.

두 딸 모두 무슨 일이 일어나고 있는지 엄마도 알아야 한다고 했고, 아이들 아버지는 "엄마는 내가 보살핀다고 약속할 테니 당장 도시를 떠나라" 하고 말했다.

일주일 뒤에 윌리엄이 내게 전화를 걸어와 그 이야기를 해주었고, 나는 겁을 먹지는 않았지만 혼란스러웠다. "애들이 정말로 떠난대?" 크리시와 마이클을 염두에 두고 묻자, 윌리엄은 그렇다고 대답했다. "곧 모두 집에서 일하게 될 거야." 그가 말했고, 나는 그 말을 정말로 제대로 이해하지 못했다. 그가 덧붙였다. "마이클은 천식이 있어서 특히 조심해야 해."
  내가 말했다. "하지만 천식이 심하진 않잖아." 그러자 윌리엄이 잠시 가만있다가 말했다. "그래, 루시."

그리고 그는 오랜 친구 제리가 그 바이러스에 감염되어 산소호흡기를 달고 있다고 말했다. 제리의 아내도 그 바이러스에 감염되었지만, 그녀는 집에 있었다. "오, 필, 어쩐대!" 나는 그렇게 말했지만, 여전히 그것을, 지금 일어나고 있는 상황의 중요성을 깨닫지 못했다.

무엇이든, 마음이 그럴 수 있을 때까지는 그것을 받아들이

지 못하는 게 신기하다.

　다음날 윌리엄이 전화를 걸어, 제리가 죽었다고 말했다. "루시, 같이 이 도시를 벗어나자. 당신은 젊지 않고, 비쩍 말랐고 운동도 안 하잖아. 당신은 위험해. 내가 데리러 갈 테니 같이 가자." 그가 덧붙였다. "몇 주 동안만."

　"하지만 제리의 장례식은 어쩌고?" 내가 물었다.

　윌리엄이 말했다. "장례식은 없을 거야, 루시. 우리는 뭐냐 하면, 그러니까, 대혼란에 빠졌어."

　"이 도시를 벗어나서 어디로?" 내가 물었다.

　"이 도시 밖으로." 그가 말했다.

　나는 약속이 있다고 말했다. 회계사를 만나야 하고, 미용실에 예약이 되어 있었다. 윌리엄은 회계사에게 전화해서 약속을 앞당기고, 미용실은 취소하고, 이틀 뒤에 자신과 떠날 수 있게 준비해두라고 말했다.

　나는 제리가 죽었다는 것을 믿을 수 없었다. 진심으로 믿을 수 없었다는 말이다. 여러 해 동안 제리를 보지 못했는데, 그래서 믿기 어려웠는지도 모르겠다. 하지만 제리가 죽었다, 그 사실을 내 머리로 받아들일 수 없었다. 그는 뉴욕에서 그 바이러스로 죽은 최초의 사람 중 한 명이었다. 그때 나는 그걸 몰랐다.

하지만 나는 회계사와의 약속도, 그리고 미용실 예약도 앞당겼다. 회계사 사무실로 가서 작은 엘리베이터를 타고 올라갔다. 그 엘리베이터는 늘 모든 층에서 서고, 회계사 사무실은 15층에 있었다. 사람들은 커피가 담긴 종이컵을 든 채 비좁게 끼어 타고, 내릴 때까지 한 층 한 층 자신들의 신발만 내려다본다. 내 회계사는 덩치가 크고 건장한 남자로 나와 동갑이고, 우리는 늘 서로를 사랑했다. 우리가 따로 만나는 사이는 아니라서 좀 이상하게 들릴 수도 있겠다. 하지만 그는 어느 면에서 내가 좋아하는 사람 중 하나고, 그 긴 세월 동안 내게 아주 친절했다. 내가 그의 사무실로 들어갔을 때 그가 손을 저으며 "안전한 거리두기"라고 말해서, 나는 그 순간 우리가 늘 해온 것처럼 가벼운 포옹을 하는 일은 없으리라는 것을 깨달았다. 그는 바이러스에 대해 농담했지만, 나는 그가 그것 때문에 불안을 느낀다는 것을 알아차렸다. 용건을 끝냈을 때 그가 "화물용 엘리베이터를 타시죠. 거기까지 안내할게요. 혼자 탈 수 있을 겁니다" 하고 말했다. 나는 놀라서, 오, 아니에요, 그럴 필요 없어요, 하고 말했다. 그러자 그는 잠시 기다렸다가 키스를 보내며 "그래요. 잘 가요, 루시 비" 하고 말했다. 그리고 나는 일반 엘리베이터를 타고 내려가 거리로 나섰다. "연말에 만나요." 내가 그에게 말했다. 그렇게 말했던 게 기억난다. 그리고 지하철을 타고 머리를 하러 시내로 갔다.

나는 내 머리를 염색해주는 그 여자를 한 번도 좋아했던 적이 없다─오랜 세월 내 머리를 염색해준 첫번째 여자를 아주 좋아했지만, 그녀는 캘리포니아로 가버렸다. 그리고 그 여자가 대신 그 자리로 왔는데, 나는 그녀를 결코 좋아한 적이 없다. 그리고 그날도 그녀를 좋아하는 마음이 들지 않았다. 그녀는 젊었고, 어린아이가 있었고, 새 남자친구가 있었다. 그리고 나는 그날 그녀가 자기 아이를 좋아하지 않는다는 걸 알게 되었다. 그녀는 차가운 사람이었고, 나는 이렇게 생각했다. 다시는 당신을 찾아오지 않을 거야.

그렇게 생각했던 게 기억난다.

내가 사는 건물로 돌아왔을 때 엘리베이터에서 한 남자와 마주쳤고, 그가 2층 체육관에 갔는데 문이 닫혀 있었다고 말했다. 그는 그 사실에 놀란 것 같았다. "바이러스 때문에요."

그가 말했다.

*

윌리엄이 그날 밤 내게 전화를 걸어 "루시, 내일 아침에 데
리러 갈 테니 같이 떠나자" 하고 말했다.

그건 이상한 일이었다. 그러니까 그의 집요함에 내가 좀
놀라긴 했지만, 겁을 집어먹지는 않은 것 말이다. "그런데 우
리 어디로 가는 거지?" 내가 물었다.

그러자 그가 말했다. "메인 해안."

"메인? 농담이지? 우리가 다시 메인으로 돌아간다고?"

"나중에 설명해줄게." 그가 말했다. "부탁인데, 떠날 준비
를 해."

나는 딸들에게 전화를 걸어 아버지가 어떤 제안을 했는지
말했고, 두 아이는 "그냥 몇 주 동안이에요, 엄마"라고 했다.
어디로도 떠나지 않을 베카까지 말이다. 그애 남편─이름이
트레이고, 시인이다─이 브루클린에 남아 있고 싶다고 해
서, 그애도 같이 남을 예정이었다.

3

다음날 아침에 윌리엄이 나타났다. 그는 예전 모습과 비슷해 보였다. 머리카락이 여기저기 뻗쳐 자랐고, 콧수염이 다시 자라 있었다―깎은 것은 다섯 달 전이었다. 하지만 예전 모습과 똑같지는 않아, 내가 보기에는 약간 이상했다. 뒤통수에 머리숱이 빈 데가 있었다. 두피는 분홍색이었다. 그리고, 또한, 그는 이상하게 행동했다. 내가 충분히 빨리 움직이지 않는다는 듯 불안한 기색으로 내 아파트에 서 있었다. 그가 카우치에 앉더니 말했다. "루시, 우리 **지금** 떠날 수 있을까?" 그래서 나는 작은 보라색 가방에 옷을 좀 던져넣고, 아침을 먹은 접시는 씻지 않고 그대로 두었다. 내일은 아파트를 청소해주는 마리가 오는 날이어서 설거지를 하지 않은 접시를 그냥 두고 싶지 않았지만, 윌리엄은 정말로 출발하고 싶어했다. "여권도 챙겨." 그가 말했다. 나는 고개를 돌려 그를 쳐다보았다. "도대체 여권은 왜 챙기라는 건데?" 내가 물었다. 그러자 그가 어깨를 으쓱하며 "우리가 캐나다에 가게 될지도 모르니까" 하고 말했다. 나는 가서 여권을 챙겨왔고, 노트북을 들었다가 다시 내려놓았다. 윌리엄이 말했다. "컴퓨터도 챙겨, 루시."

하지만 내가 말했다. "아니, 몇 주 동안이면 그건 필요하지 않아. 아이패드만 있으면 돼."

"컴퓨터를 가져가야 할걸." 그가 말했다. 하지만 나는 챙기지 않았다.

윌리엄이 노트북을 챙기더니 가져갔다.

우리는 엘리베이터를 타고 내려갔고, 나는 작은 여행가방을 끌고 그의 차로 갔다. 나는 최근에 산 봄 코트를 입고 있었다. 진청색과 검은색으로 된 것인데, 지난번에, 그러니까 몇 주 전에 블루밍데일백화점에 갔을 때 딸들이 나보고 꼭 사라고 했던 것이었다.

4

3월의 그날 아침에 내가 몰랐던 것은 이것이다. 나는 다시는 내 아파트를 보지 못하리란 사실을 몰랐다. 친구 한 명과 가족 한 명이 그 바이러스로 죽으리란 것도 몰랐다. 딸들과의 관계가 내가 결코 예상하지 못한 방식으로 달라지리란 것도 몰랐다. 내 인생 전체가 뭔가 새로운 것이 되리라는 것도 몰랐다.

그것이 3월의 그날 아침에 바퀴 달린 작은 보라색 여행가방을 끌고 윌리엄의 차로 걸어가면서 내가 몰랐던 것들이다.

5

우리가 도시를 빠져나갈 때, 나는 내 아파트 건물 옆으로 꽃을 피운 수선화를, 그레이시맨션 근처 나무에서 터지고 있는 꽃망울을 보았다. 태양은 부드럽고 따스한 빛을 내려보냈고, 사람들은 보도를 걷고 있었다. 나는 생각했다. 오, 얼마나 아름다운 세상인가, 얼마나 아름다운 도시인가! 우리는 FDR*로 들어섰고, 거기엔 평소처럼 차가 많았다. 도로 왼쪽으로는 남자들이 체인 울타리를 두른 코트에서 농구를 하고 있었다.

크로스 브롱크스 고속도로로 접어들었을 때, 윌리엄이 크로스비―해안에 있었다―라는 이름의 타운에 집을 빌렸다고 말했다. 오래전 팸 칼슨의 남편이었던 밥 버지스가 지금 거기 살아서 그 집을 찾아봐주었다고 했다. 팸 칼슨은 윌리

---

* 미국 뉴욕시 맨해튼을 지나가는 고속도로.

엄이 여러 해에 걸쳐 바람을 피우고 헤어지기를 반복한 여자
였지만, 그건 중요하지 않았다. 그러니까 내 말은, 더이상 중
요하지 않다는 것이다. 하지만 팸은 여전히 윌리엄과, 그리
고 전남편 밥과도 친하게 지냈다. 밥은 그 타운의 변호사고,
집주인 여자는 최근에 그 집을 내놓았다. 남편이 죽어서, 노
인 주거 단지로 입주하며 밥에게 그 집의 관리를 부탁한 것
이다. 밥은 우리가 그 집에서 지내도 된다고 말했다. 심지어
임대료가 내 뉴욕 아파트의 4분의 1도 되지 않는다고 했고,
윌리엄에게는 어쨌거나 돈이 있었다.

"얼마 동안?" 내가 다시 물었다.

그는 머뭇거렸다. "아마 몇 주."

*

돌이켜보면 이상한 점은, 그저 내가 그때 무슨 일이 일어
나고 있는지를 어떻게 모를 수 있었는가 하는 것이다.

*

나는 지난 몇 달 동안 좀 의기소침해 있었다. 일 년 전에

남편이 죽었기 때문이기도 하고, 또 북투어가 끝날 때쯤 나는 종종 침울해진다. 이제는 길에서 전화를 걸 데이비드가 없다는 사실 때문에 상황이 더욱 나빠졌다. 내게는 그게 북투어의 가장 힘든 부분이었다. 매일 이야기를 나눌 데이비드가 없다는 사실이.

최근에 아는 작가─이름은 엘시 워터스이고, 그녀의 남편은 내 남편 데이비드가 죽기 직전에 죽었는데, 우리는 그 사실 때문에 특히 더 가깝다─가 나를 저녁식사에 초대했는데, 하필 그때 너무 피곤했다. 그렇게 말하니 그녀는 괜찮다고, 충분한 휴식을 취한 뒤 만나자고 말했다.
나는 그것 또한 늘 기억한다.

*

어느 시점에 윌리엄이 주유를 하려고 차를 세웠고, 내가 뒷좌석을 흘끗 돌아보니 수술용 마스크 같은 것이 담긴 투명한 비닐과 비닐장갑 한 상자가 있었다. 내가 말했다. "저건 뭐야?"
"걱정하지 마." 윌리엄이 말했다.

"그런데 저게 뭐냐고?" 내가 물었고, 그가 말했다. "걱정하지 마, 루시." 그리고 그는 주유 노즐을 잡기 전에 비닐장갑을 꼈다. 나는 그가 그러는 것을 알아차렸다. 이 모든 일에 대한 그의 반응이 정말로 지나친 것 같아서 눈알을 좀 굴렸지만, 그에게 그 말을 하지는 않았다.

*

그래서 윌리엄과 나는 그날 메인주로 갔다. 햇볕 좋은 긴 드라이브였다. 그렇게 많은 말을 한 기억은 없다. 하지만 윌리엄은 베카가 그 도시에, 브루클린에 계속 있을 거라는 사실에 마음이 불편한 것 같았다. 그가 말했다. "내가 몬토크에서 지낼 집 비용을 대주겠다고 했지만, 애들이 싫다고 했어." 그가 덧붙였다. "베카는 곧 재택근무를 하게 될 거야, 당신도 알게 되겠지만." 베카는 그 도시의 사회복지사로 일하고 있어서, 나는 집에서 일하는 게 어떻게 가능한지 모르겠다고 말했다. 그러자 윌리엄은 그저 고개만 저었다. 베카의 남편 트레이는 뉴욕대학에서 시를 가르치는데—그는 부교수다—어떻게 집에서 가르칠 수 있다는 건지 나는 그것도 알 수 없었다. 하지만 그런 말을 하지는 않았다. 한편으로 나는 그게 현실로 느껴지지가 않았다. 그러니까―이상하게도―그렇게 걱정되지는 않았다는 말이다.

6

우리가 마침내 메인에 이르러 고속도로를 빠져나와 크로스비 타운으로 향할 때, 날씨가 갑자기 잔뜩 흐려졌다. 나는 선글라스를 벗었고, 모든 것이 정말로 갈색에 음산하게 보였다. 하지만 한편으로 그 풍경은 흥미로웠다. 우리가 지나간 풀밭들은 갈색의 색조가 다채로웠다. 이 풍경에는 적막감이 감돌았다. 그리고 우리는 타운으로 들어갔고, 작은 언덕 위에 큰 흰색 교회가 있었다. 벽돌을 깐 보도가 보였고, 흰색 비막이 판자를 댄 집들과 벽돌집도 조금 보였다. 그런 것을 좋아하는 사람이라면 어떤 면에서는 타운이 예쁘다고 말할 것이다.

나는 좋아하지 않는다.

우리는 밥 버지스의 집 앞에서 차를 세웠다―타운 중심지에 있는 벽돌집이었다. 주변 나무들은 회색인데 가지만 많고

잎은 없었다. 하늘 역시 음산했다—밥이 밖으로 나와서 진입로에 우리 차와 좀 거리를 두고 섰다. 그는 머리가 회색으로센 체격이 큰 남자였는데, 데님 셔츠와 좀 헐렁한 청바지를입고 있었고, 거기서 우리를 보려고 몸을 앞으로 숙였다. 윌리엄이 차창을 열었다. 그러자 밥이 집 앞쪽 포치에 열쇠가있다고 말하고는 어떻게 거기까지 가는지 알려준 뒤 "이 주동안 격리하실 거죠?" 하고 물었다. 그러자 윌리엄이 네, 그럴 겁니다, 하고 대답했다. 밥이 그 기간만큼 버티기 충분한식료품을 집안에 준비해두었다고 했다. 윌리엄 너머로 쳐다본 그는 아주 좋은 사람 같았는데, 나는 왜 윌리엄이 차에서내리지 않는지, 왜 그들은 악수하지 않는지 완전히 이해할 수없었다. 우리는 다시 이동하기 시작했고, 윌리엄이 말했다. "우리를 두려워하는 거야. 우리가 방금 뉴욕에서 왔잖아. 그사람 생각에는 우리가 독이야. 진짜 그럴지도 모르고."

*

우리는 끝없이 이어지는 좁은 길을 달렸다. 상록수 몇 그루가 서 있었고 다른 모든 나무는 잎을 벗고 있었다. 차창 밖을 응시하다가 나는 갑자기 내가 본 장면에 깜짝 놀랐다. 길

양옆으로 바다가 있었는데, 이런 바다는 한 번도 본 적이 없었다. 구름이 짙게 드리웠는데도 풍경이 믿을 수 없을 만큼 아름다웠다. 해변도 없었고, 그저 진회색과 갈색의 돌들 그리고 절벽에서 튀어나온 바위에서 자란 듯한 뾰족한 상록수뿐이었다. 진녹색 물이 바위 위로 넘실넘실 흘러갔고, 거의 짙은 구릿빛 갈색이 도는 금색 해초가 진녹색 파도가 찰싹찰싹 밀려오는 바위 위에 물결처럼 누워 있었다. 바다의 나머지는 진회색이었고, 해안 멀리로 아주 작은 흰 파도만 보였다. 그저 광대하게 펼쳐진 바다와 하늘뿐이었다. 모퉁이를 도니 바로 작은 만이 나왔고, 거기 바닷가재잡이 배들이 많았다. 너무 많은 공기가 있는 것 같았고, 이 작은 만에 들어앉은 배들은 모두 한 방향을 향하고 있었다. 그 배들 뒤로 탁 트인 바다가 보였다—진심으로 나는 그것이 아름답다고 생각했다. 그리고 생각했다, 여긴 **바다야**! 내게는 외국처럼 느껴졌다. 다만, 솔직히 말하면, 낯선 곳은 늘 나를 겁먹게 한다. 나는 익숙한 장소가 좋다.

*

우리가 지낼 집은 밖에서 보기엔 크기가 컸고, 절벽 높이

곳 가장 끝 지점에 있었다. 근처에 다른 집은 없었다. 목조
건물에, 페인트는 칠해져 있지 않았다. 풍상에 마모된 모습
이었다. 돌이 많은 몹시 가파른 진입로를 올라가 그 집에 도
착했다. 올라갈 때 차가 기우뚱거렸다. 차에서 내리자마자
나는 공기 냄새를 맡았고 대양, 바다 냄새라는 것을 알 수 있
었다. 하지만 딸들이 어렸을 때 갔던 롱아일랜드 동쪽 끝에
있는 몬토크나 그랜드케이맨 같지는 않았다. 여기는 톡 쏘는
짠내가 났고, 나는 그것이 정말로 마음에 들지 않았다.

　그 집은 아름다운 집이었을 것이다. 그러니까, 바다 바로
위로 큰 유리문을 단 포치가 있어, 어느 한때는 아름다운 모
습이었으리란 걸 알 수 있었다. 하지만 안으로 들어가니 내가
다른 사람의 집에 들어갈 때 늘 느끼는 그런 감정이 일어났
다. 그게 싫었다. 나는 다른 사람들의 삶의 냄새가 싫다―이
냄새는 바다 냄새와 뒤섞여 있었다. 그리고 유리를 끼운 포치
는 실제로 두꺼운 플렉시글라스를 끼운 것이었고, 가구는 이
상했는데, 다만 이상하지 않았다―무슨 말이냐 하면, 가구는
전통적인 것들로, 쑥 꺼지는 빨간색 카우치와 여러 종류의 의
자, 그리고 흠집이 많은 나무로 된 식탁이 있었다. 2층에는
침대마다 천조각을 기워 만든 퀼트 이불이 놓인 침실이 세 개
있었는데, 이 퀼트의 뭔가가 정말로 나를 우울하게 했다. 그

리고 방은 얼어붙을 듯 추웠다. "윌리엄, 너무 **추워**." 내가 계단에서 그를 부르며 말했고, 그는 나를 보려고 고개를 들지는 않았지만 온도계를 향해 걸어갔다. 잠시 뒤 방 옆으로 바닥에 낸 통기 구멍을 통해 따뜻한 공기가 들어오는 소리가 들렸다. "난방을 아주 세게 틀어봐." 내가 말했다. 큰 포치가 딸린 그 집은 바깥에서 보는 것만큼 크지 않았고, 포치 때문에 실내가 꽤 어두웠다. 더욱이 날이 잔뜩 흐렸기 때문이기도 했다. 나는 돌아다니면서 집안의 거의 모든 전등을 켰다.

모든 것이 약간 눅눅했다. 부엌과 거실은 바다를 내다보고 있었고, 나는 거기 서서 풍경이 얼마나 놀랍도록 아름다운지 또 한번 생각했다. 드넓게 펼쳐진 바다, 그리고 바위가 있었고, 짙은 바닷물이 부딪히면 바위 위로 흰 포말과 함께 파도가 소용돌이 모양을 이루었다. 아주 볼만했다. 더 멀리 섬 두 개가 보였는데, 하나는 작았고 다른 하나는 더 컸다. 그 섬들에 상록수 몇 그루가 자라고 있었고, 그것을 둘러싼 바위가 보였다.

이 두 섬의 풍경에서 달콤함이 느껴졌고, 일리노이주 앰개시라는 시골 마을, 콩과 옥수수 밭 한복판에 있던 우리의 작은 집에서 살던 내 어린 시절, 들판에 있던 한 그루의 나무가 떠올랐다. 나는 늘 그 나무를 내 친구라고 생각했다. 지금 나는 이 두 섬을 보며, 그 나무에 대해 느낀 것과 거의 같은 감정을 느꼈다.

"어느 침실을 쓸래?" 윌리엄이 우리 짐을 차에서 거실 바닥으로 옮기며 말했다.

침실은 세 개 다 특별히 크지 않았고, 가장 안쪽에 있는 침실은 창문까지 나무들이 높이 자라 있어서 그 방은 쓰고 싶지 않지만, 나머지 두 방 중에서는 어느 쪽을 써도 괜찮다고 윌리엄에게 말했다. 나는 계단 맨 아래에 서서 그가 자기 물건이 든 캔버스 가방과 내 가방을 같이 끌고 올라가는 모습을 지켜보았다. "당신이 천창이 있는 방을 써." 그가 소리쳤고, 나는 그가 곧 나머지 침실 중 하나로 들어가는 소리를 들었다. 잠시 뒤 윌리엄이 겨울 코트를 들고 계단에 나타나, 그걸 아래로 던져주며 말했다. "몸이 따뜻해질 때까지 입고 있어." 그래서 입긴 했지만, 나는 집안에서 코트를 입고 앉아 있는 것을 싫어한다. 내가 말했다. "당신이 코트를 챙겨와야 한다는 걸 알고 있었다는 게 놀라운데. 어떻게 그걸 가져올 생각을 다 했어?" 그러자 그가 계단을 내려오며 말했다. "왜냐하면 여긴 메인이니까. 북쪽에 있잖아. 그리고 3월이고. 여긴 뉴욕보다 더 추워." 그가 그 말을 비열하게 하지는 않았다고, 나는 생각했다.

우리는 그렇게 그곳에 정착했다.

"이 주 동안은 누구와도 같이 있을 수 없어." 윌리엄이 말했다.

"산책도 안 돼?" 내가 물었다.

"산책은 되지만, 사람은 누구든 피해야 해."

"나는 **누구도** 만나지 않을 거야." 내가 말했고, 윌리엄이 창문을 통해 바깥을 흘끗 본 뒤 "그렇지, 당신이 그럴 것 같진 않아" 하고 말했다.

나는 행복하지 않았다. 그 집과 추위가 싫었고, 윌리엄에 대해 내가 어떻게 느끼는지 알 수 없었다. 그가 내게 쓸데없이 겁을 주는 것 같았고, 나는 겁먹는 것을 좋아하지 않는다. 우리는 식사실에 있는 둥글고 작은 식탁에서 첫 식사를 했다. 토마토소스로 만든 파스타였다. 냉장고 안에 화이트와인이 네 병 있어, 나는 그것을 보고 놀랐다. "밥이 우리를 위해 준비해둔 거야?"

"당신을 위해." 윌리엄의 말에 내가 말했다. "당신이 말했어?" 그러자 그가 어깨를 으쓱했다. "아마." 윌리엄은 술을 거의 마시지 않는다.

"고마워." 내가 말했고, 그러자 그가 눈썹을 치켰는데, 나는 조금은 그가 몇 달 전 우리가 그랜드케이맨에 갔을 때처럼 느껴졌다. 그러니까 윌리엄이 약간 낯설어 보였다는 것인데, 그는 아직 예전처럼 콧수염이 풍성하게 자라 있지 않아, 나는 여전히 그 모습이 익숙하지 않았다는 말이다.

하지만 두 주 동안이면 익숙해질 거라고, 나는 혼잣말을 했다.

위층에 올라가 창문에 나무가 바짝 붙어 자란 안쪽 침실로 들어갔고, 그 순간 창문 반대쪽 벽에 책이 잔뜩 꽂힌 큰 책장이 있는 것이 보였다—전에는 심지어 알아차리지도 못한 것이었다. 대부분 빅토리아시대 소설, 특히 2차대전에 대한 역사책들이 있었다. 나는 거기 침대에서 퀼트 이불 하나를 가져와 내 방 침대에 있는 이불 위에 덮었다. 그리고 잠이 들어 밤새 깨지 않고 잤는데, 그 사실이 놀라웠다. 어느 목요일 밤이었다, 그건 기억한다.

*

우리는 주말을 보내는 동안 함께, 그리고 따로 밖에 나가 걸었다. 구름이 짙게 드리워 절벽 위 집 근처 작은 녹색 잔디 밭 빼고는 어디에서도 색깔을 찾아볼 수 없었다. 나는 불안 했다. 그리고 계속 추웠다. 나는 추운 것을 **견디지 못한다**. 어린 시절에 엄청난 결핍을 경험했고, 늘 추웠다. 수업이 끝나 면 학교에 남았는데, 그저 따뜻한 곳에 있고 싶어서였다. 심지어 지금도 이 집에서 나는 스웨터 두 벌을 입고 그 위에 윌리엄의 카디건을 껴입는다.

7

월요일 아침에 윌리엄이 자기 컴퓨터로 뭔가를 읽다가 불쑥 말했다. "엘시 워터스라는 작가 알아?" 나는 놀랐다. "알지." 내가 말하자, 그가 컴퓨터를 건넸다. 그 여자 엘시 워터스에 대해 알게 된 건 그렇게였다. 만나서 저녁식사를 하기 로 되어 있다가 내가 너무 피곤하다고 해서 못 만난 여자— 그녀가 그 바이러스로 죽은 것이었다.

"오 맙소사!" 내가 말했다. "그럴 리가 없어!"

엘시가 컴퓨터 화면에서 환하게 웃고 있었다. "가져가." 내가 컴퓨터를 다시 윌리엄에게 건네며 말했다. 눈물이 고였지만 흐르지는 않았다. 나는 코트와 전화기를 가져왔고, 밖으로 나갔다. 아니야, 아니야, 아니야, 계속 생각했다. 몹시 화가 났다. 그래서 그녀의 친구이자 나도 잘 아는 여자에게 전화를 걸었다. 그 친구는 울고 있었다. 하지만 나는 울 수 없었다.

그 친구는 엘시가 집에서 죽었는데, 911에 전화를 걸었지만 그들이 도착했을 때는 이미 숨져 있었다고 알려주었다. 우리는 잠시 더 이야기를 나누었고, 나는 내가 이 친구를 위로할 수 없고 이 친구도 나를 위로할 수 없다는 것을 깨달았다.

나는 걷고 또 걸었지만 터널 속 같았다. 계속 울고 싶었지만, 그럴 수가 없었다.

그 주가 끝날 무렵 뉴욕에서 알고 지낸 다른 세 사람이 그 바이러스에 감염되었고, 또다른 몇 명이 감염 증상을 보였지만 의사들이 그들의 내원을 거부해 검사 자체를 받지 못했다. 나는 그게 무서웠다. 의사가 사람들이 병원에 오지 못하게 막다니!

나는 내 아파트를 청소해주는 마리에게 전화를 걸었고, 이제 더이상 아파트에 오지 말라고 했다. 나는 그녀가 지하철을 타는 것을 원하지 않았다. 그녀는 내가 떠난 다음날 내 아파트에 갔었지만, 다시 가지 않겠다고 말했다. 남편이 그 아파트 건물의 수위라, 마리는 그가 브루클린에서—지하철을 피하려고—거기로 운전해 가고, 매주 내 큰 화분에 물을 줄 거라고 말했다. 그건 내 유일한 화분이었는데, 이십 년 동안 키우고 있던 식물로—윌리엄과 헤어져 처음 집을 나왔을 때 산 것이었다—내가 아주 깊은 애착을 갖고 있었다. 나는 그 일에 대해, 그리고 그녀가 해준 모든 일에 대해 고맙다는 말을 아끼지 않았다. 그녀의 목소리는 침착하게 들렸다. 그녀는 종교가 있는 사람이라, 나를 위해 기도해주겠다고 말했다.

*

이곳에 처음 도착했을 때 이미 딸들에게 전화를 걸었지만, 또 걸었다. 크리시의 목소리는 괜찮게 들렸지만, 베카는 기분이 약간 좋지 않은 것 같았다—시비를 걸 것 같은 분위기였다고 말할 수 있겠다. 베카는 통화를 길게 하고 싶어하지 않았다. "미안해요." 베카가 말했다. "지금 당장은 모든 게 싫은 것 같아요."

"그럴 수 있어." 내가 베카에게 말했다.

*

거실 구석에 큰 텔레비전이 있었고, 밥 버지스가 그걸 볼수 있게 케이블을 연결해두었다. 나는 텔레비전은 거의 보지않는다—어렸을 때 우리집에는 텔레비전이 없었고, 부분적으로 그게 이유 같긴 하지만 정말로 상관이 있는지는 결코 알아내지 못했다. 하지만 윌리엄이 밤에 텔레비전을 켜서, 우리는 같이 뉴스를 보았다. 나는 그런 건 괜찮았고, 그게 나(우리)와 세상을 연결해주는 것처럼 느껴졌다. 바이러스에 관련된 뉴스가 나왔다. 날마다 다른 주에서는 더 많은 환자가 생겨났지만, 나는 여전히 눈앞에 닥친 일을 이해하지 못했다. 어느 밤에는 군의 의무감이 텔레비전에 나와, 상황이 더 나빠지면 나빠졌지 좋아지지는 않을 거라고 말했다. 그 말을 들은것은 기억하고 있다. 그리고 브로드웨이는 이미 극장 문을 닫았다(!). 나는 그것 역시 기억하고 있다.

*

포치에는 벽 쪽에 오래된 장난감 상자처럼 보이는 것이 밀어 붙여져 있었고, 윌리엄과 나는 그 안에서 오래된 파치지 게임*을 발견했다. 상자 모서리가 너무 닳아서 찢어져 있었지만, 윌리엄은 그것을 꺼냈다. 그리고 우리는 퍼즐도 하나 발견했는데, 오래된 것 같았지만 조각이 있었다―잘은 모르지만, 조각이 있었다. 반 고흐의 자화상이었다. 내가 말했다. "나는 이런 거 싫어해." 그러자 그가 "루시, 우리는 록다운에 걸려 있어. 모든 걸 싫어하는 건 그만둬" 하고는 거실에 있는 작은 구석 테이블에 그것을 펼쳐놓았다. 나는 퍼즐의 모서리와 가장자리 찾는 것을 도와주었고, 대부분은 윌리엄 혼자 하게 두었다. 나는 퍼즐을 좋아해본 적이 없다.

우리는 파치지를 몇 차례 했고, 나는 계속 생각했다. 이건 대체 언제 끝나지. 게임 말이다.

그 전부 말이다.

---

* 인도의 파치시 게임에서 유래한 미국의 보드게임.

8

우리가 그곳에 도착하고 정확히 일주일 뒤에 나는 뉴욕에 있는 의사에게 전화를 걸었다. 그는 내게 수면제와 함께 공황장애 약을 처방해준다. 그에게 전화한 것은 그 약을 거의 다 먹었기 때문이다. 엘시 워터스가 죽었다는 말을 들은 뒤로 나는 잠을 잘 이루지 못했다. 의사도 이제는 뉴욕에 있지 않고, 코네티컷에 가 있었다. 그날 그가 내게 슈퍼마켓에 다녀오면 반드시 옷을 세탁하라고 말했다. "진심인가요?" 내가 물었고, 그는 "네" 하고 대답했다. 나는 격리 기간이 끝나면 아마 윌리엄이 식료품점에 갈 거라고 말했다. 그러자 그는 음, 그러면 윌리엄이 식료품점에 다녀온 뒤 그의 옷을 세탁해야 해요, 하고 말했다.

나는 그 말을 믿을 수 없었다. "진심인가요?" 내가 다시 물었고, 그는 네, 운동하고 나서 옷을 세탁하는 것과 다르지 않아요, 하고 말했다.

내가 말했다. "그런데 이게 얼마나 오래갈 것 같아요?" 그러자 그가 말했다. "우리는 늦게 탑승한 거죠. 제 생각엔 일 년은 넘길 것 같습니다."

일 년.

이 상황이 정말로―정말로―몹시 걱정되었던 것은 그때
가 처음이었고, 그 사실은 내 안으로 아주 느리게 파고들어
갔다. 이상하리만큼 느렸고, 의사가 그런 말을 하더라고 말
했을 때 윌리엄은 아무 말 하지 않았다. 윌리엄은 놀라지 않
은 것 같았다. "당신은 알고 있었어?" 내가 묻자 그는 이렇게
만 대답했다. "루시, 우리 누구도 뭐라도 아는 건 없어." 그
순간 내가 이해한 것은―느리게, 아주 느리게 깨달았다―내
가 정말로 아주 오랫동안 뉴욕을 다시 보지 못하리라는 사실
이었다.

"그리고 식료품점에 다녀오면 옷을 세탁해야 한대." 내가
말했다. 윌리엄은 그저 고개만 까딱했다.

나는 아이처럼 정말로 슬펐고, 좀 커서 읽었던 어린이책
『하이디』를 떠올렸다. 어딘가로 보내진 하이디가 너무 슬펐
던 나머지 몽유병에 걸렸다는 이야기를. 어떤 이유에선가 하
이디의 그 이미지가 내 마음속을 계속 돌아다녔다. 나는 집
으로 돌아갈 수 없을 것이고, 그 사실이 더 깊이 내 안으로
계속 파고들었다.

*

그리고 그때.

텔레비전에서, 윌리엄과 나는 뉴욕의 분위기가 순식간에 바뀌어버린 것을 보았고, 그 무시무시한 광경은 내 눈에 담을 수 없을 정도였다. 매일 밤 윌리엄과 나를 찾아오는 뉴욕은 공포의 연속이었다. 사람들은 산소호흡기를 단 채 응급실로 실려갔고, 병원에서 일하는 사람들은 제대로 된 마스크나 장갑도 없었고, 사람들은 계속 죽어나갔다. 구급차들이 거리를 쏜살같이 달려갔다. 그곳은 내가 아는 거리, 내 집이었다!

나는 그것을 지켜보았고, 믿었다. 그러니까 그 일이 일어나고 있다는 것을 알고 있었다는 게 내가 하려는 말이지만, 그것을 지켜보던 내 마음을 묘사하기는 어렵다. 텔레비전과 나 사이에 거리가 있는 것처럼 느껴졌다. 물론 거리는 있었다. 하지만 내 마음은 주춤 뒤로 물러선 것 같았고, 실제로 물리적인 거리가 있는데도 공포감을 느꼈다. 심지어 여러 달이 지난 지금도 나는 텔레비전으로 옅은 노란색의 이미지를 봤던 것이 기억나는데, 아마 간호사복을 입은 간호사들이거나 담요로 감싸인 채 병원에 실려가는 사람들이었겠지만, 내 마음에 남은 것은 그런 밤들에 텔레비전에서 봤다고 기억하는 그 묘하고 노르스름한 색깔이다. 우리(나)는 매일 밤 텔레비전에서 뉴스를 보는 것에 중독―내겐 그렇게 느껴졌다―되었다.

나는 구급대원들 전부가, 그리고 또 병원에서 일하는 사람들이 아플까봐 걱정했다. 이따금 내 아파트 옆 정류장 근처에서 버스에서 내릴 때 내가 도와주곤 했던 시각 장애인을 생각했다. 이제는 그가 누구의 팔이라도 잡을 수 있을지 걱정스러웠다. 버스 운전기사들 역시 걱정스러웠다! 그리고 그들이 접촉한 사람 모두가―!

그리고 또 나는 이 시기에 뉴스를 보면서 나 스스로에 대한 뭔가를 알아차렸다. 내가 시선을 바닥으로 떨어뜨린다는 것을 알아차렸다는 것인데, 그러니까 계속 보고 있을 수 없었다는 말이다. 나는 생각했다. 누군가가 내게 거짓말을 하고 있는 것 같다고, 내게 거짓말을 하는 사람은 보고 있을 수 없다고. 나는 뉴스가 내게 거짓말을 하고 있다고는 생각하지 않았다―앞서 말했듯, 나는 그것이 전부 사실이란 걸 알고 있었다. 단지 여러 날―몇 주로 길어졌다―동안 우리가 밤에 뉴스를 보고 있을 때 내가 바닥에 시선을 자주 보냈다는 말을 하려는 것이다.

사람들이 이런 것을 어떻게 견디는지는 흥미롭다.

*

우리는 그 기간에 매일 베카에게 전화를 걸었고, 베카는
엄마, 끔찍해요, 우리 아파트 건물 바로 바깥에 죽은 사람이
가득 실린 냉장 트럭들이 있어요, 내가 나가면 바로 거기 있
고 또 창문으로도 보여요, 하고 말했다.
"오 맙소사." 내가 말했다. "밖에 나가지 마!" 그러자 베카
는 정말로 뭔가가 필요하지 않으면 나가지 않는다고 말했다.
전화를 끊고 나면 나는 집안을 돌고 또 돌았다. 마음을 어디
둘지 알 수 없었다.

*

소리가 소거된 느낌이었다.

물속에 있는 것처럼, 내 귀에 마개를 해놓은 것 같았다.

*

윌리엄이 맞았다. 베카는 이제 집에서 일했고, 그애의 남편 트레이는 온라인 강의를 했다. 베카가 말했다. "나는 우리 침실에서 일해보려 하고 트레이는 거실에서 일하는데, 그이는 여전히 내 말소리가 들린다고 불평해요. 나갈 수가 없는데—우리가 뭘 어떻게 할 수 있겠어요? 오, 그이는 걸핏하면 짜증을 내요."

코네티컷에서 크리시와 그애의 남편 마이클 역시 재택근무를 하고 있었다. 마이클의 부모는 플로리다에 계속 있을 생각이라 둘이 그 집을 써도 된다고 말했다. 그 집 사유지에 작은 게스트하우스가 있었다. "우리가 그 게스트하우스에 비좁게 붙어 지내지 않아도 돼서 다행이에요. 적어도 여기를 통째로 쓸 수 있잖아요." 크리시가 말했다.

9

두 주 동안의 격리가 끝나고, 밥 버지스가 우리가 어떻게 지내는지 보러 왔다. 잠시 들르겠다고 윌리엄에게 문자를 보낸 모양이었지만, 어쨌거나 윌리엄은 첫 오천 걸음을 걸으려고 밖에 나간 터라, 밥이 진입로로 들어올 때는 집에 나 혼자 있었다. 나는 밖으로 나가 그를 만났는데, 그가 절벽 옆 잔디가 깔린 작은 땅에 서 있다가 내게 그리로 와서 같이 앉겠냐고 물었기 때문이다. 그가 접이식 야외의자 하나를 이미 가져다놓았고, 우리가 지내는 이 집의 포치에 야외의자가 있었다. 그래서 나는 봄 코트를 입고 그 위에 윌리엄의 큼직한 카디건을 걸친 뒤 야외의자 하나를 들고 나와 밥과 함께 앉았다. 그는 집에서 만든 것 같은 꽃무늬 천 마스크를 쓰고 있었다. 내가 "잠시만요" 하고 말했다. 그리고 다시 안으로 들어가 윌리엄의 방에서 마스크를 갖고 나왔고—투명한 비닐봉지에 들어 있었다—야외의자에 서로 멀찍이 떨어져 앉았다. 팬데믹이 아니었다면 그랬을 것보다 더 멀리 떨어져 앉았다는 말이다.

"이상한 시대죠." 밥이 무릎에 팔꿈치를 올리고 몸을 앞으로 숙이며 말했고, 내가 대답했다. "네, 정말 이상해요."

거기 절벽 위는 너무 추웠고 바람이 사방에서 매섭게 불었지만, 밥은 춥지 않은 것 같았다. 나는 윌리엄의 카디건을 머리에 조금 덮어썼다.

46

밥은 몸을 뒤로 기대며 주위를 둘러보았고, 나는 그가 수줍어하는 것 같아서—그때는 그렇게 느껴졌다—이렇게 말했다. "밥, 당신이 우리에게 얼마나 잘해줬는지 믿을 수 없을 정도예요. 얼마나 감사한지. 그리고 와인도 고마워요."

그러자 그가 나를 쳐다보았는데, 눈이 옅은 푸른색이었다. 나는 그에게서 애잔한 슬픔 같은 것을 보았다. 그는 뚱뚱하지 않았지만 체격이 큰 사람이었고, 얼굴에는 추정되는 나이보다 더 젊어 보이게 하는 부드러움이 감돌았는데 마스크를 써서 확실히 말하기는 어려웠다. "뭘요. 도움이 됐다니 기쁘군요. 아시겠지만, 윌리엄은 오랫동안 팸의 친구였고, 두 분에게 도움이 될 수 있다면 저도 기쁘니까요." 나는 약간 죄의식을 느꼈다—그 여자, 밥의 전아내는 오래전에 윌리엄과 잠을 자는 사이였지만, 밥에게선 그 사실을 안다는 내색이 엿보이지 않았고, 안다면 어떤 면에서 여전히 문제였다. 그가 말했다. "마거릿이, 아내가 여기 올 텐데, 솔직히 아내는 뉴요커에게 편견이 좀 있어요." 그는 숨김없이 말했고, 나는 그의 그런 점이 좋았다. 내가 말했다. "그러니까, 우리가 뉴욕에서 와서요?" 그는 한 손을 저으며, "오, 그래요. 여기서는 많은 사람이 그렇게 느끼거든요. 뉴요커들은 자기들이 다른 사람들보다 더 잘났다고 생각한다고요" 하고 말했다. 그래서 나는 "알겠어요" 하고 말했다. 왜냐하면 알 것 같았기 때문이다.

그가 망설이다 말했다. "하지만 루시, 당신의 회고록을 읽고 깜짝 놀랐다는 말은 하고 싶군요."

"그걸 읽었어요?" 내가 물었다.

"오, 그럼요." 그가 고개를 끄덕였다. "굉장히 충격적이었어요. 마거릿도 읽고 좋아했고요. 마거릿은 그것이 엄마와 딸에 관한 이야기라고 생각했지만, 나는 그게 가난하다는 것에 대한 이야기라고 생각했어요. 나는 자라기를—" 밥이 망설이다 말했다. "부족하게 살았던 건 나라는 의미예요. 한편 마거릿은 그렇지 않죠. 자기가—음, 가난한 가정에서—자라지 않았다면 마음은 그 부분에 대해 그냥 넘어갈 거예요. 그리고 그게 엄마와 딸의 이야기라고 생각할 거고요. 그것도 그렇지만, 그건 정말로, 적어도 내게는, 이 나라에서 계급의 경계선을 넘어가려고 애쓰는 사람들에 관한 이야기였고—"

나는 그의 말을 중단시켰다. "정확해요." 내가 몸을 약간 앞으로 숙이며 말했다. "그 책이 정말로 무엇에 관한 것인지 알아줘서 고마워요."

나는 밥 버지스에 대한 생각을 멈출 수 없었다. 오, 그는

48

내가 느끼는 외로움을 훨씬 덜하게 해주었다! 그는 베카와 그애의 아파트 밖에 있다는 냉장 트럭에 대해 걱정했다. 그도 예전에 아주 오랫동안 브루클린에 살았던 터라 그애가 많이 걱정되는 모양이었다. 그는 자기에게 왜 자식이 없는지 말해주었다. 정자의 수가 충분하지 않다고 했다. 그는 그 이야기를 하늘의 색을 이야기하듯이 했지만, 그 사실이, 자식이 없다는 사실이 자기 삶에서 유일하게 슬픈 일이라고 말했고, 나는 이해한다고 말했다.

그리고 또 우리는 뉴욕에 대해 말했다. "오, 뉴욕이 너무 그리워요." 밥이 고개를 진짜로 흔들었고, 나는 오, 나도 그래요! 하고 대답했다. 나는 우리가 떠나올 때 꽃나무가 꽃을 피우고 있었고, 햇빛을 받은 도시는 아주 아름다웠다고 말했다. 밥이 주위를 둘러보았다. "여기 3월은 끔찍해요." 그가 말했다. "그리고 4월은," 그가 덧붙였다. "그냥 끔찍하죠."

밥은 메인에서, 여기서 한 시간 거리도 되지 않는 셜리폴스라는 마을에서 자랐고, 오랜 시간을 뉴욕에서 국선 변호사로 일하면서 첫 아내 팸과 살다가, 메인으로 돌아와서는 지금의 아내인 마거릿과 다시 셜리폴스에서 살았다. 그들이 크로스비로 온 지는 몇 년 되지 않았다. 그리고 밥은 우리가 지금 살고 있는 집의 주인인 나이든 윈터본 부부에 대해 말해주었다. 그는 그레그 윈터본이 셜리폴스에 있는 대학에서 오랫동안 가르쳤는데 정말로 형편없는 사람이었으며, 그의 아내는 괜찮지만 좀 딱딱하다고, 그래도 그레그보다는 낫다고 말했다. 나는 몇 년 전에 바로 그 대학에서 낭독회를 해달라는 요청을 받았지만 한 명도 나타나지 않았다고 말했다. 학과장이 그 행사에 대해 전혀 광고를 하지 않았던 것을 내가 나중에 알게 되었다고 말했다.

밥은 그 일을 그냥 넘기지 못했다. 당시 영문학과 학과장이 누구였는지 모르겠다면서 고개를 저었다. "맙소사." 그가 말했다. 나는 밥에게 몇 시간이고 이야기할 수 있을 것 같았고, 밥 또한 그렇게 느꼈던 것 같다. 나는 그에게 다시 오라고 말할 걸 그랬다고 생각했다. 그는 떠나면서 "뭐든 필요하면 연락해요"라고 말하고는 야외의자를 접어서 들고 걸어갔다. 나는 그에게 그저 고마울 뿐이었다. 이렇게 말하지는 않았다. 꼭 다시 와줘요—!

*

윌리엄은 에스텔—작년에 그를 떠난 아내—과 그들의 딸 브리짓과 자주 통화했다. 그는 우리 딸들에게 도시를 떠나라고 말한 것과 같은 시점에 그들에게도 같은 이야기를 했다. 에스텔은 그의 말을 따랐고, 뉴욕 바로 외곽인 라치몬트로 가서 그녀의 어머니와 지냈다. 지금은 거기서 브리짓과 그녀—에스텔—의 새 남자친구가 함께 지낸다. 에스텔이나 브리짓에게 말하는 윌리엄의 어조는 내게 충격적이었다. 말하는 목소리에서 큰 애정이 느껴졌고, 가끔 에스텔과 통화하면서 웃는 소리가 들리기도 했다. 그리고 전화를 끊으면 그는 이렇게 말했다. "맙소사, 머저리를 만났어." 새 남자친구를 의미했지만 윌리엄의 어투가 비열하지는 않았다. 어느 날 그가 말했다. "그 관계가 어떻게 좋은 결말을 맺을지 모르겠어." 나는 윌리엄에게 그 남자에 대해서는 아무것도 물은 적이 없다. 내가 관여할 바가 아니라고 생각했다.

"하지만 다 잘 지내고 있지? 아무 일 없지?" 내가 물었고, 그가 대답했다. 응, 잘 지내지, 다 잘해나가고 있어. 그는 포치로 나가 그들과 통화하거나 산책하러 나갔을 때 대화를 나누어서 대체로 나는 세세하게는 듣지 못했다. 그는 종종 그들과 페이스타임으로 대화했다.

어느 날 내가 말했다. "윌리엄, 에스텔에게 화 안 나?" 그녀가 그를 버리고 집을 나간 지 일 년도 채 되지 않았다. 윌리엄은 기생충을 연구하는 학자이고, 그가 샌프란시스코에서 열린 기생충 학회에서 논문을 발표하는 동안 그녀는 그를 떠났다. 윌리엄이 집으로 돌아왔을 때 그는 에스텔이 집을 나가면서 쓴 편지를 발견했다. 그녀는 대부분의 러그를, 그리고 가구도 조금 가져갔다.

윌리엄은 살짝 놀라서 나를 쳐다보았다. "오, 루시. 에스텔이야. 에스텔에게 얼마나 오래 화를 낼 수 있겠어."

그리고 나는 이해했다. 에스텔의 직업은 배우였지만, 나는 그녀가 나오는 연극을 딱 한 편만 보았다. 나는 여러 해에 걸쳐 그녀를 여러 번 보았는데, 그녀는 다정한, 그리고 얼마간 결단력 있는 사람이었다. 내가 본 그녀는 그랬다.

나는 윌리엄의 두번째 아내인 조앤에 대해서는 묻지 않았다. 이 경우는 윌리엄이 조앤을 버리고 떠났고, 조앤이 윌리엄에게 화가 난 거라고 생각했다. 나는 조앤은 걱정하지 않았다. 우리가 결혼생활을 할 때 윌리엄이 그녀와 바람이 난 것이고, 그녀는 내 친구였다. 그녀의 이름이 언급된 적은 없었다.

하지만 윌리엄은 브리짓이 뭔가―대체로 에스텔의 남자친구에 관한 것이었다―로 힘들어할 때는 내게 그 이야기를 했다. "어쩌지, 그애가 불쌍해." 윌리엄은 그렇게 말하고 고개를 저었다. "그놈은 어린 여자아이에게 어떻게 말해야 하는지 아예 몰라. 자식도 없고, 그냥 머저리야."

나는 브리짓이 안됐다고 생각했지만, 가끔—자주는 아닌
데, 이렇게 말하는 게 자랑스럽지는 않다—윌리엄이 그애와
그렇게 자주 통화하고 그애 이야기를 하면 좀 짜증이 난다.
식사중에 그가 그애와 문자를 주고받는데, 가끔 그게 짜증난
다. 한번은 내가 말했다. "당분간 그애가 당신하고 같이 지내
는 게 어때?" 그러자 그가 놀란 표정을 지으며 말했다. "글
쎄." 그러고는 덧붙였다. "그애가 그러고 싶다고 **생각하더라**
도, 그러지 않겠다고 할 거야, 아니. 그애는 엄마의 딸이고,
그 사실에는 의심의 여지가 없어."

내가 베카 앞에 어떤 일이 기다리고 있는지 알았다면, 브
리짓에 대해 분개하는 일은 전혀 없었을 것이다.

둘

1

내 남편 데이비드에 대해. 나는 ─ 당연히 ─ 이 시기에 그를 아주 많이 생각했다. 그가 어린 시절에 일어난 사고로 골반이 좋지 않은 것을 생각했다. 그래서 운동을 많이 할 수 없었고, 나는 오 맙소사, 그가 이 바이러스에 감염됐다면 죽을 수도 있었겠는데! 하고 생각했다. 게다가 그는 필하모닉 오케스트라의 첼리스트였는데, 지금 오케스트라는 운영이 중단되었다. 링컨센터 전체가 문을 닫았다. 그 사실이 당혹스럽고, 마음으로 받아들여지지 않았다. 그 때문에 어쩐지 데이비드가 내게 더욱더 사라진 존재가 된 것 같았다는 말이다. 산책하러 나갈 때 나는 생각한다. 데이비드! 어디 있어? 그리고 또한 나는 그가 연주하던 클래식음악은 차마 들을 수 없었다. 전화기에 그 스테이션 앱이 깔려 있는데, 걸으면서 이어폰으로 들으려고 켜면 음악이 복수하려는 듯 끼익 소리를 내며 나를 전면에서 공격하는 것 같았기 때문이다.

*

나는 오랫동안 매주 그래온 것처럼 오빠에게 전화를 걸었고, 역시 매주 그래온 것처럼 언니에게 전화를 걸었다.

오빠 피트는 일리노이주의 그 작은 타운에서 우리가 어린 시절을 보낸 그 작은 집을 결코 떠나지 않았고, 부모님이 돌아가신 뒤로 그 집에서 혼자 살고 있었다. 그는 팬데믹이 자기 삶과 크게 다르지 않다고 말했다. "내가 사회적 거리두기를 한 지 육십육 년째야"라고 했다. 하지만 전화로 대화를 나눌 때 그는 늘 내게 다정했고—슬프고 다정한 영혼이다—내가 윌리엄과 함께 메인에서 지내는 것을 흥미로워했다.

언니 비키는 오빠가 사는 곳에서 타운 하나 떨어진 곳의 요양원에서 일했다. 비키는 자식이 다섯인데, 늘그막에 낳은 막내는 딸로, 비키와 같은 요양원에서 일한다. 여기서 말해두자면, 나는 열일곱 살 때 시카고 외곽에 있는 대학에 전액

장학금을 받고 진학했고, 거기로 간 것이 내 삶을 통째로 바꾸어놓았다. 완전히, 내 삶을 바꾸었다. 우리 가족 중 누구도 고등학교 이상은 진학하지 않았다. 그래서 몇 년 전에 비키의 막내 라일라가 같은 대학에 갈 수 있는 비슷한 장학금을 받았을 때 나는 몹시 흥분했다. 하지만 그애는 일 년 뒤에 집으로 돌아갔다.

두 사람 다 일하는 곳이 요양원이라 걱정되었지만, 언니는 말했다. "음, 나는 일을 해야 해, 루시." 언니는 그 말을 침울하게 했고, 언니의 침울은 해묵은 것인데, 나도 그 이유를 안다. 언니의 삶은 녹록지 않았다. 나는 지금도 언니에게 매달 돈을 보내주지만, 언니는 고맙다는 표현을 한 번도 하지 않았다. 그리고 나는 언니를 탓하지 않았다. 몇 년 전에 언니의 남편이 직장을 잃었다. 솔직히 언니를 생각하면 나는 아주 슬퍼지고, 정확히 내가 받은 그 장학금을 받았던 라일라를 생각해도 그렇다. 라일라의 삶이 뭔가 새로운 것이 되기를 내가 얼마나 바랐던가. 하지만 그애는 그것을 해낼 수 없었다.

왜 사람들이 다 다른지 누가 그 이유를 알겠는가? 우리는 어떤 본성을 타고나는 것 같다고, 나는 생각한다. 그리고 세상은 우리를 이리저리 휘두른다.

2

몇 주 뒤 어느 밤, 윌리엄이 내게 말했다. "루시, 요리는 내가 할게. 기분 나쁘게 받아들이지 마. 그냥 내가 하고 싶어서 그래."

"기분 안 나빠." 내가 그를 안심시켰다. 나는 음식에 흥미가 있었던 적이 결코 없다.

데이비드와 결혼해서 살 때 그가 요리를 거의 도맡았고, 필하모닉에서 연주가 있는 밤에는 늘 나를 위해 먹을 것을 챙겨두었다. 나는 데이비드가 냉장고 안에 코를 박고 뭔가로 덮은 요리를 꺼내 "여기, 루시, 이게 오늘밤 당신이 먹을 거야" 하고 말하는 것을 지금 떠올린다—부엌에 있는 윌리엄을 지켜보면서 그 기억을 회상하자, 내 영혼을 통과하는 떨림이 느껴진다. 이따금 나는 잠시 고개를 돌리고 두 눈을 꼭 감아야 한다.

매일 밤 윌리엄은 뭔가 다른 것을 만들었다. 파스타 소스를 만들고, 포크춉을 만들고, 미트로프를 만들고, 연어를 요리했다. 하지만 또한 그는 부엌을 엉망으로 만들었고 치우는 것은 내 몫이었다. 나는 그 일을 했다. 그는 만드는 음식마다 많은 칭찬을 바랐고—나는 그것을 눈치챘다—그래서 그를 하늘까지 붕 띄워주었다. 내 생각엔 그를 하늘까지 붕 띄워주었지만, 그는 심지어 내가 칭찬을 해준 뒤에도 늘 물었다. "그러니까 당신은 맛이 괜찮았다는 거지, 맛있었어?"

"맛있는 것 이상이었지." 나는 말했다. "훌륭했어." 그런 다음 부엌을 치우려고 일어섰다.

믿기 어려우리란 건 알지만, 이것은 사실이다.

내가 아이였을 때 우리집 식탁에는 소금과 후추 통이 없었다. 앞서 말했듯 우리는 몹시 가난했고, 아무리 가난해도 많은 가정이 집에 소금과 후추 통을 놓아둔다는 것을 지금은 안다. 하지만 우리집에는 없었다. 많은 밤에, 우리는 저녁으로 식빵에 당밀을 발라 먹었다. 내가 이 말을 하는 것은 음식이 맛있을 수 있다는 것을 대학에 가서야 알았기 때문이다. 우리 몇 명은 식당에서 같은 테이블에 앉아 저녁을 먹었는데, 어느 밤 내 맞은편에 앉은 남자가—이름이 존이었다— 존이 소금과 후추 통을 들어 자기 접시에 놓인 고기에 갈아 뿌리는 것을 보았다. 그래서 나도 똑같이 했다.

그리고 나는 믿을 수 없었다.

소금과 후추가 만드는 맛의 차이를 믿을 수 없었다.
(그럼에도 나는 음식에 관심이 있었던 적이 없다.)

3

어느 날 한 남자가 소포를 들고 포치로 올라왔다. 내게 온
소포로, 엘엘빈에서 보낸 것이었다. 윌리엄은 산책하러 나가
집에 없었고, 상자를 풀어보니 치수가 꼭 맞는 겨울 코트였
다. 푸른색이었고, 완벽하게 잘 맞았다. 나를 위한 스웨터도
두 벌 있었다. 그리고 내 사이즈의 운동화도 한 켤레 있었다!
"윌리엄!" 그가 진입로를 걸어올 때 내가 외쳤다. "당신이
나를 위해 주문해준 게 왔어!"

"손 씻어." 그가 말했다. 내가 상자를 풀었기 때문이다. 그
래서 나는 그렇게 했다. 손을 씻었다.

윌리엄이 상자를 포치에 다시 내놓았다. 그리고 안으로 들
어와 역시 손을 씻었다.

*

매일 아침 윌리엄은 내가 일어나기 전에 산책했다. 그는
일찍 일어나는 사람이고, 첫 오천 걸음을 마쳤다. 날은 자주
흐렸고, 잔뜩 흐린 날에도 나는 천창을 통과하는 햇살에 깨
어났다. 매일 아침 그에게 그 얘기를 했다. 그가 돌아올 때쯤
나는 시리얼을 준비해놓았다. 우리는 치리오스를 먹었고, 식
탁 앞에 앉아 아침식사를 했다. 그리고 나는―이상한 이유
로―그것을 좋아했다. 아마 하루 중 내가 가장 좋아하는 시
간이었을 것이다. 내 남편 데이비드와 함께 보낸 나날 중에
서도 내가 좋아하던 시간이었다. 하지만 지금 그것을 좋아하
는 이유는 윌리엄이―어느 정도는, 대체로―내게 익숙하기
때문이고, 오늘은 뭔가 다른 일이 생기리라는 기대, 팬데믹
이 지나가고 우리가 집에 돌아갈 수 있으리라는 작지만 내게
는 아주 현실적인 희망이 늘 있었기 때문이다. 아침을 다 먹
은 뒤에 우리는 거실로 갔고, 거기서 바다를 내다보았다. 바
깥은 몹시 추웠고, 햇살은 없다시피 했다. 바다는 계속 회색
이었다. 커피를 다 마시고, 나는 새 겨울 코트를 입고 산책하
러 나갔다.

우리가 걸어갈 수 있는 유일한 곳은 뒤쪽으로 내려가 곳으로 이어지는 길이었다. 걷는 동안 길에는 사람들이 보이지 않았지만, 이따금 창문에서 누군가가 나를 쳐다보고 있는 것을 느꼈다. 길은 아주 좁았다. 나무들은 헐벗었고, 나는 또다시 뉴욕을 떠올렸는데, 거기 나무들은 이미 꽃을 피우고 있을 테고 빌딩들 앞에는 튤립이 피어 있을 것이다. 그 모든 사람들이 죽어가고 있는데 뉴욕이라는 세상이 여전히 그토록 아름다운 모습이리라는 것이 내겐 이상하게 느껴졌다.

어느 날 산책을 하다 그 일이 기억났다. 뉴욕 친구가 살고 있는 곳 근처에—빌리지에—바깥 날씨가 몹시 더울 때 그 친구와 내가 이따금 보는 늙은 여자가 있었다. 그 늙은 여자는 엘리베이터가 없는 6층 건물에 살았고, 보도에 접이식 의자를 갖고 나와 거기 앉아 있곤 했다. 자기 아파트는 너무 더워 집안에 앉아 있을 수 없다고 했다. 우리는 그녀와 몇 번 이야기를 나누었다. 그녀는 종종 델리 가게에서 일하는 남자가 건네는 커피가 담긴 푸른색 종이컵을 들고 있었다. 그녀는 지금 어디 있을까? 뉴욕에서는 보도에 나와 앉아 있을 수 없다! 그리고 식료품은 어떻게 살까? 그녀는 여전히 살아 있을까?

나는 그때 윌리엄이 나를 여기로, 많은 사람을 만나지는 못하지만 자유롭게 걸을 수 있는 이곳으로 데려온 것은 옳았다고 생각했다. 나의 의문은 왜 어떤 사람들은 다른 사람들보다 더 운이 좋은가 하는 것이다―나는 이것에 대해 아무런 답이 없다.

*

피부에 차갑게 닿는 공기를 느끼며 걸어가는 이 좁은 길에는 나무들이 잎을 완전히 벗은 채 서 있고, 길 가까이에는 작은 집들이 있었다. 어떤 집들은 여름 별장처럼 보였고, 또 어떤 집들은 연중 내내 사람이 살고 있는 집처럼 보였다. 한 집의 앞마당에는 바닷가재잡이용 노란 금속 통발이 쌓아올려져 있고, 거기 빨간색 페인트를 칠한 부표를 걸어놓은 판자 하나가 기대어 있었다. 또 한 집에는 아주 많은 낡은 보트가 한쪽으로 밀려 있고―낡은 보트의 폐기장 같았다―그 근처에 트레일러가 있었는데, 한번은 거기 남자가 보여서 손을 흔들었지만 그는 손을 흔들어 답하지 않았다. 나는 아주 자의식적이 되었는데, 어느 정도는 내가 이 길을 아주 자주 지나다니기 때문이었다. 나는 우리가 여기 온 첫날에 차로 지나간, 내게 아주 조용한 전율을 일으켰던 작은 만까지 걸어갔다. 그곳은 여전히 고요한 경외감을 자아냈고, 나는 거기 벤치에 앉아 그 모든 배를 바라보았다. 어떤 배는 하늘을 향해 치솟은 뭔가 키가 큰 것이 달려 있었는데, 돛대는 아니었다. 금속이었으니 분명 낚시와 연관된 것일 테다. 다른 배들은 바닷가재잡이 배였는데, 물속에 부표가 떠 있었다. 이따금 갈매기들이 선거船渠를 향해 급강하하면서 끼룩끼룩 시끄럽게 울어댔다. 목조 선거가 두 개 있었는데, 조수의 변화에 따라 길쭉하고 날씬한 다리를 보여주거나―긴 나무 막대였다―거의 물위에 앉은 듯한 모습을 보여주었다. 그리고 나는 다시 걸어서 돌아갔다.

어느 아침 한 노인이 작은 집의 앞쪽 계단에 앉아 있었다. 그는 담배를 피우고 있었는데, 계단은 평평하지 않고 한쪽으로 약간 기울어 있었다. 그 집은 흰색으로 칠해져 있었는데, 한동안 페인트칠을 하지 않은 것 같았다. 노인이 담배를 잡은 손을 흔들었다. 작은 움직임이었다. 내가 걸음을 멈추고 인사를 건넸다. "잘 지내시죠?" 그러자 노인이 말했다. "오, 나는 잘 지내고 있다오. 당신은 어때요?" 그래서 나는 "오,

저도 잘 지내고 있어요" 하고 말했다. 그가 담배 연기를 빨아들였다. 그리고 말했다. "윈터본 씨 집에서 지내고 있지요?" 그래서 내가 그렇다고 대답했다. "이름이 어떻게 되세요?" 내가 묻자 그가 대답했다. "톰. 당신 이름은?" 그래서 내가 "루시"라고 대답했고, 그는 커다란 미소를 짓더니 말했다. "이야, 그거 정말로 예쁜 이름이로군요, 디아." 단지 그는 디어를 "디-아"라고 발음했을 뿐이다. 치아가 그에게는 너무 큰 의치처럼 보였다. 우리는 다시 손을 흔들었고, 나는 계속 걸어갔다.

차 몇 대가 지나갔고, 길이 몹시 좁아 내가 최대한 옆으로 붙어 걸으려 하는데도 차들은 나를 위해 속도를 늦추어야 했다.

*

그날 가파른 진입로를 걸어올라가면서 윌리엄의 차 뒤쪽 유리에 큰 마분지가 붙어 있는 것을 보았다. 누군가가 큰 글씨로 여기서 꺼져 뉴요커! 고 홈! 하고 써놓은 것이었다.

나는 소스라치게 놀랐고, 윌리엄은 나와서 그것을 보고 몹시 언짢은 것 같았지만, 그냥 뜯어내 재활용통에 버리기만 했다.

셋

1

남편과 사별하면 두번째 해가 첫해보다 더 힘들다고 한다―그건, 내 생각에, 충격은 가셨고 이제 그저 그 상실을 끌어안고 살아가야 하기 때문일 텐데, 나는 심지어 윌리엄과 함께 메인에 오기 전에 그 말이 사실인 것을 깨달았다. 하지만 이따금 데이비드의 죽음을 새삼 처음 깨닫는 것 같은 시간이 있었다. 그리고 나는 그 슬픔에 혼자 몰래 비틀거렸다. 그리고 데이비드가 한 번도 온 적이 없는(!) 이곳에 와 있다는 것―내가 정말로 있어야 할 자리가 아니라 다른 데 와 있는 것 같다는 것, 그게 내가 하려는 말이다.

나는 이 말을 윌리엄에게는 하지 않았다.

윌리엄은 뭔가를 해결하는 것을 좋아하지만, 이것은 그가 해결할 수 없다.

그리고 나는 또한 깨달았다. 슬픔은 혼자만의 것이라고. 맙소사, 슬픔은 혼자만의 것이다.

*

윌리엄은 실험실 일을 온라인으로 하려 했지만, 조교가 더 이상 실험실에 올 수 없어서 그들은 지금 진행하려는 실험에 대해 전화로 대화를 나누었다. 그는 그녀에게 걱정하지 말라는 말만 계속했다. 그리고 어느 날 내게 말했다. "집어치울거야. 그 실험은 어쨌거나 바보 같은 짓이었어. 곧 은퇴할 거야."

"정말로 은퇴하겠다고?" 내가 물었다. 그러자 그가 어깨를 으쓱하며 말했다. 그래, 곧. 하지만 그는 더 이야기하고 싶어 하지 않았다. 그가 그렇게 말했다.

하지만 윌리엄은 읽을 수 있었다. 그가 가져온 책과—소설, 그리고 대통령이나 역사 속 다른 인물의 전기를 읽었다―위층 침실에서 찾아낸 책을 얼마나 빠르게 읽는지 나는 깜짝 놀랐다. 하지만 나는 읽을 수가 없었다. 집중할 수가 없었다.

처음 몇 주 동안 나는 오후에 종종 낮잠을 잤고, 잠에서 깨면 놀랐다. 잠이 들 때 잠든다는 감각이 없었다. 그리고 깨어나면 내가 어디 있는지 몰랐다.

월리엄은 오후에 두번째 산책을 하러 나갔고, 그가 돌아오면 내가 종종 두번째 산책을 하러 나갔다. 이따금 자기 집 앞 계단에 앉아 담배를 피우고 있는 노인이 보였고, 그는 늘 내게 "안녕하세요, 디-아!" 하고 말했다. 그러면 나는 손을 흔들며 "안녕하세요, 톰!" 하고 말했다. 그리고 나는 다시 돌투성이 길에 휘청하게 드리운 나뭇가지가 큰 거미처럼 보이는 긴 진입로를 따라 우리집으로 돌아왔다.

그것이 우리가 사는 방식이었다.

그건 이상했다.

2

내가 구체적으로 계속 신경이 쓰인 것은 이것이었다.

뉴욕에 있는 내 아파트를 그려보면 비현실적인 느낌으로 다가왔다. 뭔가 이상한—정의할 수 없는—방식으로, 나는 그것이 좋지 않았다. 그러니까 거기 있는 내 아파트를 생각하는 것이 좋지 않았다는 말이다. 그 아파트가 나를 불안하게 했다. 그리고 내가 반으로 쪼개진 것 같은 느낌이 들었다. 내 절반은 윌리엄과 함께 메인에 있었다. 그리고 또다른 절반은 뉴욕에, 내 아파트에 있었다. 하지만 나는 돌아갈 수 없었고, 따라서 내 절반은 그림자 같았다—나는 이렇게밖에 쓸 수 없다. 데이비드의 첼로가 거기 우리의 침실 벽에 기대어 있는 것을 생각하면 마음이 아팠다—하지만 그보다 더, 나는 거기에서 고개를 돌려버렸고 그 사실이 점점 더 나를 괴롭혔다. 그 감정. 그것이 나를 아주 불안하게 했다는 것, 그게 내가 말하려는 것이다.

*

나는 뉴욕에 있는 친구들과 전화로 이야기했다. 내가 아는

68

한 나이 많은 여인이 그 바이러스에 감염되었지만 괜찮은 것 같았다. 냄새나 맛을 느끼지 못하고 몸의 통증이 심하다고 했지만, 그냥 그 정도였다. 또 한 여자의 아버지는 그 때문에 죽었다. 내가 아는 한 부부는 그 바이러스에 감염되었지만 회복중인 것 같았다. 내가 아는 한 여자는 자기 아파트 밖으로 전혀 나오지 않았다.

*

내 가슴의 슬픔은 뭔가에 따라 커졌다 작아지는 것 같았다—무엇에 따라? 나도 몰랐다.

그리고 날씨는 계속 춥고 을씨년스러웠다.

내 일에 대해서는 이렇게 생각했다. 다시는 한 단어도 더 쓸 수 없을 것 같다고.

*

뒤쪽 방에 오래된 세탁기와 건조기가 있어서 우리는 번갈아 빨래를 했지만, 세탁할 것이 많지는 않았다. 하지만 가만보니 윌리엄은 청바지를 이틀에 한 번꼴로 세탁하고 있었다. 나는 우리가 결혼했을 때도 그가 그랬는지 기억나지 않았다. 그랬던 것 같지는 않았다.

넷

1

어느 날 나는 뒤쪽 벽장을 뒤지다가 낡은 테이블보를 발견하고 그것을 꺼냈다. 둥근 모양에 색이 바랜 꽃무늬가 있는 것으로, 밑단에는 색이 바랜 분홍색 방울이 빙 둘려 있었다. "오, 이거 완벽한데." 내가 말했고, 그걸 식사실 식탁 위에 깔았다.

"농담이지?" 윌리엄이 말했고, 나는 아니, 농담 아니야, 하고 말했다.

2

이따금 나는 남편 데이비드를 생각했고, 그를 생각하면 화가 난다는 것을 깨달았다. 당신은 우리가 어떤 시간을 거치고 있는지 하나도 모르지! 나는 생각했고, 화가 났다. 그에게 화가나는 것이 애도의 정상적인 부분이라는 것을 알고 있었지만 그러고 싶지 않았다. 나는 그것을 원하지 않았다. 데이비드에 대해서는 또한 이런 것이 있다. 그는 꿈속에서 나를 찾아오지 않았는데, 그가 죽은 지 이제 거의 일 년 반이나 되었다. 내가 아는 다른 사람들은 죽으면 늘 꿈에 나왔고, 종종한 번 이상 나왔으며, 죽고 나서 한두 달 안에 찾아왔다. 늘같은 꿈이었는데, 그들은 죽은 자의 땅으로 급히 돌아가야했지만 내가 괜찮은지 확인하고 싶어했다. 혹은 내가 누군가에게 대신 전해주기를 바라는 메시지가 있었다. 그런 일이너무 자주 일어나서 이제는 사람들에게 말하지 않았지만―한번은 한 친구에게 그 이야기를 하자 그 친구가 "오, 마음은흥미로운 일을 하지" 하고 말했다―나는 그런 꿈에서 늘 위안을 찾았다. 심지어 내 어머니도, 내 삶에서 어머니는 아주힘든 존재였지만, 심지어 어머니도―오래전에 돌아가셨을때―꿈속에서 나를 찾아왔고, 두 번 찾아왔다. 앞서 말했듯,

어머니는 죽은 자의 장소로 돌아가야 한다는 사실에 마음이 급했지만 나보고 괜찮냐고 물었다.

캐서린—윌리엄의 어머니—이 돌아가셨을 때도 마찬가지였다.

하지만 데이비드—그는 떠났다. 그는 검은 구멍 속으로 사라져버린 것 같았고, 지금 나는 생각했다. 제길, 데이비드! 좀 나와보라고!

3

어느 밤 우리는 뉴욕의 뉴스를 보고 있었고, 하트아일랜드—브롱크스 바로 옆으로, 롱아일랜드 해협의 서쪽 지역에 있다—에 파놓은 긴 구덩이를 보았다. 그 안에는 아주 많은 목조 관이 쌓여 있었다—바이러스로 죽었으나 시신의 연고자가 없는 도시의 모든 사람이었다. 나는 다시 바닥을 내려다보았지만, 머릿속에 그 이미지가 떠오르는 것을 멈출 수 없었다. 붉은 흙과 엷은 색의 긴 목조 관이 하나 위에 또 하나 이런 식으로 이 고르지 않게 판 깊은 무덤 안에 고르지 않게 포개져 있는 이미지가. 근처에 노란 굴착기와 함께.

거의 늘, 물속에 있는 것 같은 느낌이, 이 상황이 현실이 아닌 것 같은 느낌이 존재했다.

*

아침에 윌리엄이 우리에게 식료품이 더 필요하다며 지금 사러 갈 건데 동행하겠냐고 물었다. 그는 이미 나 없이 몇 차례 갔다 왔고, 내 약을 사러 약국에 갔다 오기도 했다. 식료품점에 갔다 올 때마다 그는 선반이 얼마나 텅 비었는지에 대한 이야기를 늘어놓았다. 화장실 휴지도 동이 나고, 페이퍼 타월도, 청소용품도, 심지어 닭고기도 동이 났다. 그것이 나를 겁먹게 했고, 나는 생각했다. 우리는 곤경에 처했어! 하지만 윌리엄은 계속 찾아다녔고, 골목길에 있는 작은 가게에서 두루마리 화장지 두 롤을 발견했다.

그날 아침 나는 그래, 나도 같이 갈래, 하고 말했다. 그러자 그가 "좋아, 하지만 당신은 차 안에 있어. 우리 둘 다 위험해질 이유는 없으니까" 하고 말했다. 그래서 우리는 타운으로 차를 몰고 가서 식료품점 주차장에 차를 세웠고, 윌리엄은 마스크를 쓰고 장갑을 낀 다음 안으로 들어갔다. 나는 차에 남아도 상관없었다. 그리고 구경할 사람들이 많았다! 그들을 쳐다보는데 내 가슴속에서 희미한 파문이 일었다. 대부분은 직접 만든 마스크를 쓰고 있었다. 윌리엄이 착용하는 종이로 만든 푸른색 수술용 마스크 같은 것이 아니라, 밥 버지스가 착용한 그런 마스크 말이다. 그러다 어느 엄마가 구입한 물건을 같이 차에 실으면서 아들에게 거칠게 말하는 모습을 보았는데, 아이는 기껏해야 아홉 살쯤으로 보였고, 그리고 그 여자, 나는 그 여자가 싫었다. 아들은 전혀 행복해 보이지 않았다. 아들의 눈은 크고 눈동자는 짙은 색깔이었다.

나는 다른 사람들에게도 강한 흥미를 느꼈다. 대체로 여자들이었고 남자도 일부 있었는데, 그들의 삶도 내게는 알 수 없는 것이었다. 그들은 나라면 입지 않을 옷을 입고 있었다. 많은 여자가 허리까지 올라오는 레깅스—이 추위에도!—를 입고 있었고, 그들이 입은 운동복 상의로는 맨살이 다 가려지지 않았다. 누구도—내가 보기에는 그랬다—화장은 아예 하지 않았다.

그리고 그 순간 한 여자가 소리를 지르기 시작했다. 나는 무슨 일이 일어났는지 잘 알 수 없었지만, 그녀는 나를 쳐다보고 있는 것 같았고 우리 차로 다가왔다. 중년으로 보였고 비쩍 말랐으며 머리칼은 절반이 흰색이고 살짝 오렌지빛이 감돌았다. 그녀가 나를 분노의 눈빛으로 쏘아보았다. 마스크는 하고 있지 않았다. 나는 차창을 내리려면 시동을 걸어야 할 것 같아서 그러지도 못하고, 내게 소리를 지르고 있는 이 여자 때문에 너무 혼란스러웠다. 그리고 그녀가 이렇게 말하는 것을 들었다. "이 망할 뉴요커들! 우리 주에서 꺼져!" 그녀는 자기 옆의 허공을 팔로 찔러댔다. 사람들이 그녀를 쳐다보았고, 그녀는 거기 서서 계속 소리를 질렀다. 마침내 누군가가―한 남자가―말했다. "이봐요, 그 사람을 그냥 놔둬요―"

그러자 그 여자는 자리를 떴지만, 나는 사람들이 나를 쳐다보고 있다는 사실에 너무 당황해 윌리엄이 밖으로 나올 때까지 내 손만 내려다보고 있었다. 그는 식료품을 차 뒤쪽에 실었다. 짜증이 난 동작으로 그렇게 했다. 그래서 우리가 그곳을 떠나고 나서야 나는 그에게 무슨 일이 있었는지 말했고, 그는 고개를 저으며 아무 말 하지 않았다. 내가 말했다. "윌리엄, 나는 누가 나한테 소리지르는 게 싫어!"

그가 다정하지는 않은 목소리로 내게 말했다. "자기한테 소리지르는 걸 좋아하는 사람은 아무도 없어, 루시."

그는 집으로 돌아오는 내내 다른 말은 한마디도 하지 않왔다.

우리가 집으로 돌아왔을 때 윌리엄은 오렌지를 네 조각으로 잘라먹었고, 그가 쩝쩝거리며 먹는 소리가 거슬려서 나는 내가 쓰는 2층 침실로 올라갔다. "거기 화장실 휴지를 팔더라." 그가 내게 소리쳤다.

엄마, 나는 내가 만들어낸 좋은 엄마에게 속으로 울면서 말했다. 엄마, 나는 **못하겠어요**! 그러자 내가 만들어낸 좋은 엄마가 말했다. 너는 정말로 아주 잘하고 있어, 딸. 하지만 엄마, 나는 **이 상황이 싫어요**! 그러자 엄마가 말했다. 알고 있어, 딸. 그냥 그렇게 버티다보면 끝날 거야.
하지만 끝날 것 같지 않았다.

*

이 말은 해야겠다.
나는 이 시기에 내가 윌리엄을 싫어하는 시간이 매일 밤 저녁을 먹은 뒤라는 것을 깨달았다. 대체로는 그가 내 말을 진지하게 듣지 않는다고 느꼈기 때문이다. 그의 눈은—내가 말할 때 흘끗 쳐다보는 모습이─나를 제대로 쳐다보고 있는 것 같지 않았고, 그걸 보며 나는 그가 얼마나 듣는 것을 못하는 사람인지 떠올렸다. 혹은 잘 듣는 것을 못하는 사람. 나는 생각했다. 그는 데이비드가 아니야! 그리고 생각했다. 그는 밥 버지스가 아니야! 이따금 나는 어두울 때 그 집에서 나와 큰 소리로 욕하면서 물가를 걷곤 했다.

*

우리가 식료품점에 간 다음날 비가 왔다. 오후가 되자 나는 몹시 불안해져 포치에서 찾아낸 낡은 우산을 들고 밖으로 나갔다. 그리고 다시 돌아왔을 때 카우치에 앉으며 윌리엄에게 말했다. "당신은 심지어 그 여자가 내게 소리를 지른 뒤에도 다정하지 않았어. 당신은 왜 다정할 수 없었던 거지?"

비가 창문을 세차게 두드렸고, 바깥에서는 파도가 바위에 철썩거렸으며, 모든 것이 갈색과 회색으로 보였다. 윌리엄은 일어서서 거실 입구에 가서 섰고, 그가 아무 말 하지 않자 내가 고개를 들었다. "루시," 그가 말했다. 그는 그 말을 어렵게 꺼냈다. "루시, 내가 구하고 싶은 건 당신의 삶이야." 그리고 내 쪽으로 걸어왔지만 앉지는 않았다. "요즘은 내 삶에 대해서는 거의 관심이 없어. 딸들이 여전히 나에게 의지한다는 사실만 빼면. 특히 브리짓은, 그애는 아직 어리니까. 하지만 루시, 당신이 그것 때문에 죽는다면, 그건—" 그가 고단한 듯 고개를 가로저었다. "나는 당신의 목숨을 구하고 싶었어. 그러니 어떤 여자가 당신에게 소리를 질렀다고, 그게 뭐."

4

비가 내린 그날 이후 어느 저녁, 나는 일몰을 보았다. 하루 내내 흐리다가, 해가 지기 직전에 구름이 갈라졌다. 갑자기 오렌지빛 구름이 하늘을 배경으로 찬란히 펼쳐졌고, 나는 믿을 수가 없었다. 그 색이 물위로 떨어졌다 다시 집을 향해 뻗어나갔다. 그걸 포치에 서서 저쪽 창문을 통해 바라볼 수 있었는데, 태양이 멀어지면서 하늘은 계속 달라졌고 진홍색 하늘은 더욱 높아졌다. 나는 윌리엄을 불렀고, 그가 포치로 나와 우리는 한참 동안 거기 있었다. 그리고 마침내 의자를 가까이 붙이고 앉아 일몰을 보았다. 장관이었다! 시간이 지나면서 우리는 이런 일몰이 또 펼쳐지길 기다렸고, 이따금 목격할 수 있었다. 세상에서 가장 찬란하고 아름다운 금빛 오렌지색, 당시에 내게는 그렇게 느껴졌다.

*

밥 버지스가 메인주 번호판 두 개를 들고 나타나 이렇게 말했다. "제가 달아줄게요." 그가 마스크 위로 눈을 찡긋했고, 우리는 그와 함께 차로 걸어갔다. "어디서 구했어요?" 윌리엄이 묻자 밥은 그저 어깨만 으쓱했다. "나를 당신의 변호사라고 생각하세요. 당신은 알 필요가 없는 걸로 하죠. 어딘가에 나뒹구는 번호판은 늘 있지요. 지금은 이게 구식 번호판인 걸 아무도 알아보지 못할 거예요." 그가 작업용 목장갑을 끼고 뉴욕 번호판을 떼어낸 뒤 윌리엄에게 건넸다. 그리고 그는 가지 않고 머물렀다―우리 셋은 절벽 위 작은 풀밭에 야외의자를 놓고 앉았다. 밥은 마거릿이 나를 만나고 싶어한다면서 언제 그녀와 같이 와도 괜찮겠냐고 물었다. 내가 물론이죠! 하고 답했다. 하지만 나는 늘 밥 혼자만 보면 좋겠다고 생각했다. 그날 그가 떠나고, 윌리엄과 야외의자를 다시 포치로 옮길 때 내가 말했다. "나는 저 사람을 사랑해." 윌리엄은 아무 말 하지 않았다.

*

날씨는 거의 늘 아주 나빴다. 춥고 갈색이고 바람이 불었다. 하지만 4월 중순의 어느 날 해가 났고, 윌리엄과 나는 나가서 바위 위까지 걸었다—썰물 때였다. 그리고 여기 곳에 있는 유일한 다른 건물인 한 닫힌 가게까지 걸어갔는데, 그 건물 근처에 잔디밭이 있었다. 거기에도 바위가 있어, 우리는 햇볕을 받으며 닫힌 가게의 포치에 서 있었다. 그리고 우리는 행복했다.

그때가 윌리엄이 파수탑을 발견한 최초의 순간이었다. 왼쪽으로 멀찍이 있었는데, 그가 계속 말했다. "저게 뭔지 궁금한데?" 그래서 그쪽을 보았는데, 그건 그냥 멀리 있는 갈색 탑이었고, 나는 관심을 두지 않았다.

우리는 햇볕 속에 한참을 앉아 있었다. 우리 앞으로 끝없이 펼쳐진 바다에는 햇빛의 반사로 생겨난 넓은 흰색 띠가 길게 뻗어 있었다. 그것은 얼마간 반짝거렸지만, 대체로는 바다라는 거대한 조각 위에 나타난 밝고 환한 흰색이었다. 나는 일어서서 바다를 향해 걸어갔고, 개똥지빠귀 알을 발견했다. 바닥에 아주 작은 금이 간 것만 빼면 완벽한 형태였는데, 노른자 때문에 작은 바위에 붙어 있을 수 있었던 모양이었다. 오, 그건 아름다웠다! "이걸 봐!" 윌리엄에게 소리쳤고, 그는 내 사진을 찍으려고 전화기를 꺼냈다. 경사진 울퉁불퉁한 바위 위에 서 있던 그의 균형이 흐트러지기 시작했다. 나는 슬로모션을 보듯 지켜보았고, 그는 점점 뒤로 휘청휘청 이동하다 다시 균형을 회복했다. "별일 아니었어." 그가 말했지만, 나는 그가 몹시 겁을 먹었던 것을 알 수 있었다. "오, 윌리엄, 당신이 어떻게 되는 줄 알고 얼마나 **무서웠는데**." 내가 말하고는 달려가 그를 안아주었다. 그러고 나서 우리는 다시 집으로 돌아왔고, 여전히 행복했다. 나는 바위에 들러붙어 있던 개똥지빠귀 알을 벽난로 선반에 올려놓았다.

*

그날 밤 잠을 자려고 내 방으로 갔을 때, 베개 위에 수면 안대가 놓여 있는 것을 발견했다. "윌리엄," 내가 소리쳤다. "이건 뭐야?"

그가 내 옆방에서 소리쳤다. "당신이 늘 천창에 대해 불평했잖아. 그리고 요즘 해가 더 일찍 뜨고. 그날 약국에서 당신

주려고 샀는데, 그러고선 잊고 있었어—"

나는 그의 방 입구로 가서 섰다. "음, 고마워." 내가 말했다. 그러자 이불 아래로 무릎을 세운 채 책을 읽고 있던 그가 한 손을 흔들며 말했다. "잘 자, 루시."

*

이 말은 할 필요가 있다. 이 모든 일이 일어나고 있는데도, 내 주치의가 일 년은 갈 거라고 말한 사실을 알고 있음에도, 나는 여전히…… 어떻게 말해야 할지 모르겠지만, 내 마음은 이 상황을 받아들이기가 힘들었다. 하루하루가 내가 걸어가야 하는 넓은 빙판길 같았다. 그리고 그 빙판에는 붙박인 작은 나무들과 잔가지들이 있었는데, 그것이 내가 그 풍경을 묘사할 수 있는 유일한 방법이다. 세상이 다른 풍경이 되어버린 것 같았고, 나는 이 상황이 언제 끝날지 알지 못한 채 하루하루를 견뎌야 했다. 그리고 그것은 끝나지 않을 것 같았고, 그래서 나는 큰 불안감을 느꼈다. 종종 나는 밤중에 일어나 조금도 움직이지 않고서 가만히 누워 있곤 했다. 그렇게 몇 시간을 누워 있었던 것 같은데, 몇 시간이었는지는 모르겠다. 거기 누워 있을 때 내 삶의 여러 다른 장면이 나를 찾아왔다.

윌리엄과 처음 만났을 때―그는 내가 대학교 2학년 때 수강한 생물학 수업의 조교였다―나는 내가 아주 고립된 환경에서 자라서 대중문화에 대해서는 전혀 아는 게 없던 것을, 예컨대 막스 브러더스*에 대해서도 아예 몰랐는데, 윌리엄이 나를 안아줄 때 내가 "더 꼭, 더 꼭" 하고 말하자 그가 그루초 막스의 대사를 읊었던 것을 생각했다. 그 말을 하는 여자에게 그루초가 "내가 여기서 더 꼭 끌어안으면 당신 뒤에 가 있게 될걸" 하고 말하는 부분이었다.

그리고 천창에서 빛이 들어오기 시작하면 나는 수면 안대를 하고 다시 잠이 들었다.

5

그리고―오, 맙소사, 가여운 베카!

아침 산책을 마친 내가 문을 열고 들어오는데―4월 말을

---

* 뉴욕에서 결성된 미국의 가족 코미디 예능 그룹.

향해 가고 있을 때였다―전화기가 울렸다. 베카였고, 울면서 소리를 질렀다. "엄마! 엄마! 오 엄마!" 너무 심하게 울어서 목소리도 잘 들리지 않았다. 하지만 핵심은 이것이었다. 남편 트레이가 다른 사람을 만나고 있었다. 그가 베카를 떠날 준비를 하고 있었다고, 그렇게 말했다고 했는데, 하지만 그들은 지금 록다운에 걸려 있었다. 베카가 그의 전화기에서 문자를 발견했다.

나는 이 일에 대해 거의 기록할 수 없는데, 너무 마음이 아프기 때문이다. 베카는 내게 전화를 하려고 건물 지붕으로 올라가 있었다. 배경에서 사이렌소리가 연이어 들렸다.

"아빠 바꿔줄게." 내가 말했고, 그렇게 했다. 윌리엄은 하나씩 따져가며 말했다. 그리고 몇 가지를 물었다. 얼마나 오래 지속된 일인지, 트레이는 어디서 살 생각인 건지, 상대는 결혼한 사람인지. 그는 내가 미처 물어볼 생각도 하지 못했던 것을 물었다. 그리고 나는 그애가 대답하는 동안 목소리가 차분해지는 것을 들을 수 있었다. 그는 트레이와 계속 같이 살고 싶은지 물었고, 그애가 "아니요" 하고 대답하는 소리가 들렸다.

"확실하지?" 윌리엄이 말했고, 베카가 이렇게 말하는 것이 들렸다. "확실해요."

"좋다, 그럼." 윌리엄이 말했다. "너를 뉴욕에서 빼낼 수 있는 방법을 생각해보자. 방법은 아직 모르겠다만, 할 수 있을 거야. 조금만 더 버텨봐, 딸."

그가 전화기를 다시 내게 건넸고, 베카는 다시 울기 시작했다. "엄마, 정말 창피해요, 엄마. 나는 심지어 알지도 못했어요, 엄마. 그가 너무 싫어요, 오 엄마……" 나는 귀기울여 들었고, 알아, 알아, 하고 말했다. 내가 전화기를 다시 받아 밖으로 나왔고, 내 불쌍한 아이가 흐느껴 우는 동안 바깥에서 서성였다.

집안으로 다시 들어왔을 때 윌리엄은 통화중이었다. 그는 식사실 식탁에 앉아 있었다. "음, 트레이." 그가 눈썹을 치켜 나를 올려다보며, "자네 계획은 뭔가? 얼마나 오래 베카를 속일 수 있을 거라고 생각했나?" 하고 말했다.

그는 식탁 위에 전화기를 놓고 스피커폰 기능을 켰다. 나는 트레이가 놀란 목소리로 이렇게 말하는 것을 들을 수 있었다. "거기에 대해선 아직 답을 드릴 수 없습니다, 윌." 잠시 뒤 트레이가 덧붙였다. "따님 걱정을 하는 건 알겠습니다. 저도 그러니까요. 하지만 당사자인 저희가 직접 문제를 해결하도록 내버려두시면 좋겠습니다."

"그런가." 윌리엄이 말했다. "자네는, 이 극심한 팬데믹 기간에, 자네가 다른 여자한테 사랑의 문자를 전송하는 동안 내 딸하고 아파트에서 둘만 같이 있겠단 생각인 건가?"

나는 사위의 목소리를 들었는데, 화가 나 있었다. 그가 윌리엄에게 말했다. "아버님도 아내에게 똑같이 하지 않으셨나요. 베카가 말해주던데요. 유리로 만든 집 안에서 돌을 던져서는 안 되는 것 같은데요."

윌리엄이 나를 쳐다보았고, 그의 눈이 휘둥그레져 있었다. 그가 전화기 위로 몸을 숙였고, 머뭇거리는 것 같았다. 그의 분노가 커지는 게 보였고, 그가 말했다. "그래, 그랬지, 트레이. 내가 **왜** 그랬는지 알고 싶나? 내가 개자식이었기 때문이야! 그게 내가 그랬던 이유였어. 이 빌어먹을 멍청한 놈." 그는 앉은 채 몸을 뒤로 기댔다가 다시 앞으로 숙였다. "개자식 클럽에 들어온 걸 환영하네. **개자식.**" 그러자 우리의 사위가 전화를 끊었다.

그 순간 뭔가가 기억났다. 윌리엄의 불륜에 대해 알아냈을 때 나도 어느 날 우리 건물 지붕에 올라가 울었던 것이. 딸들이 집에 있었거나, 이웃이 내가 우는 소리를 듣는 걸 원치 않았을 것이다. 나는 지붕 위로 올라가 울고 또 울었다. 그리고 큰 소리로 말한 것이 기억난다. "엄마, 오, 엄마!" 그것은 내가 늘 좋은 엄마를 만들어내기 전의 일이었고, 그래서 그날 내가 소리쳐 부른 것은 진짜 엄마였다—그건 아주 원초적인 것이었는데, 베카의 울음이 내게 의미하는 것이 그것이었다.

내가 그애와 함께 있지 못하고 안아줄 수 없다는 것이 고통스러웠다.

괴로워서 거의 정신이 나갈 것 같았다, 그것이 내가 하려는 말이다.

하지만 윌리엄은 말했다. "그애는 괜찮을 거야, 그럴 거야." 그렇지만 그건 내게 힘든 일이었고, 그래서 이렇게 말했다. "음, 지금 그애는 괜찮지 않아!" 그러자 그가 일어서며 말했다. "장기적인 관점에서 생각해. 당신은 사위를 한 번도 좋아한 적이 없어. 그애에게서 그가 없어지는 거야. 그애는 멋진 아이야. 정말로 멋진 아이야. 이제 다른 사람을 찾으면 돼." 그가 손을 펴고 덧붙였다. "아니면 그러지 않든가. 모두가 결혼해서 살아야 하는 건 아니니까, 안 그래?" 그리고 말했다. "그애가 그와 결혼한 건 반발심에서였어, 그걸 잊지 마." 그 생각도 당연히 내 머릿속을 이미 스쳤다. 베카는 연하의 남자를 만나고 있었고 깊이 사랑했지만 그가 헤어지자고 했고, 베카는 헤어진 뒤에 곧 트레이를 만났다. 하지만 나는 내가 처참해진 것 같은 이 기분을 떨쳐낼 수 없었다. 그리고 베카도 처참해졌다.

월리엄은 이 시기에 말을 많이 하지 않았다. 하지만 한번은 거실을 가로질러가다가 걸음을 멈추고 말했다. "그 빌어먹을 멍청이가 **시인**이라고? 그런데도 생각해낼 수 있는 게 유리로 만든 집 안에서 돌을 던진다는 진부한 표현뿐이야? 젠장!"

나는 월리엄이 좋은 지적을 했다고 생각했다. 하지만 그렇게 말하지는 않았다.

이틀이 지났고, 베카가 매일 내게 몇 번씩 전화를 걸어 울었고, 화가―몹시―난 상태였다. 한번은 트레이가 그녀에게 빈정거리며 소리를 지르는 것이 들렸다. "엄마, 엄마, 엄마!" 나는 그 순간 그를 진심으로 미워했다. 거의 참을 수가 없었고, 그를 향해 폭력을 쓰고 싶은 심정이었다. 그가 옆에 있다면, 그를 때리고 또 때릴 수 있을 것 같았다. 누군가를 향해 그런 분노를 느낄 때면 나는 늘 겁이 났다. 나는 월리엄이 오래전에 바람을 피운 몇 명의 여자에게 그런 감정을 느꼈다. 한 여자에 대해서는, 내가 그녀의 얼굴을 반복적으로 때리는 모습을 떠올렸다. 그리고 내가 어렸을 때 어머니가 내게 가한 그 폭력 때문에, 나는 그것이 무서웠다.

크리시의 남편 마이클이 윌리엄에게 전화를 걸어, 자신이 브루클린으로 운전해 가서 베카를 데리고 오겠다고, 베카는 자기 부모님 집 게스트하우스에서 두 주 동안 자가격리를 하면 된다고 말했다. 윌리엄이 마이클이 전화를 걸어 그런 제안을 했다는 이야기를 내게 해주었을 때—나는 그저 그를 전적으로 사랑했다는 말만, 트레이를 미워한 것만큼 그를 사랑했다는 말만 하겠다. 그가 그런 제안을 했다는 것은 내겐 믿을 수 없는 일이었고, 나는 결코 그 일을 잊지 않을 것이다.

하지만 윌리엄은 안 된다고 말했다.

윌리엄은 세 사람 모두를 위험에 빠뜨리고 싶지는 않다고 했다. 나는 놀랐고 멍했다.

윌리엄이 나를 쳐다보며 쏘아붙였다. "당신은 내가 그애를 거기서 빼내지 못할 거라고 생각해? 나는 가능한 한 가장 안전한 방법으로 그애를 빼낼 거야, 루시!" 그리고 덧붙였다. "마이클은 천식이 있어, 루시. 그거 잊었어?"

그래서 윌리엄은 오랫동안 함께해온 운전기사에게 전화를 걸었는데, 윌리엄이 언제 어디로 가건, 콘퍼런스건 어디건 예전부터 윌리엄이 가야 하는 곳이면 언제건 어디로건 공항까지 데려다주고 공항에서 데려온 사람이었다. "호릭?" 그가 말했고, 전화기를 들고 포치로 나갔다. 다시 들어와서도 그는 여전히 통화를 하고 있었고, 이렇게 말했다. "리졸 스프레이를 차에 잔뜩 뿌려요. 구석구석. 좋아요, 고마워요."

그리고 윌리엄은 호릭은 지금 몇 주 동안 일이 전혀 혹은 거의 없고, 자신은 그 남자를 전적으로 신뢰하며, 그에게 딸의 생명이 차가 얼마나 깨끗한지에 달려 있다고 말했다고 내게 전했다. 그러고는 베카에게 전화를 걸어 다음날 아침 아홉시에 준비하고 있으라고 했다. "기사가 문을 열어주지 않을 거야. 그러니 너는 그냥 네가 들 수 있는 가방 하나만 들고 뒷좌석에 타. 기사가 길옆에 차를 세우고 네게 문자를 보낼 거야." 그가 덧붙였다. "마스크와 장갑은 꼭 착용하고. 호릭도 안전해야 하니까."

베카는 그렇게 코네티컷으로 가서 게스트하우스에 들어가게 되었다. 호릭이 그애를 내려주었고, 크리시와 마이클이 진입로에서 기다리고 있었지만 베카에게서 멀리 떨어져 있어 크리시는 소리를 질러야 했다. "널 위해 거길 새로 꾸몄어!" 크리시가 베카의 음식을 두 주 동안 문 앞에 갖다주었고, 베카는 바이러스로부터 무사했다. 끔찍한—내게는—두 주였고, 나는 매일 베카에게 전화를 걸었으며, 두 주가 끝나갈 무렵에 그애의 목소리에서 변화를 느낄 수 있었다. 마음이 좀 진정된 것 같았다. 그애는 늘 말했다. "아빠 좀 바꿔줄래요?" 그래서 나는 그렇게 했다. 나는 몹시 놀랐고, 윌리엄에 대해 좀더 따뜻한 마음이 되었다. 그애가 몹시 힘들어하는 이 시기에, 그의 딸이 나와 대화하는 것만큼 그와 대화하고 싶어한다는 사실 때문에.

베카의 자가격리가 끝났고, 베카는 그뒤에도 작은 게스트하우스에서 지냈다. "여기가 좋아요, 엄마. 아주 아늑해요." 그애가 말했다. "그리고 이제는 크리시를 언제든 볼 수 있잖아요. 우리는 매일 밤 다 같이 식사해요." 그애는 온라인으로 여전히 뉴욕의 사회복지사로 일하고 있었다.

그래서 그렇게 되었다. 베카는 살아남았고, 살아남는 중이었다.

나는 이제 이것을 '첫번째 구조 이야기'로 생각하게 되었다. '두번째 구조 이야기'는 한 달 뒤에 일어났다.

비록 결국에는 어떤 구조도 성공적이지 않았지만.

하지만 어쨌거나 나는 이 일로 브리짓에 대해 아주 신경이 쓰이기 시작했다. 갑자기 브리짓이 아주 무력한 위치에 있다고 느껴졌기 때문이고, 그것은 베카와 관련이 있었다. 심지어 한번은 그들이 어떻게 지내는지 알아보려고 에스텔에게 직접 전화를 걸어보았는데, 그녀는 "오 루시, 당신 목소리를 들으니 너무 반가워요!"라고 말했다. 그녀는 브리짓의 감정에 기복이 있다고 말했고, 나는 그렇냐고, 나도 그렇다고 말했다.

다섯

1

5월의 첫날에 눈이 내렸다. 눈은 굵은 눈송이로 내려 이 인치나 쌓였고, 유리창 바깥에 휘날리며 부딪혔다. 나는 믿을 수 없었다. "나는 눈이 싫어." 내가 말했고, 윌리엄이 지겹다는 듯 "당신이 싫어하는 거 알아, 루시" 하고 말했다.

윌리엄은 오후 산책을 하러 나갔다 돌아와―어깨가 나무에서 떨어진 눈 때문에 흠뻑 젖었고 운동화도 다 젖어 있었다―카우치 위에 앉아 젖은 양말을 벗었고, 하얗고 늙은 그의 발이 드러났다. 그가 "그 탑까지 걸어갔었어" 하고 말했다. 처음에는 그가 무슨 말을 하는지 몰랐다. 하지만 그는 그

탑에 대해 찾아보았다고, 2차대전 당시 독일 잠수함을 찾기 위해 지은 것이라고, 독일 잠수함이 이 해안까지 정말로 왔었다고 말했다. 그는 해안에서 조금 더 내려간 지점에서 독일 스파이 두 명이 잠수함에서 내려 메인에서 뉴욕까지 이동했다고 말했다. 그것은 전국적으로 커다란 뉴스였고, 그들은 첩보 활동 혐의로 사형선고를 받았다. 하지만 트루먼 대통령이 형을 감해주었고, 결국 그들은 풀려났다. 윌리엄은 말했다. "지금은 누구도 이 사건을 기억조차 못해. 하지만 그런 탑들은 그 위협이 **진짜였기** 때문에 거기 있는 거야." 나는 무슨 말을 해야 할지 알 수 없었다.

전에 이미 이 이야기를 썼지만, 윌리엄의 아버지가 독일 군인이었고 프랑스에서 참호에 있다가 붙잡혔다는 말은 하고 넘어가야겠다. 그는 전쟁포로가 되어 메인의 감자 농장에서 일하게 되었고, 감자 농장 주인의 아내와 사랑에 **빠졌**다─그 사람이 윌리엄의 어머니 캐서린이었다. 캐서린은 감자 농부를 버리고, 독일 전쟁포로와 함께 달아났다. 하지만 윌리엄의 아버지가 전쟁이 끝난 뒤 배상 문제로 유럽으로 돌아가야 했기 때문에 그렇게 하기까지 일 년 정도가 걸렸다.

그 시기에 캐서린은 감자 농부와의 사이에서 아기를 낳았던 것이 밝혀졌다. 그리고 윌리엄의 아버지가 미국으로, 매사추세츠로 돌아왔기 때문에, 그녀는 아기인 딸과 감자 농부인 남편을 모두 버리고 떠났다. 윌리엄은 그의 어머니가 죽고 한참 뒤까지 그 다른 아이―로이스 부바라는 이름의 이부누이―에 대해서는 몰랐고, 앞서 말했듯, 작년에야 그 사실을 알게 되었다.

윌리엄의 아버지는 윌리엄이 열네 살 때 죽었다. 캐서린은 재혼하지 않았고, 윌리엄을 애지중지 키웠으며, 그는 스스로 외동이라고 생각하며 자랐다.

2

내가 이메일을 살펴보다가 내 홍보 담당자가 전달해준 내용을 본 것은 윌리엄이 파수탑까지 걸어갔다가 돌아오고 며칠 뒤였다. 이 여자분을 아세요? 홍보 담당자는 그렇게 썼다.

윌리엄의 이부누이 로이스 부바가 보낸 것이었다. 그녀는 그것을 내 홍보 담당자에게 보내면서, 내게 전달해달라고 부탁했다. 편지는 딱 한 문단이었는데, 이 팬데믹 기간에 나를 계속 생각하고 있다면서, 내가 뉴욕에서 잘 지내고 있기를,

윌리엄도 잘 지내고 있기를 진심으로 바란다고 썼다. 그녀는 "그날 당신을 만나 아주 즐거웠어요. 그 이후로 내가 윌리엄을 만나지 않겠다고 한 것을 아주 미안해하고 있어요. 윌리엄과 대화를 나눌 기회가 있다면 그 말을 전해주겠어요? 내가 그에게 좋은 일이 있기만을 바란다고 말해줘요. 그가 무사하기를 바란다고요. 진심을 담아, 로이스 부바"라는 말로 편지를 끝냈다.

그 무렵에는 내가 로이스 부바에 대해 딱히 생각하고 있지 않았는데, 나는 그 사실을 인정해야 할 것이다. 그때 내가 생각하길 멈출 수 없는 대상은 베카였다.

하지만 윌리엄이 산책에서 돌아왔을 때, 나는 그에게 그 이메일을 보여주었고, 윌리엄의 반응에 조금 놀랐다. 그는 앉아서 창밖으로 바다를 물끄러미 내다보았을 뿐 한마디도 하지 않았다. "윌리엄?" 내가 마침내 불렀고, 그는 고개를 돌려 나를 쳐다보았는데 약간 멍한 표정이었다. "내가 답장을 보낼게." 그가 말했고, 나는 "좋아" 하고 대답했다. 그는 이 여인에게 보내는 이메일의 초안을 쓰면서 그날 오후를 보냈다. 베카가 전화를 걸어왔을 때에야 그는 컴퓨터를 내려놓았다.

내가 베카에게 일어나고 있는 모든 일에 얼마나 정신을 쏟고 있었는지는 상상할 수 있을 것이다. 시간이 지나면서 나와 통화하는 베카의 목소리는 매번 괜찮아졌고, 점점 더 괜찮아졌다. 그애는 오랫동안 행복하지 않았다고 말했고, 나는 얼마 동안? 하고 물었다. 그러자 그애는 기억도 나지 않는다고, 트레이를 좋아하지 않았다고 말했다. 그래서 내가 "그렇구나, 딸" 하고 말했다. 그애는 일주일에 두 번씩 전화로 심리치료사에게 상담을 받고 있었고, 비용은 윌리엄이 댔다. 베카는 이따금 그 심리치료사의 말을 인용했다. 그애는 이 여인, 이 심리치료사를 전에도 찾은 적이 있었는데, 다시 시작하게 된 것이었다. 나는 베카가 오래전에 이 여인을 만날 때—내가 이 아이의 아버지와 이혼했을 때—어느 날 그애가 "로런이 그러는데, 아빠가 엄마를 조종하는데도 엄마가 가만히 있는 거래요" 하고 말한 것이 갑자기 기억났다. 나는 그 말이 전혀 이해되지 않았지만, 그것에 대해 아무 말도 하지 않았다.

최근에, 어느 날 메인에서 내가 베카와 통화하고 있을 때, 그애가 내게 "엄마, 트레이가 엄마를 질투해요" 하고 말했다. 그래서 내가, 대체 그게 무슨 뜻이니? 하고 물었다. 그러자 그애가 "엄마의 커리어요" 하고 말했다. 그리고 베카가 덧붙였다. "알다시피, 그 사람 시는 **형편없잖아요**." 그래서 윌리엄과 에스텔과 데이비드와 함께 트레이의 시 낭송회에 가면 나는 속으로 그의 시가 아주 별로라고 생각하고 있었고, 그래서 늘 아주 불편했던 것이 떠올랐다. 그리고 이제 내가 말했다. "그를 떠나보내, 베카. 속이 다 후련하다." 그러자 베카가 말했다. "그이는 엄마가 나이 많은 백인 여자들에 대해 쓰는 그냥 나이 많은 백인 여자라고 생각하던데요." 이 말은 해야겠는데, 나는 그 말에 뜨끔했다. 그래서 내가 말했다. "그애는 젊은 백인 남자고, 쓴다는 게 고작—오, 신경쓰지 마." 하지만 그 말이 나를 괴롭혔다. 창피했다.

"그놈은 그냥 똥닭개 같은 자식이야." 내가 그 말을 하자 윌리엄이 말했다. "베카는 이번 일로 자기 인생을 구했어, 진심으로 하는 말이야."

그리고 베카는 아마도 그랬던 것 같았다. 크리시와 마이클이 그애에게 잘해주고 있는 게 분명했다. 하지만 그애와 이야기를 나눌수록 그애는 내게서 점점 멀어지는 것 같았다. 그리고 어느 밤 그애가 말했다. "엄마, 이 모든 게 정확히 내게 필요했던 거예요."

3

그러던 어느 아침, 내가 산책하러 나갔을 때 언덕 아래 근처 진입로 가장자리로 연노란색 민들레가 자라고 있는 것이 보였다. 나는 물끄러미 바라보았다. 눈을 뗄 수가 없었다. 허리를 숙여 그 부드러운 머리 윗부분을 만져보았다. 그리고 생각했다. 오 세상에! 그뒤로 산책길에 민들레가 점점 더 많이 보이기 시작했다. 민들레는 내가 어렸을 때 살았던 긴 흙길의 가장자리에도 자랐는데, 어느 날, 내가 정말로 어렸을 때, 나는 어머니에게 주려고 민들레를 꺾어 작은 꽃다발을 만들었다. 어머니는 새로 만들어준 원피스의 위쪽에 얼룩이 생겼다며 내게 몹시 화를 냈다. 하지만 그럼에도 민들레는—그만큼 오랜 시간이 지나서도—내 가슴을 경이로움으로 열어주었다.

*

밥 버지스가 다시 나타났고, 이번에는 아내 마거릿과 함께
였다. 그녀는 처음에 내게 불안감을 일으켰는데, 아마 그녀
가 불안해했기 때문인 것 같다. 여전히 추운 날씨였지만, 햇
살 한 조각이 우리의 야외의자가 놓인 잔디밭에 떨어져 있었
다. 마거릿과 밥, 두 사람 다 손으로 만든 마스크를 쓰고 있
었고, 점심을 먹은 직후 여기로 온 것이었다. 윌리엄도 같이
있어서, 우리 넷은 작은 잔디밭에 앉았다—나는 새 겨울 코
트를 입었지만 얼어붙을 듯 추웠다. 우리는 야외의자를 띄워
서로 멀찍이 거리를 두고 앉았다. 마거릿은 몸매가 예쁘지
않았지만—코트를 입은 몸매가 예쁘지 않았다는 말이다—
눈은 아주 예뻤고, 안경 뒤로 눈빛이 아주 초롱초롱했다. 심
지어 마스크를 쓰고 있는데도 에너지가 뿜어나오는 것을 느
낄 수 있었다. 지금은 5월 초순이었지만 여전히 몹시 추웠다.
그녀가 내게 뭐든 필요한 게 있냐고 물었다. 나는 아니, 괜찮
다고 답했다.

그 순간 갑자기 그녀가 말했다. "당신을 만날 생각에 겁을
좀 먹었어요."

나는 너무 놀랐다. 내가 말했다. "겁을요? 나 때문에? 오,

마거릿. 나는 그냥…… 그냥 나예요."

"네, 지금은 알겠어요." 그녀가 말했고, 그 말이 나를 혼란스럽게 했다. 나는 윌리엄이 그러는 것처럼 밥과 이야기를 나누고 싶었고, 이렇게 마거릿에게 붙잡혀 있고 싶지 않았다. 하지만 그녀가 내 딸들에 대해 물었고, 그녀의 눈빛은 그 애들에 대해 물으면서 아주 반짝거렸다. 그래서 내가 베카의 남편에 대해, 그리고 베카와 크리시와 마이클이 어떻게 다같이 코네티컷에 있게 되었는지에 대해 말해주었고, 그녀는 정말로 귀기울여 듣는 것 같았다. 나는 그녀가 듣고 있다는 것을 알 수 있었고, 그녀는 어쨌거나 정확히 바람직한 반응을 보였다. 그녀가 무슨 말을 했는지는 기억나지 않지만, 내가 오, 그녀는 바로 여기 나와 같이 있구나, 하고 생각했던 것은 기억난다.

그녀는 자신이 유니테리언교* 목사라고 말했고, 나는 그게 어떤 건지 물었다. 그녀는 자기가 하는 모든 일에 대해 말해주었는데, 대면으로 만나던 익명의 알코올중독자 모임은 중단되었지만, 지금은 화요일 밤마다 줌으로 만난다고 했다. 그녀는 예전만큼 효과가 없다고 안타까워했고, 자신의 예배도

---

* 삼위일체론을 부정하고 신격의 단일성을 주장하는 기독교의 한 종파.

줌으로 집전한다고 말했다. 그게 어떤 건지 정말로 짐작할 수는 없었지만, 그녀의 생활을 떠올려보는 건 흥미로웠다.

그들은 한 시간 정도 있다가 가겠다고 일어섰다. 밥이 말했다. "저기, 루시, 작은 눈보라를 경험해보니 어땠어요?" 그래서 내가 전혀 좋지 않았다고 말했다. "견디기 힘들어요." 밥이 말했다. "5월에 그런 눈보라가 치면 그냥 견딜 수가 없어요, 기가 찰 노릇이죠."

마거릿이 말했다. "밥은 부정적인 성향이에요." 하지만 그녀는 그 말을 명랑하게 했고, 그의 어깨를 가볍게 만졌다. 나는 아마 나도 같은 성향인 것 같다고 말했다.

*

그날 밤 나는 잠을 이룰 수 없었다. 잠을 자든 자지 않든 상관이 없었으므로 수면제는 먹지 않았고, 깬 상태로 누워 있는데도 특별히 불편하지 않았다. 나는 베카를 생각하고 있었고, 또한 밥 버지스도 생각했다. 윌리엄이 일어나는 소리가 들렸고, 그가 잠이 오지 않을 때 이따금 그러듯 책을 읽으러 아래층으로 내려갈 거라고 생각했다. 하지만 그는 그러는 대신 내 문 앞에서 걸음을 멈추고—우리 침실은 늘 열려 있었다—작은 소리로 말했다. "루시? 안 자?"

나는 어둠 속에서 일어나 앉아, 응, 안 자, 하고 말했다.

그러자 윌리엄이 방으로 들어와 침대 모서리에 앉았다. 작은 달빛뿐이라, 그의 얼굴이 뚜렷이 보이지 않았지만, 대번에 그가 괴로워하고 있다는 것을 알 수 있었다. "루시." 그가 말했다. 그리고 더는 말이 없었다. 그래서 마침내 내가 말했다. "무슨 일이야, 필?"

"내가 로이스 부바에게 뭐라고 답했는지 궁금하지 않아?"

나는 앉은 자세를 더 똑바로 하며 말했다. "오 맙소사. 물어보지 않은 거 미안해. 베카 일에 완전히 정신이 팔려서 잊고 있었어. 오, 정말 미안해! 뭐라고 썼는지 말해줘."

그러자 윌리엄이 가서 컴퓨터를 들고 돌아와 내 침대 모서리에 다시 앉았다. 그가 내게 읽어준 것이 정확히 기억나지는 않지만 내용을 아주 잘 썼고, 지금은 자기가 진짜 남자의 삶이 아니라 소년의 삶을 살았다고 생각한다고, 그리고 그것이 사실이라 매우 유감스럽다고 말하며 편지를 마무리했다. 많은 사람이 후회하겠지만, 자신의 후회는 나이가 들수록 더 커지는 것 같다고, 그는 썼다. 그리고 그는 어머니가 자신에게 누이가 있다는 이야기를 한 번도 해주지 않은 것이 무척 유감스럽다고 말하면서 편지를 끝냈다. 그는 그것을 거의 용서할 수 없을 정도고, 몹시 아쉽다고 했다. 그리고 그녀에게도 가장 좋은 일만 있기를 바란다고 썼다.

그는 부끄러움과 기대감이 깃든 표정으로 나를 쳐다보았다. "훌륭한데." 내가 말했다. "정말로 잘 쓴 이메일이야. 누이가 다시 답장을 보내왔어?"

그러자 그가 말했다. "보내왔어. 오늘밤에." 그가 다시 컴퓨터를 보며 답장을 읽어주었다. 로이스는 그에게 쓴 편지에서, 그들의 어머니가 그렇게 행동한 것은 어쨌거나 그의 잘못이 아닌 것을 잘 알고 있다고 더없이 정중하게 말했다. 요즘 내 가슴속에는 어머니에 대한 연민이 있어요. 로이스는 썼다. 당신은 그 일을 용서할 수 없겠지만, 나는 더이상 그렇지 않다는 걸 알아줘요. 당신(우리)의 어머니는 내가 좋은 보살핌을 받으리란 걸 알고 있었고, 실제로 그랬어요. 그리고 로이스는 이렇게 썼다. 편지 끝에 사랑을 담아, 라고 써도 편하게 받아주기를 바라요. 사랑을 담아, 로이스—당신의 누이가.

"진짜야?" 내가 말했다. "윌리엄, 잘됐어!" 그리고 내가 말했다. "당장 사랑을 담아, 라고 써줘서 기쁘다고 쓰고, 당신도 사랑을 담아, 라고 써서 답장을 보내. 아니면 어떻게 써도 좋고."

"오, 그래야지. 그럴 거야." 그는 닫힌 컴퓨터를 내려다보며 거기 어둑한 불빛 속에 앉아 있었다.

"뭐가 문제야?" 내가 물었다.

나는 어둑한 불빛 속에서 그가 나를 쳐다보는 것을 보았고, 그는 말했다. "오, 아무것도 아니야. 그냥 혼자 속상한 거지, 그게 다야."

나는 그를 지켜보며 기다렸지만, 그는 더이상 말하지 않았다. 그래서 내가 말했다. "팸 칼슨이랑 밥 버지스 때문이야? 그가 당신하고 팸에 대해 알고 있어?"

그러자 윌리엄이 말했다. "아니, 팸은 말하지 않았어. 팸은 상대를 꽤 자주 바꿨으니까—"

"당신도 그랬지." 내가 말했지만, 그 말을 비열하게 하진 않았다. 그 말을 하면서 내 마음에 비열함은 전혀 없었다.

"알아, 알아." 윌리엄이 손으로 자기 머리칼을 쓸었다. "그는 좋은 사람이야, 당연히 그렇지."

그래서 내가 말했다. "나는 그를 사랑해."

"알아. 그 말은 이미 했잖아." 그러자 윌리엄이 이렇게 말했는데, 좀 낯설게 느껴졌다. "나도 좀더 그 사람 같았으면 좋았을 텐데."

"당신도 마거릿과 결혼해서 여기 메인에 정착해서 살면 좋겠어?"

그러자 그가 조용히 말했다. "아니. 하지만 당신도 내가 무슨 뜻으로 말하는지 알잖아. 나는 베카가 그 지옥 같은 일을 겪는 걸 보고 있는데, 그게 내가 당신에게 했던 일이지."

나는 그것에 대해 생각했다. 그리고 말했다. "그애는 그 당시 나보다 훨씬 잘 헤쳐나가고 있어." 그건 사실 같았다. 그리고 내가 덧붙였다. "하지만 아마 그애는 오랫동안 트레이를 좋아하지 않았던 것 같아." 그리고 나는 그것에 대해 생각해보았고, 윌리엄도 그것에 대해 생각한 것이 분명했다. 왜냐하면 그가 "그러면 당신은 그 사실을 알았을 때도 나를 여전히 좋아했나?" 하고 물었기 때문이다.

"오 맙소사, 그랬어. 당신을 사랑했지."

윌리엄이 크게 한숨을 쉬었다. "오 버튼." 그가 말했다.

"필리, 우리는 더이상 이런 대화를 나눌 필요가 없어."

"그래." 그가 말했다. 그리고 말했다. "저기, 내가 오늘 갑자기 누가 떠올랐는지 알아? 터너 씨 부부, 그 사람들 기억해?"

그러자 내가 말했다. "그럼, 음, 그 여자가 신경쇠약이라고 들은 것 같은데—"

그리고 우리는 이어 이야기를 나누었다. 몇 시간 동안 나누었다. 월리엄은 침대 위 내 옆에 앉아 있었고, 우리는 우리 둘 다 아는 사람들에 대해 그들이 어떻게 되었는지 이야기했다. 그리고 우리는 둘 다 피곤해졌다.

"그만 자러 가." 내가 말했고, 월리엄이 일어서서 말했다. "좋은 대화였어, 루시."

"멋진 대화였어." 내가 말했고, 나는 그가 내 방 옆인 자기 방으로 자러 갈 때 우리 둘 다 미소를 짓고 있었던 것 같다고 느꼈다.

4

나는 조수의 변화에 대해 알게 되었다. 물이 언제 들고 언제 나는지 이해했고, 그것에서 위로를 받았다. 나는 밀물이 들 때 소용돌이치는 파도를 지켜보았는데, 파도는 하얗게 소용돌이치며 우리 아래로 검어진 바위에 철썩철썩 부딪혔다. 또한 우리 앞에 있는 두 개의 섬에도 부딪혔다. 나는 그 장면을 바다가 거의―잠시―평평해 보이는 날에 지켜보았고, 물이 젖은 바위와 구릿빛으로 노르스름한 해초만 남기고 빠져나가는 것도 지켜보았다. 앞을 바라보면, 그 작은 두 개의 섬

너머로는 수평선에 아무것도 보이지 않았는데, 바다는 그만큼 멀리까지 펼쳐져 있었다. 나는 하늘과 바다의 색이 서로 짝을 이루는 경향이 있다는 것을 알아차렸다.

하늘이 회색이면—종종 그렇듯이—바다도 회색인 것 같았고, 하늘이 연푸른색이면 바다는 푸른색으로, 혹은 구름과 해가 있으면 이따금 진녹색으로 보였다. 바다는 내게 어쨌거나 큰 위로가 되었고, 그 두 섬은 늘 그 자리에 있었다.

내 안에서 오르내리는 슬픔이 그 조수 같았다.

*

하지만 베카는 내게서 사라진 것 같았다. 나는 심지어 그애가 나를 피하고 있다고 느꼈다. 내가 베카에게 전화를 걸어도, 하루나 이틀이 지나도 베카는 다시 전화를 걸어오지 않았다. 마침내 통화를 하게 되었을 때 그애의 목소리에서는 감정이 잘 느껴지지 않았다. "엄마, 나는 정말로 괜찮아요. 제발 내 걱정은 많이 하지 마세요." 그애가 말했다. 내 가슴은 축축하고 지저분한 행주가 가슴팍 위에 올려져 있는 것처럼 묵직하고 아팠다.

하지만 결혼생활이 아무리 불행했을지라도 그애는 결혼이

깨진 것을 슬퍼하고 있었다—그 생각이 마침내 내게 떠올랐다. 그리고 나는 생각했다. 루시, 그걸 깨닫지 못했다니, 너 정말 어리석구나.

*

그리고 엘시 워터스가 꿈속에서 나를 찾아왔다. 엘시는 불안해 보였지만 더없이 엘시다웠다. 그녀는 나를 살펴보러 온 것이었고, 내가 잘 지내는 것을 보자 고개를 끄덕이고 돌아서서 다시 문을 통과해 돌아갔다. 나는 그 문이 죽음인 것을 알고 있었다. 하지만 엘시를 다시 볼 수 있어 아주 기뻤다!

내가 윌리엄에게 그 꿈에 대해 말하자, 그는 아무 말 하지 않았다. 그가 할말이 전혀 없다는 게 내 마음에 묵직하게 걸렸다.

*

매일 밤 우리는 텔레비전에서 뉴스를 보았고, 나는 낮에 컴퓨터로 뉴스를 읽었다. 이것은 끝날 것이다, 나는 계속 생각했다. 이건 끝나야 한다. 하지만 매일 밤 끝나지 않았고,

어떤 식으로든 끝나리란 기미는 보이지 않았다.

　나는 윌리엄에게 그 바이러스에 대해, 그것이 왜 통제 불
능이 되었고 왜 멈출 수 없는지, 왜 백신을 당장 만들어낼 수
없는지 설명해달라고 했고, 그는 설명해주었다. 그는 자기
생각에는 유전적 요소가 관여되어 있다고, 인간의 유전자가
그 바이러스가 심각하게 접근할지 혹은 그렇지 않게 접근할
지를 결정하기 때문인 것 같다고 덧붙였다. 그게 그 바이러
스가 사람에 따라 아주 다른 영향을 미치는 이유 같다고.
　나는 하루하루를 견뎠다—내가 어떻게 그 시간을 견뎠는
지 모르겠다.

*

　하지만 나는 이 말은 하려고 한다.
　윌리엄이 거실 구석 작은 테이블에 앉아 반 고흐의 자화상
퍼즐을 맞추고 있는 동안 내가 불쑥 그의 맞은편에 앉을 때
가 더러 있었고—앞서 말했듯, 나는 퍼즐 맞추는 걸 싫어한
다—그럴 때 나는 이를테면 반 고흐의 광대뼈 조각을 찾아
완성되지 않은 퍼즐에서 그것이 들어갈 자리에 끼워주었다.

그러면 윌리엄이 고개를 끄덕이며 "잘했어, 루시" 하고 말했고, 나는 속으로, 내가 불행하진 않아, 하고 생각했다.

5

어느 아침 산책하러 나가는데, 밥 버지스가 진입로로 들어오고 있었다. 그는 차창 밖으로 머리를 내밀고 말했다. "내 부정적인 성향의 친구는 어떻게 지내나요?" 그래서 내가 밥, 같이 산책하러 가요! 하고 말했다. 그러자 그가 차를 댔고, 그와 나는 함께 걸었다. 그는 나보다 더 천천히 걸었다. 그는, 앞서 말했듯, 작은 체격이 아니었고, 양손을 청바지 주머니에 찔러넣고 걸었다. 청바지는 축 처져서 슬퍼 보였다. 하늘은 푸른색이었지만 구름이 계속 태양을 가렸고, 그러다 다시 태양이 밝은 노란색으로 빛났다.

"오, 뉴욕이 그리워요." 밥이 그날 내게 말했고, 나도 "오, 나도 그래요!" 하고 말했다. 그는 대체로 매년 이 무렵이면 형을 보러 뉴욕에 갔었다고 했다. 짐이 거기 살고 있고, 가면 이따금 팸도 만난다고 했다. 그는 오로노에 있는 메인대학교에서 팸을 만났다고 했다. 팸은 매사추세츠주 작은 타운 출신이었다. 그가 내 쪽으로 고개를 돌리고 말했고, 그의 눈이 웃고 있었다. "우리가 4학년생일 때 9월 29일에 눈이 내렸어요. 그래서 내가 말했죠. 팸, 우리 여기서 벗어나자. 그래서 우리는 졸업식이 끝나고 곧장 뉴욕으로 향했어요. 아, 루시." 밥이 고개를 천천히 흔들며 말했다. "우린 그냥 어린애들이었죠."

"알겠어요." 내가 말했다. "정말로 알겠어요."

그리고 밥은 자기가 어떻게 가난하게 자랐는지 다시 내게 말했다. "하지만 당신만큼 가난하진 않았어요." 그날 그가 아버지의 죽음에 대해 말해주었다. 밥은 네 살이었는데, 그와 쌍둥이 누이 수전, 그리고 형인 짐이 차에 탄 채 진입로 위쪽에 있었고, 아버지는—차는 시동을 걸어놓은 상태였다—우편함을 확인하러 진입로 아래쪽에 내려가 있었다. 차가 굴러 아버지를 치었고, 아버지는 죽었다. 밥이 말했다. "그렇게 한 사람이 평생 나였다고 생각했어요. 기어를 만지작거린 사람이 나라고 생각했죠. 어머니도 그렇게 생각했지만, 그렇게 생각했기 때문에 내게 아주 잘해주었던 것 같아요. 심지어 정신과의사에게도 데려갔는데—정말이지, 당시에는 누구도 정신과의사를 찾아가지 않았어요—의사는 내게 아무것도 해줄 수 없었어요. 내가 입을 열지 않았으니까요." 그리고 밥은 짐이—자기가 형이니 그 사고에 대해 밥보다 더 잘 기억한다고 말했다—기어를 만지작거린 사람이 자기였다고, 밥은 실제로 쌍둥이 누이인 수전과 함께 뒷좌석에 타고 있었다고 말한 지가 십오 년밖에 되지 않았다고 내게 말해주었다. 짐은 그때까지 그 사실을 결코 고백하지 않았었다고. 밥이 고개를 가로저었다. "짐이 그 말을 했을 때 나는 미치는 줄 알았어요."

내가 말했다. "세상에, 그랬을 것 같아요."

오, 우리는 그날 산책에서 멋진 시간을 보냈다. 나는 그에게 데이비드에 대해, 그가 필하모닉의 첼로 연주자였다는 것과 고작 열아홉 살이었을 때 하시드파 유대교 사회에서 쫓겨났다는 것에 대해 말했다. 나는 그에게 온갖 이야기를 다 했고, 그는 내 말을 들으려고 계속 고개를 돌렸다. 마스크 위로 그의 눈은 다정했다. 내가 가끔은 남편을 잃은 지 얼마 되지 않은 것처럼 느낀다고 말하자 그가 걸음을 멈추고 내 어깨에 잠시 손을 올렸다가 "당연히 그렇겠죠, 루시. 당신은 남편을 잃은 지 얼마 되지 않았잖아요. 세상에. 루시" 하고 말했다.

우리는 다시 걷기 시작했다.

내가 말했다. "그 때문에 여기 올라와 지내는 게 더욱 이상하게 느껴져요." 그러자 그가 고개를 끄덕이며 "정확히 어떻게 그런지 말해줘요" 하고 말했다.

그래서 내가 그에게 윌리엄과 함께 있는 것이 이상하다고—다만 늘 이상하게 느껴지는 건 아니라고, 그것이 더욱 이상하게 느껴진다고 말했다. 그리고 뉴욕을 떠나온 것이, 뭔가가 언제 바뀌게 될지 모르는 것이 그렇다고. 그러자 밥이 천천히 걸음을 옮기면서 나를 흘끗 보았고, "당신 말 듣고 있어요, 루시" 하고 말했다.

우리는 아름다운 작은 만이 바라보이는 벤치에, 육 피트*는 되지 않았지만 거리를 두고 그는 한쪽 끝에, 나는 반대쪽 끝에 앉았다. 태양은 찬란한 노란색으로 빛났다. 밥이 말했다. "담배 피워도 돼요?" 그가 담뱃갑에서 한 개비를 꺼낸 뒤 마스크를 입 아래로 내렸다. "괜찮으면 좋겠어요." 그가 덧붙였다. "마거릿은 오래전에 자신과 결혼했을 때 내가 담배를 끊었다고 생각하지만, 이 팬데믹—모르겠어요—이게 나를 불안하게 만드는 것 같아요. 종종 정말로 담배가 피우고 싶거든요."

내가 그에게 나는 아무렇지 않다고, 나는 담배 연기 냄새를 좋아한다고 말했다. 그건 사실이고, 늘 그랬다. 밥은 빠르게

---

* 코로나 19의 규제 조치 중 하나가 육 피트 거리두기였다.

담배를 피워 물었고, 내 가슴은 그를 향해 더욱 열렸다. 갈매기 두 마리가 선거로 내려왔다가 다시 하늘 높이 날아올랐다.

우리가 거기 앉아 있는 동안 나는 밥의 형인 짐에 대해, 그가 여자친구를 살해한 혐의로 기소된 솔 가수 윌리 패커의 변호사로 얼마나 유명해졌는지를 생각했다. 전국적인 관심을 끈 큰 재판이었고, 짐은 윌리 패커가 무죄 선고를 받게 해주었다. 그래서 내가 말했다. "짐은 윌리 패커가 무고한 걸 쭉 알고 있었던 거겠죠?"

그러자 밥이 나를 쳐다보았고, 나는 마스크를 쓰지 않은 그의 표정 전체를 볼 수 있었다. 거기에는 큰 부드러움이 녹아 있었다. 그가 내 어깨에 손을 대려는 것처럼 팔을 들었지만, 그러지 않고 다시 팔을 내렸다. 그리고 그가 말했다. "오 루시, 순진하네요." 나는 창피했다. "그러면 그는 유죄였어요?" 내가 말했다. "짐은 그를 변호할 때 그걸 알고 있었어요?"

밥이 다정한 눈빛으로 나를 보면서 담배를 깊이 빨아들였고, 이어 입가로 담배 연기를 내뿜었다. "루시, 나 역시 변호사로 일했어요. 짐은 피고측 변호사라면 누구나 할 법한 일을 했던 거라고 생각해요. 그는 윌리에게 유죄인지 아닌지 묻지도 않았을걸요."

"알겠어요." 내가 말했다. 그리고 말했다. "친절하게 설명해줘서 고마워요. 내가 바보 같아요, 밥. 나는 세상일에는 늘 바보 같았어요."

그러자 밥이 말했다. "당신은 인간의 마음에 대해서는 바보 같지 않잖아요, 루시. 그리고 나는 당신이 세상일에 바보 같다고도 생각하지 않아요." 그가 말을 중단했다가, 이어 말했다. "하지만 당신이 무슨 말을 하는지는 알겠어요. 나도 좀 그런 경향이 있거든요."

다시 집으로 돌아갈 때, 우리는 톰이 자기 집 계단에 앉아 있는 것을 보았다. 나는 두 팔을 흔들었다. "안녕하세요, 톰!" 내가 말했다. 그러자 그가 말했다. "안녕하시오, 디-아." 그리고 밥에게 고개를 까딱하며 "버지스 씨" 하고 말했다.

"안녕하세요, 톰." 밥이 말했고, 우리는 계속 걸어갔다.

"저 사람 알아요?" 내가 물었고, 밥이 나를 곁눈질로 흘끗 쳐다보며 말했다. "알지요. 당신 차에 '고 홈, 뉴요커'라고 써 붙인 게 저 사람이 아닐까 의심하고 있어요."

"아니에요, 그는 그러지 않았어요. 그와 나는 처음부터 친구였어요." 하지만 그 순간 나는 그 종이가 차에 붙어 있던 것이 내가 그와 처음 대화를 나눈 날이었다는 사실을 기억해냈다. "정말로 그랬을까요?" 내가 밥에게 물었다.

밥은 대답하지 않고 계속 걷기만 했다.

"음, 그러거나 말거나죠." 내가 말했다. "톰과 나는 이제 친구인걸요."

마스크 위로 밥의 눈이 내게 미소를 지었다. "알겠어요, 루시." 그가 말했다.

우리는 그의 차가 있는 곳으로 돌아갔다. "이걸 또 해보죠."

*

그래서 다음주에 나는 밥과 또 같이 걸었다. 봄이 갑자기—아주 빨리—오고 있었고, 밥은 마거릿도 윌리엄과 나와 같이 산책하고 싶어한다고 말했다. 그래서 윌리엄과 내가 차를 운전해 시내로 갔고, 밥과 마거릿의 차를 따라 강가 산책로까지 갔다. 그곳에는 우리 넷이 충분히 떨어져 걸을 만큼 공간적인 여유가 있었다. "내가 마거릿하고만 같이 걷지 않게 해줘." 우리가 그리로 운전해 갈 때 내가 윌리엄에게 말했다.

그가 나를 흘끗 보았다. "당신이 그 여자를 좋아하는 줄 알았는데." 그가 말했다.

"좋아하지!" 내가 말했다. "그냥 둘이서만 같이 있고 싶지는 않을 뿐이야."

마거릿은 걸음이 빨랐고 윌리엄도 그랬다. 그래서 그 두 사람이 우리보다 앞에서 걸어갔는데, 솔직히 그건 좋았다. 기분좋은 아침이었다. 산책로는 강을 따라 이어지는 포장된 좁은 길이었고, 강은 그날 햇빛 속에서 반짝거렸다. 마침내 새잎이 돋기 시작했고, 녹색과 밝은 빛의 느낌이 있었다. 나는 나무들이 자신들의 아름다움에 확신이 없는 소녀들 같아 보인다고 생각했다. 그리고 풀이 자란 땅에는 여기저기 민들레가 피어 있었다.

마거릿은 종종걸음을 멈추고 우리가 지나갈 때 마주치는 많은 사람과 대화를 나누었고, 나는 그녀가 그들의 안부를, 그들의 어머니들과 자식들의 안부를, 이런저런 안부를 묻는 것을 보았다. 그들과 대화를 나눌 때 그녀의 눈빛이 반짝거렸다. 그녀는 어쨌거나 목사였다―그리고 그 역할을 잘해내는 것 같았다. 그녀가 정말로 좋은 사람인 것을 알 수 있었다는 것, 그게 내가 말하려는 것이다.

6

윌리엄은 산책할 때 계속 파수탑까지 걸어갔다. 오후에 갈 때가 많았다. 그럴 때마다 돌아오면 기분이 안 좋아 보였다. 나는 그걸 알아차렸지만, 그것에 대해 무슨 말을 해야 할지 알 수 없었고, 그 역시 아무 말 하지 않았기에 나도 묻지 않았다.

나는 윌리엄에 대한 내 감정을 알 수 없었다. 그에 대한 내 감정은 달라져, 조수처럼 오락가락했다. 하지만 윌리엄은 어떤 면에서 그 자리에 존재하지 않을 때가 아주 많았고, 그런 순간이 되면 나는 그와 결혼생활을 하던 때가, 그때 내가 얼마나 자주 그렇게 느꼈는지가 떠올랐다. 지금은 이따금 내가 대화를 나누고 싶을 때—나는 대화를 나누는 걸 늘 좋아했다—그는 눈알을 굴리며 컴퓨터를 내려놓고 "뭔데, 루시?" 하고 물었다. 그리고 나는 그게 싫었다. 그래서 이렇게 말했다. "아무것도 아니야. 그냥 됐어." 그러면 그는 다시 눈알을 굴리며 말했다. "오, 왜 그래, 루시. 당신이 말하고 싶은 게 있었잖아. 그러니 말해봐."

그래서 나는 그에게 톰이 종종 자기 집 앞 계단에 앉아 담배를 피우고 있더라고 말한다. "그를 본 적은 있어? 내가 누구 말하는지 알아?" 그러자 윌리엄이 고개를 끄덕였다. "나는 그를 아주 많이 좋아해." 내가 말했다. 그리고 나는 더 말을 이어갈 수 없었는데, 윌리엄이 지루해하는 게 너무 뚜렷이 보였기 때문이다. 심지어 우리 차에 그 종이를 붙인 게 톰일지 모른다는 밥의 말을 전했는데도, 윌리엄은 그저 어깨만 으쓱할 뿐이었다.

그런 때에 나는 그를 참을 수 없었다.

하지만 다른 때, 종종 우리가 2층 각자의 방으로 올라가기 직전에는 그의 태도가 부드러워져 내게 상냥하게 말하곤 했다. 나는 혼잣말을 했다. 그의 아내가 작년에 그를 떠났고, 그는 몇 달 동안 어느 딸도 만나지 못했으며, 우리는 팬데믹 한복판에 있고, 그는 더이상 제대로 된 일은 할 수 없다고. 그에게 잘해줘, 루시.

그러던 어느 날 이런 일이 있었다!

어느 밤 우리가 거실에 함께 앉아 있을 때였는데—윌리엄은 컴퓨터로 뭔가를 타자하고 있었다—내가 "윌리엄, 당신 **늘 그렇게** 청바지를 자주 빨았어?" 하고 물었다.

윌리엄이 타자하던 것을 멈추고 똑바로 앞을 바라보았다.

그리고 컴퓨터를 좀 세게 닫았고, 내 생각엔 그랬고, 그러고
는 창밖으로 어둠을 내다보았다. 그는 나를 흘끗 본 뒤 "전립
샘 절제술을 받았어, 루시. 10월 말에 전립샘암 진단을 받았
고. 당신하고 같이 그랜드케이맨에 갔다 온 직후에 알게 됐
어. 그래서 절제했어" 하고 말했다.

나는 잠시 기다렸다가, 이어 조용히 말했다. "그랬어?"

윌리엄은 의자 더 깊숙이 앉았고, 두 다리를 꼰 채 위쪽 다
리의 발을 흔들기 시작했다. 그리고 말했다. "그랬지. 그래,
그랬어. 그 분야 최고라는 사람을 찾아갔는데, 그놈이 망쳐
놨어, 루시."

내가 말했다. "무슨 뜻이야, 망쳐놨다니?"

윌리엄이 자기 손을 아랫배로 가져가며 말했다. "더이상
기능이 안 돼. 나는 끝났어. 약을 먹어도 소용이 없어. 그 멍
청한 의사 놈이 내게 그러더군―내가 아직 회복실에 있을
때였는데―그가 그랬어. '신경을 절제해야 했어요.' 그래서
내가 알게 된 거야." 윌리엄이 덧붙였다. "지금도 바지에 조
금씩 오줌을 싸."

나는 그를 바라보며 앉아 있었다. 마침내 내가 말했다. "딸
들도 이 사실을 알아?"

그러자 그가 놀란 표정을 짓고는, 아니라고, 절대 말하지

않았다고 말했다.

"암에 걸렸는데, 당신은 우리한테 말하지 않았다고?"

"비난하지 마, 루시."

"아니, 아니." 내가 말했다. "아니야, 그게 아니라. 정말 미안해, 윌리엄! 오 맙소사, 그냥 정말 너무 미안해! 윌리엄, 이건—"

그러자 그가 내 말을 막으려는 것처럼 손을 들었다.

그래서 나는 멈추었다.

하지만 윌리엄이 조금 뒤에 일어서서 말했다. "하지만 좋은 뉴스도 있어."

"뭔데?" 내가 물었다.

그가 냉장고로 걸어가 사과 하나를 꺼냈다. "밥 버지스가 내게 자기 의사를 소개해줬는데, 내 PSA*에는 이상이 없대. 지난달에 알았어. 그걸 확인하는 날짜가 다가와서 점점 걱정이 됐는데, 결과가 괜찮다고 나왔어." 그가 사과를 베어 물었다. "지금으로서는."

---

* 전립샘암의 검사 및 진단에 이용되는 단백 분해 효소.

그날 밤, 나는 잠을 이룰 수 없었다. 윌리엄을, 그가 암에 걸린 사실과 전립샘을 절제했다는 것과 누구에게도 말하지 않았다는 사실을 계속 생각했다. "아무한테도?" 내가 조심스럽게 물었을 때, 그는 제리가 병원에 같이 있어주었다고, 그리고 집에 돌아온 뒤에도 같이 있어주었다고 했다. 나는—주저하며—에스텔은 아는지 물었고, 그는 아니, 내가 왜 그 이야기를 에스텔에게 하겠어? 하고 말했다.

오 윌리엄, 내가 생각했다—오 가여운 윌리엄.

그에게는 견디기 힘든 일이었을 것이다—그리고 혼자 견뎌야 한다는 것은!

그런데 사랑스러운 밥 버지스가 그를 도와준 것이다—오 밥, 나는 생각했다. 오 윌리엄!

윌리엄이 내가 엘시 워터스 꿈을 꾼 것에 관심이 없었던 건 놀랄 일도 아니었다. 그는 내 말을 듣지 못한 적이 종종 있었는데 그것도 놀랄 일이 아니었다. 그는 어떤 일을 겪었는가! 손으로 아랫배를 쓱 만지며 "나는 끝났어," 그는 그렇게 말했다.

윌리엄이 끝났다고?

오 윌리엄. 오 세상에, 가여운 윌리엄.

7

그리고 5월 중순이 조금 지나, 이런 일이 있었다. '두번째 구조 이야기'다.

윌리엄이 브리짓과 통화를 하고 전화를 끊은 뒤 우리는 저녁 먹을 준비를 시작했고, 그때 그의 전화기가 울렸다. 전화기 앞면을 보니 크리시라고 이름이 떴다. 나는 그들이 통화하는 동안 식탁에 앉아 있었다. 윌리엄의 얼굴에 걱정하는 빛이 떠올랐다. "그럼 그들은 몇시에 코네티컷에 오게 되지?" 그가 듣고 있다가 말했다. "마이클에게 호텔로 가라고 전해줘." 그리고 말했다. "알았어, 내가 마이클에게 전화하지." 그리고 좀더 듣고 있다가, 이어 말했다. "알았어. 그분이 어디 산다고? 멀지 않군. 그분은 어때? 알겠어, 멜빈의 전화번호를 알려줘. 크리시. 끊자."

윌리엄은 서성이더니 카우치 팔걸이를 손으로 세게 쳤다. 그리고 말했다. "이런 젠장." 그가 식탁 앞에 앉아 나를 쳐다보았다. "멜빈과 바버라가 내일 플로리다에서 돌아온대. 오늘 애들에게 말했대. 거긴 멜빈이 골프를 치기엔 햇볕이 너무 뜨거워서 집으로 돌아온다는군. 그는 레스토랑과 골프클럽을 이용했고, 멍청한 바버라는 빌어먹을 브리지클럽 사람들과 브리지를 했다는데—젠장, 루시! 그들은 마이클이 천식인 걸 알고 있어. 그 사람들 정말로 그렇게 멍청하다고?"

나는 아무 말 하지 않았다. 무슨 말을 해야 할지 알 수 없었다. 마침내 내가 물었다. "애들보고 거기서 나가래?"

"오, 아니야! 아니, 전혀! 거기서 행복한 대가족으로 살 거라는데—모두 코비드에 걸려 아플 때까지."

"하지만 두 주 동안 호텔에서 격리해야 하는 거 아닌가?"

"그건 그들의 계획에 없는 것 같은데." 윌리엄이 말했다.

잠시 뒤 마이클이 전화를 걸어와 윌리엄에게 그의 아버지 전화번호를 알려주었고, 나는 마이클이 조용한 목소리로 윌리엄에게 말하는 소리를 들었다. "자네 잘못이 아니야." 윌리엄이 말했다. "곧 다시 통화하지."

하지만 멜빈은 윌리엄의 전화를 받지 않았다. 윌리엄은 그에게 "멜빈, 당신은 평생 훌륭한 변호사였어요. 하지만 나는 과학자고, 아이들을 만나기 전에 두 주 동안 자가격리를 해주기를 부탁합니다. 아드님이 천식이 있고, 이런 시기에 천식이 있는 건 불리해요"라는 취지의 메시지를 남겼다. 그가 말했다. "당신 장모님의 아파트로 가세요. 마이클이 그 집이

비었다고 하더군요. 그리고 내게 다시 전화해줘요."

나는 바버라의 어머니에 대해서는 생각하지 않고 있었는데, 그녀는 아직 살아 있었고 멜빈과 바버라와는 몇 마일 떨어진 곳에 살고 있었다. 그녀를 보살피러 오는 요양사 두 명의 도움을 받으며 혼자 살았다. 그녀의 아파트는 침실이 하나라, 요양사들은 카우치에서 자야 했다. 나는 그 사실은 기억하고 있었다. 하지만 윌리엄은 그녀가 팬데믹 직전에 노인들이 사는 주거 단지로 옮겼고, 그 아파트는 아직 부동산 시장에 내놓지 않았다고 말했다.

멜빈은 전화를 걸어오지 않았다.

저녁을 먹은 뒤 우리는 거실에 여덟시까지 조용히 앉아 있었고, 이윽고 윌리엄이 일어서서 말했다. "좋아, 루시. 내일 코네티컷에 가자. 우리 애들 일이야. 마이클도 우리 자식이고. 당신은 먼저 소변을 확실히 봐둬야 할 거야. 가는 길에 공중화장실을 이용할 수 없을 테니까. 샌드위치를 만들어서 가져가자. 새벽 다섯시에 출발할 거야. 수면제를 먹어두는 게 좋을 테고. 돌아오는 길에는 당신이 운전을 도와줘야 할 것 같으니까. 나도 반 알은 먹어야겠어."

나는 에스텔도 오라고 해서 거기서 브리짓과 같이 만나는지 물었지만, 그는 고개를 젓고 내 말을 중단시키려는 듯 손을 들어올렸다.

우리는 새벽 다섯시에 출발했다. 윌리엄은 네시 삼십분에 일어나 밖으로 나갔고, 포치 불빛을 이용해 우리 차에 다시 뉴욕 번호판을 붙였다. 가는 동안 우리는 한참을 말이 없었고, 나는 실제로 잠시 잠이 들었다. 내가 잠을 깼을 때 햇살이 나무들 사이로 시냇물처럼 흘러내리고 있었다. 우리가 더 남쪽으로 가면서 나무의 녹색은 전부 메인에서 보는 것보다 더 짙어졌다. 아름다운 날이었다. 차들은 많지 않았다. 우리는 휴게소에서 차를 세웠고, 내가 만든 샌드위치를 하나씩 먹은 다음, 윌리엄은 숲에서 소변을 보았고 나도 그렇게 했다.

우리는 마침내 코네티컷에 도착했고 타운으로 들어갔다―코네티컷 남부에 있는 작은 타운이었다. 윌리엄이 마스크를 던져주면서 "이거 써" 하고 말했다. 그래서 나는 그렇게 했다. 타운의 많은 곳에서 집들은 작고 평범해 보였지만, 멜빈과 바버라가 사는 거리에는 큰 나무가 줄지어 서 있었고, 잎들은 전부 햇빛을 받아 환하게 반짝거렸다. 우리가 진입로로 들어가기 직전에―집은 컸고 길에서 안쪽으로 들어가 있었는데, 튜더양식으로 지은 듯 보였다—윌리엄은 차를 세우고 마스크를 썼다. 그리고 크리시에게 전화를 걸었다. "우리 왔다." 크리시가 전화를 받자 그가 말했다. 나는 크리시가 소리지르는 것을 들었다. "어디요? 아빠가 여기요? 잠깐만요, 아빠. 아빠가 여기 왔다고요?"

"밖으로 나오렴." 그가 말했다. "우리는 안으로 들어가지 않을 테니까."

그리고 현관문을 열고 크리시가 나왔다. 내 눈에는 믿을 수 없을 만큼 아름다워 보였다. 마스크를 쓸 때 그애의 얼굴에 광채가 흐르는 것 같았고, 마이클은 뒤에 나와 서서 손을 흔들었다. 그리고 가여운 베카가 밖으로 나왔는데, 아주 달라 보였다. 그게 베카라는 걸 믿기 힘들었다. 머리카락이 어깨를 한참 덮을 만큼 길었고 약간 굽슬굽슬했으며, 살이 좀 빠졌고, 더 나이들어 보였다. "베카!" 내가 부르자 그애는 미소를 지으며 말했다. "안녕, 엄마."

"크리시!" 내가 말했다. 오 맙소사, 내가 이 아이들을 얼마나 안고 싶었는지! "아빠가 안으면 안 된다고 하셔." 내가 말했다.

"아빠가 맞아요." 크리시가 말했고, 대신 키스를 날렸다.

베카와 마이클 둘 다 손에 들고 있던 마스크를 썼다.

그리고 우리 다섯은 거기 서 있었고, 그건 아주 이상했다.

마이클은 자기 아버지가 이십 분 전에 전화를 걸어와, 공항에서 집으로 오는 길이라고 말했다고 했다. "알겠네." 윌리엄이 말했다. 그러고는 고개를 끄덕이고 "내가 최선을 다해보지, 마이클. 나를 이해해주길 바라네. 나는 최선을 다할거야" 하고 말했다.

"행운을 빕니다." 마이클이 말했다. 하지만 그 말을 할 때 그는 풀이 죽어 있었다. 그러자 윌리엄이 말했다. "나도 알아."

나는 딸들에게서 시선을 거둘 수 없었다. 아이들은 너무 커버린 모습이었고, 우리와 뭘 어떻게 해야 할지 모르겠다는 듯 약간 어색해 보였다. 그래서 내가 말했다. "풀장 옆에 앉자." 그래서 우리는 팬데믹 전에 마이클의 부모가 플로리다로 떠나기 한참 전에 해놓은 대로, 덮개로 막아놓은 풀장으로 걸어갔다. 그것은 트램펄린 같았는데—덮개 말이다—단지 굵은 말뚝 같은 것으로 땅에 박아놓았다는 것만 달랐다. 하지만 그 주변에 플라스틱 의자들이 놓여 있어, 우리는 그의자들을 서로 멀찍이 떼어놓고 앉았다. 베카의 눈빛은 심각했고, 오 맙소사, 그애가 내 마음을 찢어놓았지만, 그애는 괜찮아 보였다. 혹은 어쩌면 괜찮은 척하고 있었던 건지, 그건 잘 모르겠지만, 베카는 뭔가인 척할 수 있었던 적이 한 번도 없었다는 것, 그게 내가 하려는 말이다. 나는 아이들을 하나씩 따로 보면서 몹시 이야기를 나누고 싶었다. "베카," 내가 말했다. "어떻게 지내는지 말해줘."

"저는 괜찮아요." 그애가 말했고, 나는 생각했다. 오 맙소사, 거짓말을 하고 있어. 하지만 그 순간 그애가 나를 쳐다보았고, 마스크 때문에 잘 알아보기는 힘들었지만 아이의 얼굴에서 그새 성숙했다는 표시를 읽었다―읽었다고 생각했다. "제 걱정은 하지 마요, 엄마." 그애가 말했다. "저는 정말로 괜찮아요." 그리고 그애의 눈빛이 아주 밝아지면서 일 이야기를 하기 시작했다. 그애는 학교가 전부 문을 닫아서 가정폭력이 증가했지만 충분한 신고가 이루어지지 않아 할일이 아주 많다고 했고, 자신이 이런 일에 대해 컴퓨터로 무엇을 하는지 말해주었다. 그 이야기는 아주 흥미로웠지만 나는 제대로 들을 수가 없었고, 그애의 눈만, 그리고 내게는 새로운 방식으로 머리카락을 어깨 뒤로 휙 넘기는 동작만 볼 수 있을 뿐이었다. 하지만 그애는 철저히 베카였다.

그리고 크리시, 그애는 미국시민자유연맹의 변호사였는데, 이렇게 온통 록다운이 걸려 있는 상황에서는 시민의 평등권 문제에 있어서 아주 신중해야 해서 할일이 아주아주 많다고 했고, 나는 크리시가 그 이야기를 할 때 윌리엄이 그애에게 어떤 말도 하지 않는 것을 알아차렸다. 이윽고 그가 말했다. "잘됐구나, 크리시."

바람이 부드럽게 불자 풀장 덮개 위로 녹색 잎사귀 하나가 데굴데굴 굴러갔다.

그리고 나는 마이클에게 그의 일은 어떤지 물었고―그는 투자자였다―그가 말했다. "오, 지금 당장은 완전히 미쳐 돌아가고 있죠." 그래서 나는 이해한다고 말했다.

내가 그 말을 할 때 검은색 차 한 대가 진입로로 들어왔고, 우리 모두 황급히 일어서서 긴 원형 진입로로 걸어갔다. 잠시 뒤 멜빈이 뒷좌석에서 짙은 황록색 바지에 분홍색 폴로셔츠 차림으로 내렸고, 이어 바버라가 내렸다. 그녀는 여느 때보다 더 야위어 보였고, 캔버스 모자를 쓰고 있었다. 멜빈이 선글라스를 벗고 우리 쪽을 향해 눈을 찡그리며 말했다. "무슨 일로―" 그러더니 표정을 바꾸어 미소를 지으며 말했다. "안녕하시오―거기 두 분!" 그가 윌리엄과 악수하려고 손을 내밀었다.

나는 늘 멜빈이 좋았다. 그는 매력적이고, 젊어 보였다. 그리고 나는 그가 바버라와 결혼한 것이 늘 좀 안타까웠다. 나는 바버라가―내가 그녀를 알게 된 뒤로―한 번도 행복한 여인인 적이 없었다고 생각했다.

윌리엄이 말했다. "안녕하세요, 멜빈. 악수는 하지 않기로 하죠. 지금은 팬데믹중이니까요."

"다들 모습이 참." 그리고 멜빈이 웃었다. 선글라스를 쓰지 않은 채 웃는 그의 눈가로 하얀 주름이 보였는데, 그만큼 햇볕에 태웠다는 뜻이었다. "모두 곧 수술이라도 집도할 분위긴데요. 맙소사."

윌리엄이 멜빈에게 말했다. "이야기 좀 합시다." 그러고는 손으로 둘만 풀장 쪽으로 가자는 표시를 했다.

"그럼 그럽시다." 멜빈이 머리를 살짝 흔들며 말했다. "하지만 맙소사, 당신이 그러니까 내 기분이 이상해지는데요." 그가 선글라스를 다시 썼다.

운전사가 짐 가방과 골프가방을 트렁크에서 꺼내 차에 기대놓았다.

멜빈이 풀장 의자에 앉아 있는 동안 윌리엄은 서 있었다.

나는 바버라에게 안부 인사를 건넸고, 바버라는 오, 그럭저럭 잘 지낸다고 대답했다. 그런 다음 그녀는 마이클에게 시선을 돌려 그의 안부를 물었고, 두 사람은 지금 매사추세츠 주에 살고 있는 마이클의 형제에 대해 이야기를 나누었다. 나는 딸들을 돌아보았고, 그애들도 나만큼 긴장한 것 같았지만, 우리는 계속 공모자의 시선으로 서로를 흘끗거리며 대화를 시도했다.

멜빈이 마침내 시끄럽게 의자를 뒤로 밀고 일어서며 말했다. "그래요, 그럽시다."

나는 그가 화가 났을 거라고 생각했지만, 그는 싱글거리며 돌아왔다. 그가 말했다. "루시, 요즘 어때요?" 그래서 나는 잘 지낸다고 말했다. 그러자 그가 마이클에게 말했다. "아들, 안으로 들어가서 SUV 열쇠를 갖고 나와주면 고맙겠구나. 그리고 너희가 플로리다 쿠티스*에 걸리지 않게, 너희만 여기 두고 우린 떠날 거야." 그가 돌아서서 우리 모두를 향해 환하게 웃었고, 손을 허공에 올리고 손가락을 쫙 펴서 꼼지락거렸다.

마이클이 안으로 들어갔다가 나와 열쇠를 아버지 손에 던

---

* 접촉으로 감염되는 가상의 병으로 주로 어린아이들이 쓰는 단어다.

져주었다. 아버지가 받았고, 나는 기뻤다. 그걸 받은 게 그의 기분을 남자답게 만들어준다는 것을 알 수 있었다. 마이클은 차고로 가서 버튼을 눌렀고, 검은색 큰 SUV를 막았던 문이 올라갔다. 멜빈이 차를 후진해서 그 안에 가방과 골프가방 두 개를 실은 뒤 아내에게 "가지" 하고 말했다. 그러자 바버라가 "안녕히, 루시" 하고 말했다.

"너희는 이 주 뒤에 보자." 멜빈이 말했고, 그들은 차를 타고 진입로를 내려갔다.

우리 다섯은 거기 서 있었고, 모두 진지했다. 부드럽던 바람이 점점 거세지고 있었고, 나뭇잎이 사각거리는 소리가 들렸다. 윌리엄은 지쳐 보였고 얼굴색이 파리했다. 마침내 크리시가 말했다. "고마워요, 아빠. 오, 정말 감사해요." 이어 마이클도 똑같이 말했다. 베카는 말이 없었고 겁을 먹은 듯 보였다. 그래서 우리는 이십 분만 더 거기 머물렀고 내 머릿속은 어질어질했다. 윌리엄이 분위기를 띄우려는 듯 손뼉을 치며 말했다. "너희 모두 아주 잘하고 있어. 모두 아주 좋아 보인다." 정말로 그랬다. 우리는 조금 더 이야기를 나누었는데, 무슨 이야기였는지는 기억나지 않는다.

그리고 베카가 잠시 나를 따로 데려가, 손차양으로 햇빛을 가리며 말했다. "엄마, 우리가 블루밍데일에서 만나곤 했었 잖아요? 그게, 크리시와 제가 요전날 블루밍데일에 대해 이 야기를 해봤는데요. 거기도 아마 문을 닫아야 했겠지만, 그 건 아직 모르겠고, 많은 가게가 곧 문을 닫게 될 거예요. 하 지만 우리는 블루밍데일이 문을 닫아도 상관없다고 했는데, 거기가 어떤 곳인지 생각해보면 정말로 나쁜 것들의 집합소 라서 그래요. 그러니까—엄마!—해외에서 형편없는 임금을 받고 일하는 어린아이들이 만든 온갖 물건 말이에요. 그건 그저 너무 물질주의적이에요. 제가 여태 그런 생각을 한 번 도 해보지 않았다는 걸 믿을 수 없어요, 엄마. 정말 역겨워 요. 그러니 다시 그 도시로 돌아가면 다른 데에서 엄마를 만 나고 싶어요."

"좋아." 내가 말했다. "그러면 정말 좋겠구나. 너희 둘이 아주 자랑스러워. 기대하마."

하지만 나는 놀랐다. 정말로 놀랐다.

그리고 우리는 다시 그리로 갔고, 거기 다 같이 서 있었다. 베카가 말했다. "심지어 가족끼리 포옹도 할 수가 없네요." 그 순간 베카가 울기 시작했고, 나는 말했다. "괜찮아. 우리 다시 만나야지—" 그러자 베카의 울음이 더욱 심해졌고, 나 는 거의 참을 수가 없었다. 그 아이를 향한 내 아픔이 너무 컸다. 내가 크리시를 쳐다보고, 오, 이애는 윌리엄 같아, 하고 생각한 것이 기억난다. 하지만 그 말을 나쁜 뜻으로 한 게 아니었다. 그저 그애가 자제력이 있다는 의미였다.

"베카," 윌리엄이 말했다. "네겐 너를 아주 많이 사랑하는 가족이 있어. 이제 우린 가야겠다. 긴 하루였어. 돌아갈 길이 멀구나." 그가 손을 들어올렸다. "모두 안전하게 지내라."

그러자 베카가 울음을 멈추었다.

＊

우리가 차에 타자마자 윌리엄은 말을 걸지 말아달라고, 너무 고단하다고 말했다. 그리고 우리가 코네티컷을 빠져나올 때 윌리엄이 "루시, 당신이 운전해. 나는 피곤해 죽겠어" 하고 말했다. 그래서 우리는 차를 세우고 샌드위치를 하나씩 더 먹은 뒤 내가 운전했다. 윌리엄은 잠이 들었고 머리가 가슴팍으로 떨어졌다. 나는 그가 걱정스러웠지만, 우리가 뉴햄프셔 경계에 도착했을 때 그는 기력을 회복하는 것 같았다. 그가 말했다. "애들이 아주 잘 지내는 것 같았어."

"정말로 좋아 보였어." 내가 말했다. 그리고 "윌리엄, 멜빈에게 뭐라고 했어?" 하고 물었다.

윌리엄이 자기 쪽 창밖을 내다보고 다시 자기 앞 유리를 쳐다본 뒤 말했다. "오, 먼저 그에게 내가 바보같이 군다고 말할 시간을 좀 줬지―물론 그는 멜빈이니까 그 말을 농담처럼 했고. 그리고 나는 그가 분명 모르고 있을 팬데믹에 대한 모든 사실을 일러줬어. 그리고 거기 세 아이와 그들 두 사람에 침실은 하나밖에 없다고 말해줬더니, 그가 자기들은 바버라의 어머니 집에 가 있겠다고 하더군."

"그리고," 윌리엄이 반쯤 미소를 지은 채 나를 쳐다보았다. "플로리다에 갔다가 돌아온 유명하고 훌륭한 변호사가, 단지 자기가 그럴 수 있다는 걸 믿지 않았기 때문에, 천식에 걸린 아들에게 바이러스를 감염시킨 이야기를 듣고 싶어할 〈뉴욕 타임스〉 기자를 알고 있다고 말해줬어. 〈타임스〉라면 그 기사를 당장 먹어치울 거라고. 지금 당장 멋진 이야기를 만들어보라고. 그렇게만 말해줬어."

"음. 그 이야기가 먹힌 거네." 잠시 뒤 내가 물었다. "그런데 당신이 아는 〈뉴욕 타임스〉 기자가 있어?"

"당연히 없지." 윌리엄이 말했다.

우리는 뉴햄프셔로 차를 몰았고, 내가 말했다. "오! 크리시가 임신했어."

"정말이야?" 윌리엄이 나를 쳐다보았다. "그애가 당신한 테 말했는데, 당신은 지금에서야 내게 말해주는 거야?"

"아니, 그애가 말해준 게 아니라. 내가 방금 깨달았어."

윌리엄이 말했다. "그걸 환시로 봤다는 말이야?"

그래서 나는 곰곰이 생각한 뒤 말했다. "아니, 환시는 아니었어. 하지만 임신한 것 같아, 윌리엄. 그리고 그게 그애가 달라 보였던 이유 중 하나였어."

"왜 그애한테 물어보지 않았어?"

나는 그를 흘끗 쳐다보았다. "내가 알기를 바랐다면 직접 말했겠지. 그리고 이미 유산을 한 번 했잖아. 좀더 안정적이 될 때까지 누구에게도 알리고 싶지 않았을 거야."

"당신이 맞으면 좋겠어." 윌리엄이 말했다. 그리고 덧붙였다. "하지만 아이를 이런 세상에 데려온다는 게, 맙소사."

우리는 차로 더 달렸고 이제 메인에 들어섰다. 그리고 나는 환시를 보았다. 사실 멜빈이 차에서 내리는 모습을 본 순간 찾아온 환시였는데, 그의 주위로―아주 잠시―짙은 색깔의 오라 같은 것이 드리웠다. 한동안 나는 환시 같은 것은 보지 못하고 있었는데, 멜빈을 보았을 때 다시 찾아온 것이었다. 그 환시는 우리가 차를 타고 달려갈 때 다시 찾아왔는데, 이제 앞유리를 스쳐 날아가는 검은 새 같았고, 너무 빨라 거의 곧바로 사라졌다.

"멜빈이 바이러스에 감염됐어." 내가 말했다.

*

그날 밤 천둥과 번개를 동반한 비가 내렸다. 그것은 우리가 마침내 크로스비에 도착했을 무렵 시작되었고, 굉장했다. 그 집에 앉아 비가 지붕 위로 떨어지는 소리를 듣고 바다에 번쩍이는 번개를 쳐다보는 것은 황홀했다. 번개가 바다 위로 내리칠 때마다 천둥소리가 뒤따랐고, 그건 정말 굉장했다는 것, 그게 내가 하고 싶은 말 전부다. 우리는 손을 잡고―느슨히―카우치에 앉아 있었고, 어떤 이유에선지 뇌우가 내 기분을 더 좋게 해주었다. 윌리엄의 기분도 더 좋게 해준 것 같았는데, 그는 앉아서 어딘가 멀리 가 있는 것 같았기 때문에 확실하지는 않다. 하지만 그는 몹시 지쳐 있었다. 그리고 나도 그랬다. 내가 그에게 베카가 블루밍데일에 대해 해준 이야기를, 그곳의 물질주의와 물건이 해외에서 싼값으로 만들어지고 있다는 사실을 말해주었다. "그 사실에 놀랐어." 내가 말했다.

그가 대답했다. "아, 그애가 그 이야기를 한 건 아직 어려서야."

"그앤 그렇게 어리지 않아." 내가 말했고, 그는 알고 있다
고 말했다.

그러더니 창문을 향해 눈을 찡그리며, "하지만 그애가 한
말은 사실이지" 하고 말했다.

*

우리가 집에 도착하고 나흘 뒤 멜빈은 병원에 입원했다.
그는 바이러스에 감염되었고, 열흘 동안 병원에 있었다. 바
버라 또한 바이러스에 감염되었지만, 병원에 갈 필요는 없었
다. 바버라의 어머니도 노인 주거 단지에서 바이러스에 감염
되었지만, 그 때문에 죽지는 않았다. 멜빈과 바버라는 계속
바버라의 어머니 아파트에서 살았고, 바버라의 어머니를 도
와주러 왔던 그 여자들이 그들 또한 도와주러 왔다. "오 맙소
사!" 크리시가 전화를 걸어와 그 이야기를 해주었을 때 나는
말했고, 마이클을 바꿔달라고 했다. 그는 풀이 죽어 있었고,
"윌리엄이 부모님을 집에 들어오지 못하게 해주셔서 다행이
었어요, 루시" 하고 말했다. 그래서 나는 아버지가 몹시 아픈
게 얼마 되지 않았는데도 이런 태도를 보이다니 그는 참 괜

찮은 사람이라고 생각했다.

나는 멜빈이 거의 죽을 뻔했어! 하고 계속 생각하면서 집 안을 서성였다. 그게 사실인 것을 알았지만, 나는 믿을 수 없었다.

8

어느 밤 뉴스에서 방글라데시와 거기서 옷을 만드는 가게들에 대한 기사가 나왔는데, 거기서 일하는 노동자들에게는 심지어 마스크도 주어지지 않았고, 또 요즘은 사람들이 옷을 사 입지 않아서 다수가 일자리를 잃었다는 내용이었다. 하지만 아주 큰 방 안에 비좁게 모여 최대한 빠르게 옷감을 잘라 내려고 애쓰는 이 아주 어린 소녀들은—

나는 그것을 보고 블루밍데일은 정확히 베카가 말한 그대로, 많은 악한 일이 자행되는 곳이라는 걸 이해했다. 그리고 우리 셋은 거기서 아주 순진하고 아주 어리석게, 영원히 그렇게 할 수 있을 것처럼 그곳을 즐긴 것이다. 구두 매장을 한 가로이 통과하는 것이 우리가 세상에서 해야 하는 모든 일인 것처럼.

*

그날 밤 나는 잠을 이룰 수 없었고, 내 마음은 그런 밤에 종종 그러는 것처럼 여러 장소를 서성였다. 그리고 나는 이 기억을 떠올렸다.

오래전에 뉴욕에서, 나는 커뮤니티 칼리지에서 가르쳤고, 거기에는 나 말고도 학생들을 가르친 한 남자가 있었다. 그는 나보다 나이가 한참 많았는데, 내가 거기 가자마자 바로 은퇴했다. 그는 좋은 사람이었고, 눈썹이 짙고 조용했으며, 나를 좋아하는 것 같았다. 우리는 복도에서 종종 대화를 나누었다. 그는 아내가 알츠하이머라고, 점점 말을 잃어가다가 이제 입을 다물어버려서 자기에게 어떤 말을 마지막으로 했는지도 기억나지 않는다고 말했다. 이 남자, 그녀의 남편은 그녀가 마지막으로 한 말을 결코 기억해내지 못했다.

그리고 지금 이것을 생각하니 전에 종종 생각했던 뭔가가 떠올랐다. 내가 딸들—어렸을 때—을 마지막으로 안아올린 때가 있었다는 것. 마지막으로 아이를 안아올린 때가 언제인지 모른다는 사실을 깨닫는다는 게 종종 내 마음을 무척 아프게 했다. 당신은 아마 이렇게 말할 것이다. "오, 딸, 너를 안아올리기엔 네가 너무 많이 컸어." 혹은 그 비슷한 말을.
하지만 그런 다음 당신은 다시는 아이를 안아올리지 않는다.

그리고 이 팬데믹과 더불어 산다는 것이 바로 그러했다.
알 수 없었다.

제2권

하나

1

7월 말이 되면서 나는 엄청난 공황 증상을 경험했고, 그 결과 내 삶의 많은 부분이 달라졌다. 아주 큰 변화가 일어났다.

하지만 그 일이 일어나기 전에 일어난 뭔가 슬픈 일에 대해, 심지어 몇 가지 끔찍한 일에 대해, 그리고 좋은―심지어 사랑스러운―일에 대해 말하고 싶다.

*

첫번째로 일어난 끔찍한 일은 이것이었다.

5월 말에, 한 경찰관이 흑인 남자의 목 옆을 무릎으로 구분 이십구 초 동안 누르고 있었다. 흑인 남자의 이름은 조지 플로이드였다. 조지 플로이드가 "숨이 안 쉬어져요, 숨이 안 쉬어져요"라고 말하는 장면을 영상으로 볼 수 있는데, 그 남자의 목을 누르고 있는 경찰의 얼굴에는 아무 표정이 없었다.

이 일은 미니애폴리스에서 일어났고, 그곳에서 시위가 시작되었다. 그리고 그 지역의 다른 많은 도시로 확산되었고, 심지어 전 세계로 번졌다. 밤마다 우리는 텔레비전으로 사람들의 시위 장면을 보았고, 이따금 밤하늘로 불길이 치솟았다. 또 한 명의 무고한 흑인 조지 플로이드가 살해된 것에 수많은 사람이 항의하는 동안 가게들의 앞면은 박살났다.

나는 생각했다. "오 맙소사, 모두 병에 걸리겠어." 하지만 내가 느낀 것은 그 이상이었다. 나는 그 분노를 이해했다. 정말로 이해했다.

밤마다 우리는 텔레비전을 보았다. 오리건주 포틀랜드가 특히 심각했다. 시위대는 다른 시위대의 협박을 받고 있었고, 경찰 또한 관여되었다. 그것이 나는 무서웠다. 뉴욕에서는 사람들이 거리로 나오고 또 나왔다.

이 모든 일이 일어날 때 나는 절망과 동시에 희망을 느꼈다. 이 나라의 인종주의가 갑자기 폭발하여 터져나온 것 같았다. 하지만 사람들이 이 문제에 **관심**이 있는 것이다! 많은 사람들이.

나는 이것을 기억해냈다. 오래전에, 윌리엄과 내가 여전히 결혼생활을 할 때, 젊은 흑인 남자—이름이 애브너 루이마였는데, 조지 플로이드의 죽음 이후 되새겨보려고 온라인에서 찾아보았다—가 뉴욕에서 체포되었고, 그를 체포한 경찰관 하나가 경찰서에서 빗자루 손잡이로 그에게 항문 성교를 했다. 나는 이 일에 깊은 책임을 느꼈다. 지금도 그 젊은 남자의 얼굴이 떠오른다. 이 일을 당한 애브너 루이마의 얼굴 말이다. 그는 병원 침대에서 인터뷰를 했고, 그의 얼굴은 정직하고 사랑스러웠다. 그에게 이런 짓을 한 경찰관은 스태튼섬에서 어머니와 단둘이 살고 있었다. 그리고 나는 이 남자를 미워했다. 그의 얼굴에 떠올라 있던 아무 자책 없는 표정을 미워했고, 그의 얼굴은 계속 그렇게 텅 비어 있었다. 그리고 나는 그의 얼굴을 후려치고 싶었던 기분을 기억했고, 앞서 말했듯 나는 그것이 무서웠다. 그 감정 말이다.

나는 누구든 다른 인간 존재를 때린 적이 한 번도 없다.

하지만 그런 감정은 느꼈었다. 그 감정은 내 안 아주 깊숙한 곳에 숨어 있다.

*

그리고 베카가 어느 날 내게 문자를 보내 이렇게 말했다. "아빠에게 말하지 마요. 우리도 뉴헤이븐에서 시위에 참가하고 있어요. 걱정 마요, 우리는 안전해요!"

나는 곧바로 전화를 걸었지만, 베카는 받지 않았다.

나는 윌리엄에게 말하지 않았다. 그가 우리 아이들의 생명을 살리려고 코네티컷까지 간 사실을 생각했고, 아이들이 안전한 거리를 두지 않고 군중 속에 있다는 사실을—내가 그러듯—걱정하리란 걸 알았다. 맙소사, 나는 걱정했다. 하지만 아이들이 정말로 자랑스럽기도 했다.

이 시기에 나는 어지럼증을 느꼈다. 어떤 면에서는 내게 지금 세상에서 일어나고 있는 이 모든 일을 받아들일 수 있을 만한 힘이 없는 느낌이었다.

2

두번째로 일어난 일은—좋은 일이었는데—이것이다.

우리는 메인에서 친구를 사귀기 시작했다. 마거릿과 밥을 통해 친구를 사귀었다. 이제는 정말로 여름이었고, 그들이 우리를 다른 사람들이 있는 다른 장소로 초대하기 시작했다—늘 안전한 거리를 두고, 야외에서, 마스크를 쓴 채였다. 그리고 나는 내가 그들을 통해 만난 사람들을 좋아한다는 사실을 깨닫기 시작했다. 그들은 다양했다.

곧 그들 이야기를 하려 한다.

*

하지만 먼저 이것을 고백할 필요가 있다.

어느 날 나는 식료품점에 혼자 갔다. 세제와 에너지바 몇 개, 그리고 와인을 좀더 사러 간 것이었다. 바깥에 긴 줄이 생겨 있었다. 사람들은 마스크를 쓴 채 육 피트 거리를 두고—가게에서 우리가 어디 서야 하는지 알려주기 위해 바닥에 테이프를 붙여 표시해두었다—가게 안으로 들어오라는 말을 기다리며 서 있었다. 흐린 일요일 정오였고, 차를 대면서 나는 많은 사람이 서둘러 주차장을 가로지르는 것을 보았다. 그리고 사람들이 얼른 줄을 서고 싶어한다는 것을 이해했다—혹은 이해한다고 느꼈다. 줄이 초 단위로 길어지고 있었고, 건물을 빙 둘렀기 때문이다. 나는 계속 전화기를 쳐다보고 있는 젊은 남자 뒤에 줄을 섰고, 우리가 가게 입구에 가까워지면서 한 남자—나이가 지긋하고 피부색이 파리하고 건강하지 않은 모습이었다—를 보았다. 나는 그가 천천히 주차장을 가로지르는 것을 지켜보면서, 음, 사람들이 그를 줄 앞쪽에 세워주겠는데, 하고 생각했다. 하지만 그 남자는 나를 스쳐지나갔고, 나는 그가 긴 줄의 맨 끝으로 가는 것을 보았다. 그래서 생각했다. 내가 가서 나하고 자리를 바꾸자고 해야겠어—왜냐하면 그때는 내가 가게 안으로 들어가기까지 몇 분밖에 남지 않았을 때였기 때문이다.

나는 심지어 줄이 얼마나 긴지 보려고 주위를 둘러보기까지 했는데, 줄은 아주 길어져 있었다. 나는 가서 그 노인을 데려오지 않았다.

나는 그렇게 하지 않았다.

나보다 두 자리 앞에 있던 여인이—그녀는 내 나이로 보였는데, 어쩌면 몇 살 아래였을 것이다—자기 뒤에 선, 전화기를 들고 있는 그 남자에게 "내 자리 좀 맡아줘요" 하고 말했다. 젊은 남자는 전화기만 쳐다볼 뿐 고개를 들지 않았다. 나는 이 여자가 줄의 맨 뒤로 가려고 막 건물 모퉁이를 돌아 걸어가고 있는 그 노인을 데려오는 것을 보았다. 그녀는 노인을 자기 자리까지 데려왔고, 그는 곧바로 가게에 들어갈 수 있었다. 그리고 이렇게 한 여자는―어쩌면―자기 자리를 되찾을 수 있을 거라고 기대하는 듯 주변을 조금 둘러보았지만 누구도 뭐라고 말하지 않았고, 심지어 그녀의 자리를 맡아주어야 할 그 젊은 남자를 포함해 그 누구도 그녀를 알아차리지 못한 것 같았다. 그는 여전히 자기 전화기만 쳐다보고 있었고, 나는 그녀가 건물을 돌아가는 것을 지켜보았다―아마 줄의 맨 끝으로 갔을 것이다. 그녀는 자기 자리를 포기했고, 다시 기다려야 했다.

그리고 나는 생각했다. 그 사람은 나여야 했다고. 그 노인을 위해 내가 그렇게 했어야 했다고.

하지만 나는 그러지 않았다.

나는 그 여자가 지금 하고 있는 것처럼 긴 줄에서 기다리고 싶지 않았다.

나는 그날 뭔가를 배웠다.

나 자신과 사람들에 대해, 그리고 각자의 이기심에 대해.

내가 그 노인을 위해 그렇게 하지 않았다는 것을, 나는 결코 잊지 못할 것이다.

3

우리가 사귄 친구들 이야기를 하기 전에, 산책에서 돌아온 윌리엄이 다음날에 매사추세츠주까지 운전해 가기로 했다고 말한 것이 6월 첫째 주 어느 오후였다는 말을 먼저 해야겠다. 에스텔이 올드스터브리지 빌리지―거기 공원이 있었다―까지 브리짓을 데리고 와서, 거기서 같이 만나기로 했다는 것이다. "못 본 지 너무 오래됐어." 그가 말했고, 그 말을 할 때 그의 얼굴은 어두웠다.

나는 내가 같이 가서 운전을 도와주면 좋겠는지 물었지만, 그는 아니라고, 편도 세 시간 거리밖에 안 된다고, 혼자 할 수 있다고 말했다. 나는 에스텔이 혼자 운전해 오는지 물었고, 그가 그렇다고 말해서, 그녀가 그 머저리 남자친구를 데려오지 않는다는 것을 알았다.

다음날 윌리엄은 아침 일찍 출발했다. 나는 그에게 참치 샌드위치를 만들어주었는데, 그는 그걸 가져가는 걸 거의 잊을 뻔했다. "윌리엄," 내가 샌드위치와 물통을 들고 문밖까지 따라 나가 그를 불렀다. "이거 가져가!" 그러자 그가 내게서 그것을 받아들었다. "내가 필요하면 전화해." 내가 말했지만, 그는 손을 흔들 뿐 그냥 차에 올라탔고—그는 뉴욕 자동차 번호판을 다시 달았다—가파르고 울퉁불퉁한 진입로를 내려갔다.

그건 흥미로웠다. 처음에 나는 그가 집에 없는 것이 좀 기뻤다. 그가 없는 집에서는 자유라고 생각했다. 뉴욕에 사는 친구에게 전화를 걸어 한참 이야기를 나누었다. 우리는 웃었고, 전화를 끊고 나자 온 집안이 고요했다. 그리고 썰물 때라 산책하러 나갔는데, 나는 각기 다른 페리윙클을 보는 걸 좋아했다. 거기에는 크고 하얀 페리윙클도 있었고, 더 작은 갈색 페리윙클도 많았다. 그리고 이따금—자주는 아니었고, 그날도 보이지 않았다—불가사리가 보였다. 그리고 미끌미끌하고 노르스름한 짙은 갈색의 해초는 늘 바위 위에 제멋대로 퍼져 자랐다. 그래서 거기 나간 것인데, 나는 조금 겁이 났다. 내 균형감각이 더이상 그렇게 좋지 않다는 생각이 들기 시작했기 때문에, 넘어지면 어떻게 하는가? 그 생각이 내가 하고 있던 행동의 즐거움을 앗아갔고, 또한 구름이 몰려오고 있었다—그날은 종일 아름답고 눈부신 날이었다. 나는 집으로 돌아갔고, 생각했다. 책을 읽어야겠어. 하지만 읽고 싶은 책이 한 권도 없었다. 앞서 말했듯, 나는 여기 온 뒤로 책을 아주 조금만 읽을 수 있을 뿐이었다. 그리고 글을 쓸 수도 없었다.

아직 정오도 되지 않았다.

나는 그때 이 시기를 홀로 견디고 있는 모든 사람을 생각했다. 방금 통화한 뉴욕 친구도 혼자였다. 일주일에 두 번, 자신이 사는 건물 뒤에서 그녀는 친구와 함께, 자신은 테이블 한쪽 끝에 친구는 반대쪽 끝에 앉은 채 서로 왕래했다. 윌리엄이 집에 없으니 나는 지금 이것에 대해 다른 생각이 들었다. 친구가 당면한 곤경을 더 잘 이해하게 되었다는 말이다. 하지만 친구는 읽을 수 있었고, 나는 그럴 수 없었다. 그리고 그녀는 혼자였다.

나는 밥 버지스를 만날 수 있기를 바랐다. 그리고 딸들이 내게 전화해주길 바랐지만 그애들은 그러지 않았고, 나도 딸들에게 전화하지 않았다.

그래서 나는 카우치에 누웠고, 아이폰과 이어버드를 꺼내

클래식음악을 듣기 시작했다. 이번에는 데이비드가 (가끔) 연주하곤 했던 음악을 들을 때 앞서 나온 몇 번의 반응과 같은 방식으로 반응하지 않았다. 이번에 나는 처음으로 거의 금색의 포근한 구름 위에 누워 있는 듯한 느낌이었고, 그 감정이 사라질까봐 두려워 움직이지 않았다. 나는 생각했다. 나는 휴식을 취하고 있어. 내가 휴식을 취할 수 있었고, 그것은 특별한 일이었다.

여덟시, 해가 질 무렵에 윌리엄이 돌아왔다. 문을 열어주러 갔지만 그는 들어오지 않았고, 그래서 나는 거기 서 있었다. 잠시 뒤 내가 밖으로 나갔는데, 차창이 열려 있었는지 그의 목소리가 들렸다. 그는 울고 있었다. 흐느끼고 있었다. 나는 급히 차로 갔고, 그는 운전대에 머리를 기대고 있었다. 그가 고개를 들어 나를 보았지만, 말이 나오지 않는 것 같았다. 얼굴이 온통 젖어 있었다. 그리고 그는 계속 그렇게 울었다.

"오, 필리." 내가 속삭였다.

몇 분이 더 지난 뒤 그가 내렸고, 나는 그를 안아주었지만 그는 나를 안아주지 않았다. 그는 나를 따라 집안으로 들어왔고, 카우치에 앉았다. 그리고 내가 말했다. "무슨 일 있었어?"

그가 말했다. "아무 일 없었어. 괜찮았어. 그냥 너무 슬퍼, 루시. 너무 슬퍼."

나는 우리의 삶에서 꼭 한 번 윌리엄이 이렇게 우는 것을 보았는데, 그가 내게 조앤과의 불륜에 대해 말해준 그날이었다. 우리가 대학에 있을 때 그녀는 우리 두 사람 모두의 친구였고, 그는 그 석 달 전에 다른 여자관계에 대해서도 말해주었지만, 조앤과의 관계에 대해 말하면서는 지금 우는 것처럼 울었다. "나는 역겨운 놈이야, 루시. 나는 머저리야." 나는 그가 그런 말을 하는 것을 한 번도 들어보지 못했고, 그는 잠시 뒤에 우는 것을 멈추었다. 나는 조앤 이야기를 들을 때는 울지 않았다. 너무 충격을 받았고, 너무 슬퍼서 울음조차 나오지 않았다. 조앤은 칠 년 동안 그의 두번째 아내였다.

그리고 나는 이제 그를 지켜보고 기다릴 뿐이었고, 그가 울음을 멈추더니 다시 말했다. "괜찮았어. 두 사람을 만난 건 좋았어." 그가 울기 시작한 건 분명 브리짓에게 작별인사를 하고—아이는 이미 울기 시작했다—에스텔이 딸을 조수석에 태우고 출발한 것을 지켜보고, 그런 다음 자신도 차를 운전해 출발한 뒤였을 것이다.

"에스텔이 당신한테 잘해줬어?" 내가 망설이다 물었다.

그러자 윌리엄이 말했다. "오 그래. 당연하지. 아주 잘해줬어. 그보다 더 잘해줄 수 없을 만큼." 그가 고개를 저었고, 더 힘을 실어 말했다. "그냥 내가 슬퍼서 그런 거야, 루시."

그리고 나는 이해했다.

둘

1

우리가 마거릿과 밥을 통해 만난 사람들에 대해 이런 이야기가 하나 있다.

6월 중순이 되기 전이었는데, 날씨가 정말로 좋은 어느 날, 밥과 마거릿이 우리와 다른 한 부부를 초대했고, 우리는 마리나로 갔다―피크닉 테이블 두 개를 몇 피트 떼어놓고 앉았고, 바닷바람도 거의 불어오지 않는 아름다운 저녁이었다. 그 다른 부부 중 남편은 그 주의 보건복지부에서 일하다 은퇴한 지 얼마 되지 않았고, 그의 아내는 타운에 있는 병원에서 사회복지사로 일했다.

아내의 이름은 캐서린 캐스키였는데, 테이블의 한쪽 끝으로 내 맞은편에 앉았고, 밥은 내 맞은편으로 테이블의 반대쪽 끝에 앉았다. 나는 그녀가 정말로 좋았다. 캐서린은 내 나이 또래였지만 젊음이 느껴졌다. 머리칼은 염색한 것이 분명해 보이는 불그스름한 갈색이었는데, 그러니까 회색 머리칼이 보이지 않았다는 말이다. 나는 그녀가 팬데믹 기간에 이토록 자기관리를 잘한 것이 신기했다. 그녀는 체구가 큰 사람이 아니었고, 근처 쓰레기통에 뭔가를 버리려고 일어섰다가 다시 돌아와 앉을 때 동작이 가벼웠다.

우리가 대화를 나누는 동안 캐서린 캐스키는 자신의 어린 시절에 대해 이야기했다. 그녀는 삶의 첫 육 년을 여기서 한 시간 거리인 작은 타운 웨스트애닛에서 보냈는데, 아버지는 그곳의 목사였고, 어머니는 캐서린이 다섯 살밖에 되지 않았을 때 죽었다. 그녀는 그날 저녁에 어머니에 대해 길게 이야기했고, 나는 이해했다. 그것이 캐서린의 상처였다. 그녀는 어머니를 몹시 사랑했고, 어머니도 그녀를 지극히 사랑했다. 그런데 그녀의 어머니가 죽어버린 것이다. 아버지는 마음을 추스르려고 애썼다. 아기였던 캐서린의 여동생은 셜리폴스로 보내져 아버지 쪽 할머니의 보살핌을 받았고, 캐서린과 아버지는 코니 해치라는 이름의 가정부와 그 힘든 상황을 견려나갔다. "오, 나는 그 여자를 정말 **미워했어요**." 캐서린이 고개를 저으며 말했다. "그 불쌍한 여자. 그 여자가 미웠던 건 그저 코에 큰 점이 있었기 때문이었죠. 나는 그녀가 무서웠어요."

캐서린은 계속해서, 교회 신자들 사이에 아버지와 코니에 대한 악의적인 소문—당연히 터무니없는 헛소문이었다—이 돌기 시작한 것과 어느 날 아버지가 신자들 앞에서 감정을 주체하지 못하고 허물어진 것에 대해 이야기했다—캐서린은 주일학교에 가 있어서 직접 보지 못했지만, 그뒤로 며칠 동안 모든 아이가 그 이야기를 했다. 아버지가 신자들 앞에서 울었다는 이야기를. 그러자 신자들은 자기들이 너무 지나쳤다는 것을 깨달았고—캐서린의 말로는—아버지에게 사과했지만, 그럼에도 그는 여섯 달 뒤에 그곳을 떠났다.

"하지만 불쌍한 코니는 어떻게 되었느냐 하면," 캐서린이 말했고, 눈이 커졌는데 눈동자가 녹색이었다. 그녀가 천천히 고개를 저으며 말했다. "루시, 코니는 시골 농장에서 사람들을 살해했어요."

"정말로 그랬다고요?" 나는 플라스틱 컵으로 와인을 한 모금 마시려다가 다시 내려놓았다.

"넵. 몸이 마비된 노인 몇 명을요. 질식시켜서. 고통을 덜어주기 위해서였다고, 그녀는 말했죠. 그리고 수감됐어요. 아버지가 면회하러 가곤 했어요." 캐서린이 그 말을 하면서 나를 응시했다.

"설마." 내가 말했다.

"그녀는 거기서 죽었어요."

"오, 맙소사!" 내가 말했다. 그리고 캐서린은 그게 끔찍한 이야기라는 데 동의했다.

캐서린이 이야기를 하는 동안 밥이 식사를 하다가 멈춘 것을 나는 알아차렸다. 랍스터 롤의 절반이 처음 나왔을 때 파라핀지 위에 놓여 있던 그대로 그의 앞에 놓여 있었다. 캐서린이 마침내 이야기를 멈췄을 때 그가 그녀에게 말했다. "아버지가 목사셨어요? 웨스트애닛에서?"

그러자 캐서린이 말했다. "그랬죠."

"허허벌판 한복판에 있던 그 농가에 살았어요?" 밥이 물었다. 그는 식사중이어서 마스크를 벗고 있었고, 얼굴에는 거의 경이로운 빛이 떠올라 있었다.

"그랬어요!" 캐서린이 그를 향해 고개를 돌리며 말했다. "교회에 넘겨진 형편없고 오래된 농가였는데, 교회에서 거길 교구 목사관으로 만들었어요."

"잠시만요." 밥이 말했다. 그가 주머니에 손을 넣어 전화기를 찾았고, 번호를 찍어 누른 뒤 전화기를 귀에 갖다댔다. 그리고 캐서린에게 말했다. "아버지 성함이 어떻게 되죠?"

"타일러. 타일러 캐스키." 캐서린이 말했다. 나는 밥이 그녀의 아버지에 대해 물어봐준 것에 그녀가 기뻐하는 것처럼 보인다고 생각했다.

밥이 일어서서 전화기에 대고 말했다. "수지, 나야. 들어봐—" 그리고 그가 테이블에서 멀리 옮겨갔다. 캐서린이 눈썹을 치킨 채 나를 쳐다보았다. 잠시 뒤 밥이 또다른 번호를 눌렀고, 나는 그가 "지미?" 하고 말하는 것을 들었다. 그리고 그는 더 멀리 걸어갔다. 하지만 그는 금방 테이블로 돌아와 앉았는데, 거의 숨이 찬 것 같았다. 그리고 말했다. "캐서린 캐스키, 당신이 누군지 알아요. 당신 아버지가 내 아버지의 장례식을 맡아서 해주셨고, 내 아버지는 내가 네 살 때 돌아가셨죠. 그리고 이유는 모르겠는데, 셜리폴스에 있던 목사님이 내 어머니와 사이가 안 좋았고, 그래서 어머니가 웨스트애닛까지 가서 당신의 아버지를 찾아내, 그분이 장례식을 해주신 거였어요. 그런데 캐서린, 포치에 있던 사람이 당신이었군요! 당신은 그 시간 내내 당신 아버지 옆에 서 있었고, 나는 당신을 한 번도 잊은 적이 없었어요. 캐서린, 그 사람이 당신 맞죠?"

그리고 여기서 뭔가 흥미로운 일이 일어났다. 그녀는 계속 그를 보고, 또 보았다. 캐서린의 얼굴에도 묘한 표정이 떠올랐고, 이윽고 그녀가 말했다. "당신은 뒷자리에, 어린 여자아이 옆에 앉았죠."

"그래요!" 밥이 말했다. "내 누이 수전이었어요. 그리고 형이 앞자리에 앉아 있었고요. 내 어머니가 당신 아버지에게 무례하게 행동했어요. 뭐랄까, 어머니는 남편이 죽은 것 때문에 몹시 격앙되어 있었어요."

"당신이군요ㅡ" 캐서린은 이 말을 조용하게 했다. "오 세상에, 그 아이가 당신이었어요."

"기억나요? 정말로?"

"오 세상에, 그럼요. 내 평생 그 작은 소년은 절대, 절대 잊지 않았어요. 당신은 너무 슬퍼 보였어요. 우리는 서로 계속 쳐다보기만 했고요."

밥은 거의 비명을 질렀다. "당신이 그걸 기억하고 있다니 믿기지 않아요! 나는 늘 거기 서서 큰 눈으로 나를 쳐다보고 있던 그 어린 소녀를 기억하고 있었어요. 나는, 모르겠지만ㅡ나는 우리가 연결되어 있다고 느꼈어요."

캐서린은 이제 피크닉 테이블 벤치에 다리를 벌리고 걸터 앉은 밥을 완전히 돌아보고 있었다. "음, 우린 그랬어요." 그녀가 말했다. "우리는 **연결되어** 있었어요! 우리 둘 다 부모 중 하나를 잃은 지 얼마 되지 않은 때였으니까요."

"방금 누이한테 전화를 걸었는데, 수전은 기억을 못했지만, 짐은, 그래, 웨스트애닛의 그 사람, 하고 말하면서 우리가 거기 갔던 것을 기억하더군요. 짐은 내 어머니가 당신 아버지에게 소리를 질렀던 것도 기억했어요. 하지만 당신의 아버지는 어쨌거나 장례식을 집전해주었죠."

"당신 어머니가 내 아버지에게 소리를 질렀던 건 기억나지 않아요. 나는 그저 당신을 보고 있었던 것만 기억나요." 캐서린이 나를 쳐다보았고, 그녀의 얼굴은 경외심으로 가득차 있었다. "오 세상에." 그녀가 다시 조용히 말했다. 그녀는 고개를 천천히 가로젓고, 이어 우리 가까이, 남편이 앉아 있던 피크닉 테이블 자리를 돌아보았다. "여보! 여보. 이 **사람**이 내가 말했던 그 어린 소년이에요!" 하지만 남편은 윌리엄과 마거릿에게 이야기하는 중이어서 캐서린은 다시 밥을 돌아보고 "믿을 수 없어요. 솔직히 믿기지 않아요" 하고 말했다. "우리가 알고 지낸 게 벌써 몇 년인데, 그 시간 내내 **당신**이 그 아이였다니."

나는 무슨 일이 있었는지 천천히 이해하기 시작했고, 내 안으로 따스함이 퍼졌다.

캐서린이 말했다. "밥 버지스, 이 팬데믹이 끝나면 당신을 세게 끌어안을 거예요. 얼마나 세게 안을지는 말로 할 수 없을 정도예요."

"기대하고 있겠습니다." 밥이 말했고, 그의 얼굴에 감정이 일렁이는 게 보였다.

"아버지는 어떻게 돌아가셨어요?" 그 순간 캐서린이 물었고, 밥은 아버지가 우편물을 확인하러 진입로로 내려갔다가 자신의 아이들이 타고 있는 차에 치인 이야기를 해주었다.

"오." 캐서린이 말했다. "오, 밥, 미안해요."

그는 심지어 긴 세월이 지난 뒤에 짐이 그렇게 만든 사람은 자기였다고 고백했다는 것까지 털어놓았다. 형이 기어를 만지작거렸는데, 밥은 그 책임이 자기에게 있다고—평생—생각했기 때문에 아주 힘든 시간을 보냈다는 것도 말했다. 캐서린이 그 녹색 눈으로 그를 바라보았다. 그리고 그저 이렇게 말했다. "정말 안타까운 일이었군요, 밥. 하지만 아주 오래전 그 차의 뒷좌석에 앉아 있던 사람이 당신이었다는 게 믿기지 않네요. 내가 당신을 찾아냈어요." 그녀가 천천히 고개를 저었다.

밥이 랍스터 롤을 베어 물었다. "그러네요." 그가 입안에 음식물이 가득한 채 말했다. "그러네요."

그래서 그런 일이 일어난 것이었다. 이렇듯 내가 만나는
사람들이 흥미롭게 느껴진 순간들이 있었다는 것, 그게 내가
말하려는 것이다. 그리고 그들의 이야기는 서로 엮여간다!
나는 그날 밤 그들 둘에 대해 너무 기뻤다. 내가 윌리엄에게
그 이야기를 해주었는데, 그는 전혀 감동하지 않은 것 같았
다. 그가 말했다. "그들이 그 이야기를 꾸며내는 걸 수도 있
잖아. 사람들이 기억하고 있는 많은 것이 정확하진 않지."

나는 그것에 대해 생각했고, 내 어린 시절에 대해 어느 기
억보다 더 선명하게 두드러지는 몇 가지 일을 기억해냈다.
나는 어느 날 오빠가 운동장에서 아이들에게 흠씬 맞고 있었
던 것을 기억한다. 그는 두 손을 귀에 댄 채 쭈그리고 앉아
있었고, 몇몇 남학생들이 그를 발로 차고 있었다. 나는 그것
을 보고 달아났는데, 그러니까 오빠와 그 아이들에게서 달아
났다는 말이다. 그리고 오빠와 어머니에 대한 또다른 기억도
있지만, 그 기억은 떠올리기엔 너무 가슴이 아팠다—그것은
내 마음속을 그저 섬광처럼 스쳐갔다. 나는 윌리엄에게 뭐라
고 굳이 답하지 않았다. 그저 밥을 생각하면서 기뻤다. 캐서

린 캐스키를 생각하면서, 역시 기뻤다.

2

좋은 날씨가 계속되었고, 윌리엄과 나는 차를 타고 종종 여기저기를 돌아다녔다. 우리는 다시 메인주 번호판으로 바꿔 달았고, 구불구불 돌아가는 작은 길을 따라갔으며, 늘 바닷가까지 갔다. 나는 이탈리아와 크로아티아, 그리고 일 때문에 간 유럽의 여러 다른 지역을 돌아다녔지만, 이곳은 내가 전에 본 어디와도 같지 않았다. 아주 미국적이야, 나는 생각했다. 왜냐하면 정말로 그랬으니까.

우리는 오래된 묘지들 앞을 지나다가 한 곳에서 멈추었고, 묘비들에 적힌 이름과 날짜를 읽었다. 윌리엄이 내 앞으로 걸어가면서 말했다. "루시, 이걸 봐." 그래서 내가 그가 서 있는 곳으로 가자 그가 팔을 획 저었다. 그리고 나는 많은 묘석에 기록된 사망일이 1918년과 1919년 사이 어느 날인 것을 보았다. "독감이 유행했어." 윌리엄이 내게 말했다.

그래서 나는 생각했다. 세상은 전에도 이런 일을 겪었구나.

머나먼 옛일 같았지만, 그때 독감이 유행할 때 친구나 가족을 잃은 이들도 지금 우리가 경험하고 있는 것만큼 고통스러웠을 것이다.

우리가 여기저기 돌아다녔다는 것, 그게 내가 말하려는 것이다. 날씨는 점점 좋아지고 있었다. 물질적인 세상이 우리에게 손을 펴 보이는 듯한 느낌이 존재했고, 그것은 아름다웠다. 그리고 도움이 되었다.

*

나는 컴퓨터로 독감 대유행에 대해 찾아보았고, 학교가 그리고 교회 역시 문을 닫은 것을 알게 되었다. 많은 사람—대체로 남자였다—이 임시 병원의 땅에 닿을 만큼 낮은 침대에 누워 있는 모습이 담긴 오래된 사진들이 있었다.

윌리엄이 내게 말했다. "아마 당신 가족 중 누군가도 그때 죽었을지 몰라. 온라인 족보 찾기 사이트에 가입시켜줄까?" 그는 내게 이것을 물어보면서 거의 흥분한 표정이었다.

나는 아니, 하고 말했다. 나는 내 가족에 대해 아무것도 알고 싶지 않았다.

3

하지만 나는 아이들 때문에 슬펐고 거의 늘 아이들이 보고
싶었다. 우리가 통화할 때 아이들은 한 번도 "엄마, 보고 싶
어요" 하고 말하지 않았다. 나는 문득 심지어 베카가 트레이
와 결혼했을 때조차 그 말을 얼마나 자주 했는지 떠올렸다.
하지만 요즘 베카는 그 말을 하지 않았다.

어떤 아침에는 심지어 윌리엄이 일어나기도 전에 일어났
고, 너무 걱정이 되면 산책하러 나갔다. 그리고 그 걱정은 딸
들 때문이었다. 어느 날 나는 크리시에게 전화를 걸어 베카
가 어떻게 지내는지 물었고—내가 물어봤다고 크리시가 베
카에게 말하리란 걸 알았지만, 그래도 알고 싶었다—그러자
크리시가 말했다. "엄마, 베카 걱정은 하지 마요. 정신과의사
로런이 있잖아요. 그리고 마이클과 나도 있고요. 베카는 잘
지내고 있어요."

"베카가 이제 내겐 전화를 하지 않아." 내가 말했다.

크리시가 망설이다 말했다. "그전처럼 엄마를 필요로 하지
는 않는 것 같아요. 트레이와 결혼해서 살던 그때 베카는 여
전히 엄마가 필요했던 거고, 엄마는 엄마로서 할일을 한 거
예요. 베카는 자기 길을 가고 있고요."

"그래." 내가 말했다. "네 말 듣고 있어."

그리고 나는 정말로 그랬다.

하지만 그게 나를 죽을 만큼 아프게 했다는 것, 이 말은 해야겠다.

*

크리시가 이틀 뒤에 내게 전화했다. 그애가 말했다. "자, 지금 엄마한테 할 이야기가 있어요. 이 말을 들으면 엄마가 좋아할 것 같아요. 베카에 대해 얘기하던 중에는 이 이야기를 하면 안 될 것 같았어요." 그녀가 말했다. "하지만 분명 이미 알고 계실 것 같아요."

"임신했구나." 내가 말했다.

아기는 12월에 태어난다고 했다. "아빠한테는 말하지 마요. 전화를 끊고 나서 바로 제가 직접 말씀드릴게요."

오, 나는 기뻐서 어쩔 줄을 몰랐다―!

"아빠는 산책하러 나가셨어." 내가 말했다. 그리고 우리의 대화는 크리시가 입덧을 전혀 하지 않았다는 것, 그저 이따금 조금 메슥거리기만 했다는 것, 말처럼 몹시 먹어댔다는 것으로 이어졌다. 크리시는 자기들은 아이의 성별은 알아내지 않을 거라고 말했다. "우리는 그냥 놀라고 싶어요." 그리고 그애는 윌리엄이 멜빈을 다른 데로 보낸 것이 아주 다행이라고 말했다. "엄마, **상상할 수 있겠어요**? 그러니까 저는 그날 임신해 있었어요. 멜빈이 우리와 같이 지냈다면—오, 엄마."

"알아." 내가 말했다. "그래도 시위에는 나갈 거니?"

"시위 걱정은 하지 마요, 엄마. 작은 시위고, 저는 정말로 안전해요."

"그래." 내가 말했다. "알겠다."

오, 전화를 끊고 나는 행복에 겨웠다! 크리시가 아이를 낳을 거라니! 나는 아기를 안고 아기 옷을 들고 있는 모습을 떠올렸고, 크리시가 아주 좋은 엄마가 되리라고 생각했다. 나는 크리시가, 왠지 아들일 것 같아서, 아들을 안고 있는 모습을 떠올렸다—오, 그 모든 것이 나를 몹시 설레게 했다!

그리고 산책에서 돌아온 윌리엄의 얼굴도 상기되어 있었다. 우리는 즉시 그 이야기를 했다. "크리시가 아기의 성별은 알아내지 않겠다고 한 거 당신도 들었지?" 윌리엄이 물었고, 나는 그렇다고, 그애가 그렇게 말해주었다고 했다. 윌리엄이 말했다. "정말 잘됐어, 루시. 정말 멋진 소식이야." 나는 참을 수 없을 만큼 몹시 흥분된다고 말했다.

그리고 얼마 되지 않아 윌리엄이 풀죽은 얼굴을 한 것을 보았다. 그가 말했다. "브리짓이 보고 싶어." 그가 걸어가 창밖으로 바다를 내다보았다. 그리고 말했다. "곧 그애를 다시 보러 가야겠어."

"언제든 가!" 내가 말했지만, 그는 내 말에 답하지 않았다.

*

그날 밤 윌리엄은 노트북에 뭔가를 타자하고 뭔가를 찾아보더니 화면을 닫았다. 그가 내게 말했다. "당신, 우리가 우리 결혼식을 위해 서약서 썼던 거 기억나? 당신이 '죽음이 우리를 갈라놓을 때까지'만 넣는 게 아니라 '영원히 그리고 그 이후에도'까지 넣자고 한 거 기억나? 그거 기억나?"

"다시 말해줘봐." 내가 말했다.

"방금 말해줬잖아." 그가 벽난로를 쳐다보고 이어 자기 신발을 보았다. "당신은 그저 죽음이 우리를 갈라놓는다는 것까지만은 아니었으면 했어. 그보다 더 긴 시간이기를 바랐지."

그래서 그제야 기억이 났다. 내가 말했다. "나는 아마 죽음이 두려운가봐."

"그런 것 같진 않은데." 윌리엄이 말했다. "내 생각엔 당신이 정말로 나를 사랑했고, 그게 영원히 이어지길 바랐던 것 같아." 그리고 그가 말했다. "그건 죽음을 두려워하는 것과는 정반대라고 생각해. 나는 당신이 그냥 죽음을 믿지 않는다고 생각해."

"당연히 믿지." 내가 말했다.

"현실적인 의미로는 믿겠지만, 당신은―오, 됐어." 그가 갑자기 지친 듯 말했다. 그러고는 그만 말하자는 듯 한 손을 간단히 저으며 말했다. "당신은 **특별한** 영혼이야, 루시. 당신은 뭔가를 알지. 그 이야긴 이미 했어. 세상에 당신 같은 사람은 아무도 없어."

나는 생각했다. 그는 틀렸어. 나는 죽음이 두렵다. 그리고 나는 아무것도 모른다.

4

시위대는 밤마다 계속 거리로 나갔고, 나는 계속 그들의 건강이 걱정스러웠지만, 폭력은 끝난 것 같았다. 내가 묻자 딸들은, 자기들이 뉴헤이븐에서 참여한 철야 농성이나 시위에서 폭력은 없었다고 말했다.

나는 뉴스에 나오는 사람들, 유색인들의 이야기를 주의깊게 들었는데, 그들은 매일 차에 타면서 경찰이 멈춰 세우지 않을까, 동네 보도를 걷다가 경찰이 멈춰 세우지 않을까 걱정한다고 말했다. 매 순간 위험을 생생히 의식하고 있다고 말이다.

그리고 그것은 아주 오래전 윌리엄을 떠난 뒤에 내가 앨라배마에서 열린 작가 콘퍼런스에 갔던 때를 떠오르게 했다. 거기 시인인 어느 여자도 참석했는데, 흑인이었다. 그녀는 이 콘퍼런스에 참석하려고 인디애나에서 혼자 차를 운전해 왔다고 했고, 길을 잃었는데 밤이 되어서야 대학에 마련된 우리의 거처를 찾았다고 했다. 그리고 갑자기 기억난 것은, 그날 밤 그녀의 두려움이었다. 그녀는 내게 말했다. "당신도 황량한 길 어딘가에 혼자 있는 흑인 여자가 되고 싶진 않을 거예요."

나는 그 말을 오랫동안 생각했다.

*

그러고 얼마 되지 않아 언니 비키가 내게 전화를 걸어왔다.
나는 전화기에 그 번호가 뜨자 깜짝 놀랐다. 비키는 내게 먼
저 전화하는 일이 없었고, 늘 내가 전화할 때까지 기다렸다.
그래서 앞서 말했듯, 내가 일주일에 한 번씩 전화를 걸었다.

비키가 말했다. "루시, 교회에 다니기 시작했어."

내가 말했다. "언니가 교회에 다닌다고?"

그러자 비키가 말했다. 그렇다고, 다니고 있다고—교회
이름은 기억나지 않지만, 나는 거기가 기독교 근본주의 교회
인 것은 대번에 알아차렸다—그리고 그것이 자기 삶을 바꿔
놓았다고 말했다.

"어떤 식으로?" 내가 물었다.

그러자 비키가 말했다. "나도 네가 못마땅해하리란 걸 알
고 있어, 루시. 하지만 네가 정말로 기도하면—다른 사람들
과 같이 열심히 기도하면—주의 성령이 정말로, 진실로 너
를 찾아올 거야."

그래서 내가 말했다. "언니가 진리를 발견했다는 말이야?"

그러자 비키가 말했다. "네가 비아냥거릴 줄 알았어. 그렇게 나올 줄 알았어. 내가 왜 애초에 너한테 이 이야기를 했는지 모르겠다."

"비아냥거리는 거 아니야!" 내가 말했다. 나는 울퉁불퉁한 빨간색 카우치에 앉아 있다가 이 말을 할 때 일어섰다. 비키가 말하는 동안 방안을 서성였다. 비키는 두 달 전에 다니기 시작했다고, 그렇게 친절한 사람들이 있는 곳에는 처음 가봤다고 말했고, 나는 "언니가 사람들과 함께 예배를 드린다고? 비키, 지금 팬데믹이야"라고 말해, 또 한번 실수를 저지르고 말았다.

그러자 비키가 말했다. "신이 우리를 보호하실 거야."

"그런데 마스크는 써?" 내가 물었다.

"교회에서는 마스크를 쓰지 않아, 루시. 일할 때는 써야 하지만, 교회에서는 쓰지 않아. 우리에게 그걸 강요하려는 건 정부야, 루시. 네가 다르게 생각한다는 거 알아. 하지만 너는 속고 있는 거야."

나는 잠시 눈을 감았다가 말했다. "언니는 뉴스를 어디서 들어?"

비키가 잠시 말을 멈추었다가 다시 말했다. "루시, 네가 텔레비전에 나와서 이야기하는 거 나도 오랫동안 봐왔어. 그 모든 아침 방송 말이지. 그리고 나는 그걸 **믿었어**. 내가 본 대로 믿었지만, 이제 더이상 믿지 않아. 모두 거짓말이야."

그 말에 나는 깜짝 놀랐는데—어느 면에서—언니가 맞았기 때문이다. 해를 거듭하면서 나는 그 사실에 점점 더 충격을 받았다. 내가 텔레비전 방송을 하러 가면 늘 거기에는 조금씩 잘못된 것이 있었다. 뉴스 진행자의 활기찬 모습, 무대, 그 전부에. 그리고 방송국이 늘 이른바 '걸려들 만한 것'을 찾고 있다는 것도 사실이었다.

비키가 말을 이어갔다. "나는 더이상 텔레비전을 보지 않아. 텔레비전이 진실을 말한다고 믿지도 않고. 그들이 우리에게 말해주는 건, 우리를 잘못된 방향으로 끌고 가려고 하는 그들의 진실이야. 내가 어디서 뉴스를 듣는지는 말하지 않겠지만, 나는 그렇게 느껴."

나는 잠시 기다렸다가 물었다. "두 달 전에 교회에 다니기 시작했는데, 왜 이제야 말하는 거야?"

언니가 말했다. "내가 왜 너한테 말하지 않았는지 궁금한 거니? 솔직히, 루시, 네 반응을 봐."

나는 갑자기 피로가 몰려와 다시 자리에 앉았다. "무례하게 말할 생각은 없었어." 내가 말했다.

"음, 무례했어." 비키가 말했다. "하지만 용서할게."

내가 남편과 딸 라일라도 교회에 가는지 물었다. "가지."
비키가 말했다. "그리고 그게 우리 삶에 많은 변화를 가져왔
다는 거, 그건 확실해. 우리는 심지어 같이 식사도 하지 않았
지만, 지금은 매일 저녁을 같이 먹어. 그리고 식사 전 기도도
올리고. 그 시간이 완전히 다른 경험이 된 거야."

"나도 기뻐." 내가 말했다. "다 같이 식사한다는 이야길 들
으니 나도 기뻐."

비키는 전화를 끊기 직전에 말했다. "너를 위해 기도하고
있어, 루시."

"고마워." 내가 말했다.

내가 윌리엄에게 그 이야기를 하자 그는 그저 어깨만 으쓱
하고 말했다. "그게 비키를 행복하게 해주길 바라."

*

나는 여전히 걸었다. 아침에 한 번 걷고, 오후에 또 걸었
다. 자기 집 앞 계단에 앉아 담배를 피우는 노인—톰—과는
더 친해졌다. 어느 날 그가 거기 앉아 있고, 계단 옆 관목이
그의 머리를 향해 기울어 있었다. "톰," 내가 말했다. "안녕

하세요?" 그러자 그가 말했다. "안녕하지 않아요, 디-아. 당신은 어때요?" 서로 대화를 나눌 거리가 많지 않아서, 우리는 할말이 많지 않은 것에 대해 이야기했다. 그러자 그가 말했다. "윈터본 씨 집은 마음에 들어요?" 그래서 내가 괜찮다고 말했다. 그의 시선이 잠시 옆으로 이동하더니 다시 나를 보고 말했다. "음, 당신이 그 집에 살아서 다행이오." 그리고 그 순간 나는 문득 밥 버지스가 몇 달 전에 우리 차에 그 종이를 붙인 사람이 톰이라고 말한 게 아마 맞을 거라는 사실을 깨달았다. 톰이 구체적으로 윈터본 씨의 집을 언급하면서 그의 시선이 잠시 다른 곳을 향했다는 사실 때문이었다. 하지만 나는 이렇게만 말했다. "음, 고마워요, 톰. 그렇게 말해주시니 기쁘네요."

내가 돌아서서 다시 걸어가는데 톰이 자기가 피우던 담배 연기에 눈을 찡그리며 내게 말했다. "당신을 만나면 즐거워지네요, 디-아. 늘 그렇군요."

나 또한 마찬가지라고 말해주었다.

5

그리고 이런 일이 일어났다.

6월이 끝나갈 무렵 베카가 바이러스에 감염되었다.

크리시가 내게 전화해 그렇게 말해주었다. 정오여서, 나는 걸으러 나갈 준비를 하던 중이었다. 윌리엄은 파수탑을 보러 나가 있었다. 크리시가 말했다. "엄마, 내 말 듣고 놀라지 마요. 제발."

내가 말했다. "놀라지 않을 테니 말해봐."

그러자 크리시는 베카가 바이러스에 감염되었다고 말했다. 트레이에게서 옮았다고 했다. 베카가 브루클린으로 돌아가 그를 만났고, 그들은 섹스를 했다. 트레이는 자신이 바이러스에 감염된 사실을 전혀 몰랐다고 했는데, 그는 다음날 아팠고 베카는 닷새 뒤에 아팠다.

내가 말했다. "크리시. 믿기지가 않아!"

그러자 크리시가 말했다. "알아요."

전화를 끊고 나는 한동안 테이블 앞에 앉아 있었고, 밖으로 산책을 나간 윌리엄에게 전화를 걸었다. "오 분 뒤에 도착해." 그가 말했다.

문으로 들어오는 그의 모습은 늙어 보였고, 나는 그때 베카에게 화가 났다. 아주 잠시, 그애에게 화가 났다. 하지만 그 감정은 곧 지나갔다. "당신이 그애한테 전화해." 내가 말했고, 윌리엄은 그렇게 했다. 그는 그애와 통화하면서 조심히 말했다. 베카가 우는 소리가 들렸지만, 그애는 그의 질문에 답했다. 열이 아주 높지는 않지만 맛과 냄새를 느낄 수 없다고. 그리고 샤워할 때 폐가 "스펀지"처럼 느껴진다고 했다. 윌리엄이 전화를 끊은 뒤 그렇게 알려주었다. 그리고 그애가 "엄마가 화 많이 났어요?" 하고 묻더라는 말도 전해주었다. 그 말이 내 마음을 아프게 했다. 그는 아니라고, 우리 둘 다 그냥 걱정할 뿐이라고 대답했다. 하지만 거기 앉아 있는 윌리엄의 모습은 패배한 사람처럼 보였고, 어깨는 처지고 시선은 먼 곳을 향해 있었다.

이 사실은 흥미롭다. 나는 그애가 바이러스에 감염된 것이 그애의 결혼 상태만큼 걱정되지는 않았다. 내가 말하려는 것은, 그애가 젊고 괜찮으리라는 건 대번에 느껴졌지만—그리고 괜찮았다—그애가 트레이와 다시 합치는 것에 대해서는 걱정이 되었다는 것이다. 그리고 또한 엄청난 피로감을 느꼈다. 윌리엄과 나는 한참 동안 조용히 함께 앉아 있었다. 창문을 통해 햇살에 새잎의 밝은 녹색이 반짝거리는 것이 보였는데, 거의 새잎을 통해 반대쪽이 보일 정도였다. 그만큼 새잎이었다.

*

베카는 다음날 내게 전화했다. 욕실에서 전화를 걸어서 그
런지 목소리가 조금 작게 들렸다. "엄마, 너무 창피해요. 너
무—엄마." 그애가 말했다.

나는 집 옆의 작은 잔디밭을 돌면서 그애가 하는 말을 들
었다. 그애는 트레이가 계속 전화를 걸어왔고 그가 보고 싶
었다고, 그와 다시 합치고 싶었다고 말했다. "하지만 엄마한
테 말하고 싶지는 않았어요." 나는 이해한다고 말했다. 그리
고 그애는 트레이가 그 다른 여자의 관계는—짐작건대—끝
났다고 말했다고 했다. "그 여자도 시인이래요, 엄마. **맙소
사.**" 나는 계속 들었다. 하지만 베카가 다시 그들의 아파트로
돌아갔을 때 트레이의 현실은 베카가 상상한 것과는 달랐다.
"엄마, 그는 아주 자기 멋대로였어요. 하지만 우리는 섹스를
했어요. 이유는 모르겠는데—우린 섹스를 했고, 그때는 그
러는 게 맞는 것 같았는데, 정말로는 그게—오 **엄마.**"

나는 그애가 끝까지 말하도록 가만히 있다가, 그건 새로운
이야기가 아니라고, 그런 일은 부부가 무엇을 해야 할지 결

정할 때 늘 일어난다고 말했다.

"정말인가요?" 그애가 물었다.

"그럼, 정말이지." 내가 말했다. 나는 그애 아버지와 내가 헤어질 때 우리도 그와 비슷하게―우리 식으로―행동했다는 말은 하지 않았다.

나는 그저 그애가 이야기를 계속하게 했고, 그애는 한참이 지나, 지칠 때까지 이야기를 하고 나서야 전화를 끊었다.

트레이는 회복된 뒤에―베카보다 빨리 회복되었다―로어 이스트사이드에 있는 아파트로 옮겼다. 그리고 베카가 그들의 아파트로 들어갔다. 그애들이 결혼했을 때 윌리엄이 사준 것이었다. "집을 팔고 싶어요." 베카가 말했고, 윌리엄은 가격을 내려서 내놓고 거기서 나오라고 말했다. 베카는 회복되자마자―삼 주 이상 걸렸다―그 집을 부동산 시장에 내놓고, 다시 코네티컷으로 돌아가 그 게스트하우스에서 마이클과 크리시 가까이에 살았다.

6

나도 이해할 수 없는 이유로, 뉴욕에 있는 내 아파트를 생각하면 마음이 줄곧 편치 않았다. 나는 계속 생각했다. 저리가. 그것이 끊임없이 내 마음을 잡아당기는 느낌이었는데, 좋은 느낌은 아니었다. 거기로 돌아갈 때까지는 시간이 더 많이 흘러야 하리라는 걸 알았고, 마침내 돌아가는 것을 상상하면—그리고 그것은 언제가 될 것인가?—나는 뭔가 절망감 같은 것에 사로잡혔다. 데이비드는 거기 없을 것이다. 하지만 그는 이 팬데믹이 있기 일 년 전부터 이미 거기 없었다. 나는 무엇을 해야 할지 알 수 없었다. 그리고 어쨌거나 내가 할 수 있는 일은 없었다. 엄마, 나는 내가 만들어낸 좋은 엄마를 부르며 속으로 울었다. **엄마, 너무 혼란스러워요!** 그러자 내가 만들어낸 좋은 엄마가, 네 마음 알아, 루시, 하고 말했다. 잘 해결될 거야. 그저 꿋꿋이 버티기만 하면 돼, 딸. 너는 그것만 하면 돼.

*

코네티컷으로 돌아가고 얼마 지나지 않아 베카는 흥분된

목소리로 내게 전화했다. 마이클의 친구를 만났다고, 그 사람도 전에 이미 바이러스에 감염되었고, 몇 번 만났다고 했다. "그가 나를 좋아하는 것 같아요." 베카가 말했다.

"당연히 좋아하겠지." 내가 말했다. 그리고 물었다. "뭐하는 사람이니?"

"시나리오 작가예요." 베카가 말했다. "다큐멘터리요."

그래서 나는 생각했다. 오 맙소사. 그가 그애의 마음을 아프게 할 텐데, 헤어지거나 이혼한 뒤 처음 만나는 관계에서 이런 일은 아주 흔하기 때문이다. 하지만 그렇게 말하지는 않았다.

7

크리시는 아기를 잃었다.

잠깐 달리기를 하러 나갔다가 경련이 일어났고, 집에 돌아와보니 출혈이 심했다. 마이클이 그애를 차에 태워 응급실로 데려갔다. 그애는 그날 하루 동안 입원해 있었다. 병원에서 어찌어찌 출혈을 멎게 했고, 크리시는 지금 집에 돌아와 있었다.

베카가 전화를 걸어 내게 그 이야기를 했다. 그애가 말했다. "서운해하지 마세요. 지금은 크리시가 엄마와 통화할 수 없어요." 나는 이해한다고 말했다. 하지만 생각했다. 크리시! 오, 가여운 크리시! "크리시는 어떤 것 같니?" 내가 조용히 물었다. 그러자 베카가 잠시 가만히 있다가 이윽고 말했다. "음, 엄마가 예상하는 그대로예요. 어쩔 줄을 몰라해요."

"당연히 그렇겠지." 내가 말했다.

우리는 잠시 더 이야기했다. 나는 그애에게, 가능할 때 마이클이 내게 전화해주면 좋겠다고 말했고, 베카는 그렇게 전하겠다고 했다. 그리고 우리는 전화를 끊었다.

나는 식사실의 둥근 식탁에 멍하니 앉아 있었다. 그리고 생각하고 또 생각했다. 오 크리시, 크리시.

크리시.

윌리엄이 집으로 돌아왔을 때 내가 그 일을 말해주었다. 그는 내 맞은편에 아무 말 없이 앉아 있었다. 마침내 내가 말했다. "달리기는 왜 하러 나간 거지?"

윌리엄이 식탁 위에 올렸던 손을 펴며 말했다. "의사가 달리기는 계속해도 된다고 말했대."

"의사가?" 내가 물었다. "왜?"

윌리엄은 그저 고개만 저을 뿐이었다.

"하지만 당신은 의사가 그 말을 한 걸 어떻게 알아?" 내가
계속 물었다.

"언젠가 그애가 말해줬어. 의사가 지금은 운동을 계속해도
된다고 말했다고." 윌리엄이 일어섰고, 거실 창문 쪽으로 걸
어갔다가 돌아와 다시 내 맞은편에 앉았다.

그리고 나는 내가 어렸을 때 어머니가 해준 이야기―우리
타운에 아이를 입양한 여자가 있었는데, 그 아이가 올바르게
자라지 않았다는 이야기였다―를 떠올렸다. 어머니는 이렇
게 말했다. "여자가 아기를 낳을 수 없을 때는 다 이유가 있
지." 어머니가 말한 것은, 그런 여자는 좋은 엄마가 될 수 없
다는 뜻이었다.

그리고 그 말을 회상하면서 나는 겁이 났는데, 내가 그 말
을 어느 정도 믿고 있었기 때문이다.

하지만 크리시는 훌륭한 엄마가 될 것이었다. 내가 윌리엄
에게 그 이야기를 하자 그는 눈알을 굴리며 말했다. "당신 어
머니는 정말 형편없는 엄마였어. 맙소사, 루시."

나는 그것에 대해 생각했다.

어머니는, 내 어머니였기에, 어린 내 삶에 크고 무거운 영

향력을 미쳤다. 내 인생 전체에 그랬다. 나는 어머니가 어떤 사람인지 몰랐지만, 어머니라는 사람을 좋아하지 않았다. 하지만 내 어머니였고, 따라서 내 일부는 어머니가 말한 것을 계속 믿는다.

*

며칠이 흘러갔지만, 어떻게 흘러갔는지 정말로 모르겠다. 크리시의 침묵이 나는 힘들었고, 몸이 마비되는 것 같았다. 마이클이 마침내 내게 전화를 걸었는데, 목소리가 아주 심각했다. 그가 말했다. "크리시가 아파해요." 그래서 내가 당연히 그렇겠지, 하고 말했다.

그리고 얼마 지나지 않아 그 주가 끝나가는 어느 날, 윌리엄이 산책에서 돌아와 이렇게 말했다. "애들 둘 다하고 통화했어. 바이러스에 감염됐대."

크리시는 응급실에서 옮은 것 같았는데, 다음날 병원에서 전화로 알려오기를, 안타깝게도 같은 입원실을 썼던 누군가가 검사에서 양성 반응이 나왔다고 했다. 그렇지만 크리시가 마스크를 쓰고 있었기 때문에 아마 괜찮을 거라고. 하지만 괜찮지 않았다. 그리고 마이클도 곧 아프기 시작했다. 마이클의 증상은 달라서, 두통이 아주 심했고, 신기하게도 증상이 없는 건 아니었지만 천식에는 큰 문제가 없었다. 크리시의 증상은 베카가 겪은 것과 비슷했다.

나는 베카에게 바로 전화를 걸었고, 그애는 전화를 받았다. 베카는 "두 사람 다 괜찮을 거예요, 엄마. 걱정하지 마요. 내가 여기서 두 사람을 돌보고 있잖아요" 하고 말했다. 그래서 나는 그애에게 대견하다고 말해주었다. 그애는—내가 듣기로, 그런 말이 지긋지긋하다는 걸 아주 희미하게 드러내며—"당연히 그래야죠" 하고 말했다.

"윌리엄," 내가 말했다. "애들은 왜 내가 아니고 당신한테 전화했을까?" 그에게 질투심을 느낀 건 아니었고, 나는 그저 알고 싶었다.

그러자 그가 말했다. "오 루시, 애들은 그저 당신이 걱정을 많이 할까봐 그걸 걱정하는 거야."

"하지만 당신은 그애들이 걱정되지 않아? 마이클이 걱정되지 않아?"

"걱정되지." 윌리엄이 말했다. "하지만 나는 그걸 드러내지 않잖아."

"알겠어." 내가 말했고, 나는 정말로 알았다.

*

　크리시는 그다음주에 마침내 내게 전화했고, 목소리는 차분했다. 나는 그애에게 기분이 어떤지 물었고, 그애는 괜찮다고, 점점 좋아지고 있다고, 마이클도 그렇다고 말했다. 크리시는 마이클의 호흡이 평소보다 조금 더 힘들 뿐인 게 이상하지만, 점점 좋아지고 있다고, 하지만 '브레인 포그' 증상이 있다고 말했다.

　"오 맙소사." 내가 말했다. 그리고 그애가 말했다. "네. 그이가 치매에 걸리면 어떤 느낌인지 알 것도 같다고 했어요." 내가 생각했다. 맙소사, 어쩐. "하지만 좋아지고 있대요." 그애가 말했다. "확실히 좋아지고 있어요."

　그리고 크리시가 말했다. "우리, 아이를 가질 거예요, 엄마. 우리는 어떤 방법으로든 가족을 만들 거예요."

　그래서 내가 말했다. "그래, 너희는 그럴 거야."

　크리시가 말했다. "베카가 좋아한 그 남자—그 다큐멘터리 작가 말이에요. 알고 보니 완전 얼간이라 베카가 기분이 좀 안 좋아요."

　"오 맙소사." 내가 말했다.

　"괜찮아질 거예요." 크리시가 말했고, 나도 그럴 거라고 했다.

전화를 끊었을 때 나는 두 딸아이에게서 약간 멀어진 느낌
이 드는 것을 알아차렸는데, 그것은 그애들의 슬픔이 내게
너무 큰 영향을 미쳤기 때문이라고 나는 이해했다.

셋

1

윌리엄은 이부누이인 로이스 부바와 계속 연락을 주고받
았고, 7월이 되면서 그들은 한 가지 계획을 세웠다. 각자 두
시간 반을 운전해 오로노에 있는 메인대학교 캠퍼스에서 만
나는 것이었다. 그는 그녀가 보낸 이메일들을―거의 강박적
으로, 내게는 그렇게 느껴졌다―읽어주었다. 그리고 그녀가
이 계획을 제안한 것은, 애초에 그녀의 집에서 묵으라고 윌
리엄을 초대했지만 그가 자신은 코비드를 아주 염려하기에
그럴 수 없다고 말한 뒤였다. 그는 그 말을 다정하게 했고,
그녀는 그에 대한 답으로 오로노에서 만나자는 안을 내놓은
것이었다. 그는 루시가 동행하지는 않을 거고, 하지만 적

대감 같은 것 때문은 아니라고 말했고, 그녀는 완벽히 이해한다고, 그를 만나는 날을 아주 많이 고대한다고 답장했다.

"뭔가 가져가야 할 것 같아." 윌리엄이 그곳으로 가기 며칠 전에 말했다. "뭘 가져가지, 루시?"

"생각해보자." 내가 말했지만, 그가 무엇을 가져가면 좋을지 아무 생각도 떠오르지 않았다.

다음날 그가 내게 말했다. "브라우니를 만들어 가야겠어."

"브라우니?" 내가 말했다.

"응." 그가 말했다. "지금까지 브라우니는 한 번도 만들어본 적이 없는데, 누이를 위해 만들어봐야겠어."

"괜찮은 생각이네." 내가 말했다.

그는 식료품점에 가서 알루미늄포일 브라우니팬과 브라우니믹스 한 통을 사 왔다. 나는 그가 갈색 가루를 넣은 반죽을 휘젓고는 그 반죽을 팬에 붓는 것을 지켜보았다. 팬 바닥에는 이미 버터가 잔뜩 발려 있었다. 그가 팬을 오븐에 넣었고, 내가 말했다. "거기 적힌 것보다 오 분 더 일찍 확인해야 할걸. 오븐이 오래된 거라." 그는 그렇게 했지만, 브라우니의 가장자리가 이미 조금 탄 것을 보고 실망한 듯했다.

"완벽해." 내가 말했다. "내가 그랬잖아, 윌리엄. 이게 완벽한 거야." 나는 그 위에 알루미늄포일을 한 겹 덮어주었다.

아침에 윌리엄은 점심 도시락을 싸고 물 몇 통을 챙겨 일찍 길을 나섰다.

특별히 더운 날은 아니었고, 하늘은 아주 파랬지만 흰 구름도 많이 보였다. 그래서 나는 밥 버지스에게 전화를 걸어, 같이 산책하러 나가겠냐고 물었다. "마거릿이 동행해도 좋고요." 내가 덧붙였다. 하지만 마거릿은 바빠서 밥 혼자 여기로 왔고, 우리는 작은 만까지 걸어갔다. 나는 그에게 로이스 부바에 대한 이야기를 전부 다 해주었고—전에도 어느 정도 이야기했지만, 이번에는 아주 자세한 것까지 다 말했다—그는 계속 나를 쳐다보며 말했다. "루시! 와!" 그가 얼마나 큰 관심을 보이는지, 얼마나 깊게 주의를 기울이는지, 나는 그런 그의 모습을 사랑했다. "그래서 내 마음이 다 조마조마하고, 바라건대 그 만남이 잘 흘러가면 좋겠어요." 내가 말했다.

"내 마음도 지금 조마조마해지는걸요." 밥이 말했다.

이어, 나는 크리시가 아기를 잃은 이야기를 했고—이건 농담이 아니고—밥이 걸음을 멈추었는데 마스크 위로 그의 눈이 젖어 있었다. "오 루시." 그가 조용히 말했다. 나는 그에게 이번이 크리시가 경험한 두번째 유산이라고 말했고, 그는 그 말만 반복했다. "오 루시." 그래서 내가 말했다. 고마워요, 밥. 그리고 우리는 계속 걸었다. 푸른 하늘에는 해가 높이 떠 있었고, 해 주위로 흰 구름이 뭉게뭉게 떠 있었다. 그리고 순식간에 해가 구름 뒤로 이동했고, 그것은 세상이 보이는 방식을 바꾸었다. 그러니까, 우리가 걷는 길이, 나무들이 더 부드럽게 느껴졌다는 뜻이다.

내가 그에게 "언니가 신을 찾았대요" 하고 말했다.

그리고 내가 아주 흥미롭다고 생각한 것은 이것이다. 그가 나를 쳐다보았다. 정말로 나를 쳐다보았고, 그저 살짝 고개를 끄덕인 뒤 말했다. "이해되는군요." 그래서 내가 말했다. "고마워요. 나도 그러니까요." 해가 다시 나왔고, 우리는 만에 다다랐다.

밥이 벤치에 앉아 말했다. "그렇다면 루시, 당신은 신을 믿어요?"

나는 놀랐다. 내가 아는 사람 누구도 그런 질문을 한 적이 없었다. 그래서 나는 솔직하게 말했다. "음, 나는 신을 믿지 **않아요**" 하고 말했다. 그리고 눈을 찡그리고 만을 쳐다보았는데, 바다가 태양이 내려준 하얀 빛을 튕기고 있었다. 선창한 곳에 갈매기 몇 마리가 날고 있었다. 내가 말했다. "그러니까 내 말은—언니가 믿는 것 같은—아버지 같은 신, 그런

걸 믿지 않는다는 거예요ㅡ" 그러자 밥이 말했다. "언니가 믿는 게 아버지 같은 신인지, 당신은 모르잖아요." 내가 그를 쳐다보고 말했다. "모르네요, 당신이 맞아요. 물어보지 않았어요." 밥이 말했다. "더 말해줘요. 당신의 생각이 궁금해요." 그래서 내가 말했다. "음, 신에 대한 내 감정은 세월이 흐르면서 많이 변했어요. 내가 말할 수 있는 건 그저, 눈에 보이는 것보다 더 있다는 것뿐이에요." 그리고 덧붙였다. "나는 그저 눈에 보이는 것보다 더 있다는 것만 확신해요."

밥이 나를 쳐다보고 있었다. 그는 담배에 불을 붙였지만 그냥 잡고만 있었다. "내가 생각하는 건, 꼬마였을 때 우리가 이따금 갔던 회중교회 게시판에 붙어 있던 큰 종이에 적힌 글귀뿐이에요. 신은 사랑이다. 아래층 회합실 게시판에 블록체로 쓰여 있었죠. 내가 그걸 기억한다는 게 신기하지만, 기억 속에 늘 남아 있었던 것 같아요." 그가 담배 연기를 빨아들이며 눈을 찡그렸다.

"음, 기억해두기에 좋은 말이네요." 내가 말했다. "그건 사실이니까요." 잠시 뒤에 내가 말했다. "저기, 몇 년 전에 책을 한 권 읽었는데, 그 책 주인공이 뭔가 그 비슷한 말을 했어요. 알 수 없는 무거운 짐을 가능한 한 자애롭게 견디는 것이 우리의 의무다."

밥이 고개를 끄덕였다. "그 말 꽤 멋진데요."

내가 말했다. "네, 나도 그렇게 생각했어요."

우리는 그것에 대해 더는 할 말이 없는 것 같았고, 그래서 햇살이 내리쬐고 그가 담배를 피우는 동안 다정한 침묵 속에 한참 앉아 있었다. 이윽고 밥이 "우리가 신문을 읽던 시절 기억나요? 진짜 신문요" 하고 물었다. 그래서 내가 말했다. "네, 일요일판 〈타임스〉를 읽다보면 오전이 통째로 지나가 있곤 했죠. 그건 왜 물어요?" 그러자 그가 어깨를 으쓱하며 말했다. "그리워서요, 그게 다예요. 매일 그랬던 게 그리워요. 내가 모르는 온갖 일에 대해 매일 읽는다는 거요. 그러니까, 나는 신문을 꽤 자주 **샀는데**, 지금은 컴퓨터로 보면 되니까 뉴스를 접하기는 훨씬 더 편해졌죠."

나는 몸을 앞으로 숙이고 밥에게, 내가 십 년쯤 전에 컬럼비아대학교에서 인터넷과 그것이 가져올 모든 변화에 대한 강연을 들었던 것을 말해주었다. 강의를 한 남자는 인류 역사상 세 가지 주요한 혁명이 있었다고 했다. 첫번째는 농업혁명이고, 두번째는 산업혁명이고, 세번째는 이 사회혁명─그러니까 인터넷이 세상을 바꾸고 있는 방식─이었다. "내가 무엇보다 분명히 기억하는 것은 그 남자가 말해주기로─우리가 그 혁명 한복판에 있기 때문에─그것이 이 세상에서 어떻게 펼쳐질지 볼 만큼 충분히 오래 살지 못하리란 거였어요." 나는 밥에게 그것이 내 언니를 떠올리게 한다고, 언니는 아마 인터넷에서, 내가 들어가볼 생각도 하지 않는 어딘가에서 뉴스를 접하는 것 같다고 말했다.

그러자 벤치 한쪽에 담배를 비벼 끄고 있던 밥이 말했다. "그렇죠, 좋은 포인트예요. 나는 인터넷이 아주 많은 일을—좋은 일이든 나쁜 일이든—가능하게 한다고 생각해요." 그러고는 늘 그러듯이, 담배꽁초를 다시 담뱃갑 안에 집어넣었다.

우리가 돌아가려고 일어설 때 내가 말했다. "윌리엄이 자기 전립샘에 대해 말해줬어요. 그가 혈액검사를 받을 수 있게 의사를 소개해줘서 고마워요. 정말 감사한 일이에요."

"음, 당연히 그래야죠." 밥은 그렇게만 말했다.

나는 거의, 신은 정말로 사랑이네요! 하고 말할 뻔했다. 하지만 하지 않았다.

다시 집까지 왔을 때 그는 차에 타기 전에 두 팔을 벌리고 말했다. "당신을 크게 안아줄게요, 루시." 그래서 나도 두 팔을 벌리고 말했다. "나도요, 밥."

윌리엄이 진입로로 들어올 때쯤에는 일곱시가 되어 있었다.

그는―거의―폴짝폴짝 뛰어 집으로 들어왔고, 집으로 오
는 길에 이미 마스크를 벗고 있었다. 그가 말했다. "루시! 누
이는 너무 좋은 사람이야! 루시, 누이가 나를 사랑한대!" 그
는 그 큰 갈색 눈에 긍정적인 눈빛을 반짝거리며 말했고, 나
는 오 세상에, 너무 기뻤다.

나는 그날 밤 그가 내게 모든 것을 말해줄 수 있도록 내가
요리를 하겠다고 말했다. 그러자 그는 식탁 앞에 앉아 내가
기억할 수 있는 그 어떤 때보다 더 빠르게 이야기했다. "내게
도 누이가 있어!" 그는 계속 그 말을 하면서 고개를 가로저었
다. "루시, 나도 누이가 있어." 그는 그들이 도서관 계단에서
만났다고 말했고, 서로 대번에 알아보았는데 "계단에 늙은이
는 우리 둘밖에 없어서가 아니"라, 서로가 서로를 알아보았기
때문이었다. 심지어 마스크를 쓰고 있었는데도. "누이를 본
순간 생각했어. 이 사람이다!" 그리고 그는 그녀가 정확히
같은 이야기를 했다고 말했다. 그들은 야외의자를 가져와 도

서관 앞 넓은 풀밭에 앉았고, 이야기를 나누고 나누고 또 나누었다.

로이스는 자신이 그 대학에 다녔다고, 자식들도 모두 다녔고, 첫째 손자가 이 년 전 6월에 거기를 졸업했다고 말했다. 그녀는 거기서 남편을 만났는데, 그후 남편은 터프츠대학으로 가 치과대학에 다녔다. 막냇동생인 데이브가 그의 아들 조와 함께, 그녀가 자란 트래스크 농장—감자 농장—을 경영하고 있다고 말했다. 그리고 그녀는 윌리엄의 딸들에 대해 물었고, 특히 엄마의 머저리 남자친구와 같이 지내야만 하는 불쌍한 브리짓에게 깊은 관심을 보였다. 그녀가 그 문제에 대해 매우 애틋한 반응을 보여, 윌리엄은 크리시의 유산에 대해서도 말했다. 그는 내게 이렇게 말했다. "루시! 누이가 눈물을 글썽거렸어! 자기도 두 번 유산을 했다면서, 크리시가 너무 안타깝다는 거야."

그리고 그들은 어머니 캐서린 콜에 대해 이야기했다. 캐서린이 어디 출신인지, 왜 로이스의 아버지와 결혼했는지, 왜 그를 버리고—로이스가 윌리엄의 아버지를 지칭한 대로—독일인에게 갔는지 이야기했다.

나는 식탁 앞에 앉은 윌리엄의 맞은편에 앉아 그를 바라보았다. 내가 이 남자를 알아온 그 모든 시간 동안 이렇게 행복해하는 모습을 본 적이 없었던 것 같았다.

그날 밤이 지나고 나서야, 잠자리에 누운 채 나는 윌리엄이 줄곧 외로웠음을 깨달았다. 내가 있었는데도, 우리 딸들이 있었는데도, 그리고 브리짓과 다른 두 아내가 있었는데도, 윌리엄은 세상에서 외롭다고 느꼈다. 그런데 이제 그에게 누이가 있었다. 나는 속으로 울었다. 행복해서, 그리고 또한 슬퍼서.

그리고 잠들기 직전, 한 가지 생각이 머릿속을 스쳤다. 윌리엄이 팬데믹 동안 메인에 오기로 한 것이 여기 누이가 있기 때문이라는 생각이. 그는 분명 이런 일이 일어나기를, 그들 사이에서 어떤 결정이 내려지기를 바라고 있었을 것이다. 그렇지 않았다면 나를 몬토크에 있는 집으로 데려갔을 것이다. 하지만 우리는 메인에 왔다.
정말로 그 때문이었을까? 잠이 들면서, 나는 그것이 궁금했다.

2

나는 내 머리에 문제가 생겼다고 생각하기 시작했다

기억이 잘 나지 않았다. 한 문장을 시작하면, 무슨 말을 하려고 했는지가 기억나지 않았다. 밥은 말했다. "나도 그래요. 나는 그게 그냥 코비드 머리인 것 같아요."

하지만 그 증상은 사라지지 않았다. 혹시 더 나빠질지도 모른다고 나는 생각했다. 그리고 또한 내 머릿속에 혼란스러운 감각이 있었다. 예컨대 침실로 걸어가면서 생각했다. 그런데 내가 왜 여기로 온 거지? 그러면 마이클이, 바이러스와 함께 나타났다는 마이클의 '브레인 포그' 증상이 생각났다. 그의 브레인 포그는 사라졌다. 그리고 나는 그 바이러스에 감염되지 않았다. 하지만 솔직히 어떤 방으로 들어갔다가 그 방에 온 이유를 기억해낼 수 없었던 때가 몇 번이나 있었다. 그리고 예컨대 부엌에서 커피를 내리려고 커피머신에 필터를 넣다가 내 동작이 느려졌다고 생각했다. 당황스러웠다. 내가 늙어버린 것 같았다.

나는 윌리엄에게 그 이야기를 했고, 그는 어떤 반응도 보이지 않는 듯했다. 내가 말했다. "당신 눈치챈 거지?"

그러자 그가 손을 저으며 말했다. "당신은 괜찮아, 루시."

하지만 나는 괜찮지 않았다.

*

어느 저녁, 나는 내 컴퓨터로 뭔가를 보고 있었다. 물리학에 관한 것이었고, 우리에게는 자유의지가 전혀 없다는 내용이었다. 나는 썩 잘 이해되지는 않는다고 느끼면서 그것을 보았다. 하지만 모든 일은 이미 일어난 것이고 과거도 현재도 미래도 없다고 말할 때 나는 그들이 무슨 말을 하고 있는지 어느 정도—조금은—알 것 같았다. 그것이 내 관심을 끌었다. 나는 윌리엄에게 어떻게 생각하는지 물었고—내가 끝까지 다 본 다음 그에게 설명해주었다—설명하는 동안 지난여름 메인에서, 그의 이부누이를 찾으러 갔을 때, 어느 밤 그가 사람들이 뭔가를 하겠다고 **선택하는** 경우는 거의 없다고 말했던 것이 기억났다. 사람들은 그냥 뭔가를 한 거라고.

이제 그는 방 저만치에 있는 의자에서—그는 책을 읽고 있었다—나를 쳐다보면서 어깨를 으쓱했다. "나는 물리학자가 아니야, 루시."

"알아, 하지만 어떻게 **생각해**?"

그가 다리를 옮겼다. "그들의 말이 맞을 수 있다고 생각해. 하지만 그렇다고 뭐가 달라져?" 그가 말했다. "그게 당신 어머니의 환시를 어느 정도 설명해주긴 하지."

"알아." 내가 말했다. "나도 같은 생각을 했어. 하지만 '그렇다고 뭐가 달라져'라니? 진심으로, 윌리엄, 난 이제 흥미로워. 모든 게 예정되어 있다면, 그럼 —" 그리고 나는 방안을 둘러보았다. "우린 여기서 뭘 하고 있는 거지?"

그의 입가에 잔잔한 미소가 떠올랐지만, 그는 고단해 보였다. "알아. 나도 이따금 생각해."

"하지만 우린 여기서 **뭘** 하고 있는 걸까?" 나는 또다시 물었다.

"나는 여기서 뭘 하고 있나 하면, 루시," 그가 말했다. "당신의 생명을 살리려고 애쓰는 중이야." 그가 말을 멈추었다가 다시 말했다. "당신이 예정대로 이탈리아나 독일로 북투어를 갔다고 생각해봐. 당신은 아마 죽었을걸. 그런데 당신은 가지 않았어."

"알아. 아무 이유 없이 안 가기로 했지." 내가 말했다.

"나도 알아." 그가 다시 책을 집어들었다. "과거도 현재도 미래도 없다. 흥미로워, 나도 동의해." 하지만 그가 어깨를 으쓱하고 말했다. "누가 뭘 알겠냐는 거지, 루시." 그리고 그는 다시 책을 읽기 시작했다.

3

나는 머리칼을 염색했다. 금색으로 하이라이트 염색을 한 지가 오래돼서 지금은 갈색이 자라고 있고─회색은 조금씩만 보인다─내 머리칼이 갈색일 때 나는 내가 엄마처럼 보인다고 느끼는데, 그건 견디기 힘들다. 그래서 약국에 가서 염색 제품을 살펴본 뒤 색깔 하나를 골라 집으로 돌아왔다. 그리고 지시문을 따랐고, 두 시간 뒤 내 머리는 다시 금발로 돌아왔다. 결과는 완벽했다!

그러고 나서 머리칼이 빠지기 시작했다.

욕조 배수구가 막혔다. 나는 발목 위까지 잠기는 물속에서 있었고, 물이 빠지는 데 몇 시간이 걸렸다. 오래된 욕조여서 배수구를 빼낼 수 없었다. 열리고─반 인치 정도─닫히기만 했다. 샤워를 거듭할수록 물이 욕조에서 빠지기까지 시간이 더 많이 걸렸고, 다 빠지고 나면 욕조가 지저분해졌다.

그리고 내 머리카락! 나는 계속 머리를 묶었는데, 숱이 너무 줄어 끔찍했다. 뉴욕 친구 한 명이 온라인으로 머리를 자라게 하는 약을 사라고 권해서, 그렇게 했다. 하지만 약을 먹고 위가 심하게 상했다. 얼마 뒤에는 머리칼이 더이상 빠지지 않았지만, 내 목 위로 힘없이 늘어져 있을 뿐이었다.

나는 마침내 윌리엄에게 배관공을 불러야겠다고 말했고, 그는 바이러스 때문에 배관공을 집에 들일 수 없다고 말했다. 그래서 그가 온라인으로 베이킹소다 반 박스와 백식초 한 컵을 배수구에 넣으면 문제가 해결될 거라는 내용을 찾아냈다.

다음날 아침에 윌리엄은 욕조 안에 더러워진 수건을 깔고 반쯤 웅크리고 엎드려, 반 인치만큼 열린 구멍으로 베이킹소다를 힘겹게 밀어넣었다. 그는 땀을 줄줄 흘리면서, 그 작은 구멍에 베이킹소다를 칼로 쑤셔넣는 데 성공했다. 한참이 걸렸고, 욕조에서 나왔을 때 그는 땀을 닦아내며 "이제 남은 일은 당신이 해, 루시" 하고 말했다. 그래서 나는 식초 한 컵을 쏟아부었고, 그러자 식초가 조금 졸졸 흘러들어가는 듯했지만, 물은 여전히 내려가지 않았다.

윌리엄은 넌더리를 내며 산책하러 나갔다.

백식초 1갤런을 배수구에 붓고 귀를 기울이니 쫄쫄 물이 빠지는 소리가 좀더 들리는 것 같았다. 그래서 온라인으로 찾아보고 표백제도 1갤런을 들이부었다—

그러자 됐다! 나는 윌리엄이 돌아오기를 기다리지 못할 만큼 기뻐서 그에게 전화를 걸어 말했다. "됐어."

"그래?" 윌리엄이 말했고, 그가 집에 돌아왔을 때 우리는 막대기 두 개를 비벼 불을 피우는 데 성공한 아이들처럼 흥분했다. 배수 문제는 완벽히 해결되었고, 나는 다시 욕조를 청소할 수 있어 기뻤다.

내 머리는 계속 금발이었지만, 숱이 아주아주 줄어 있었다.

시간이 지나자 내 머리칼은 다시 갈색이 되었고, 나는 혼잣말을 했다. 음, 적어도 다시 자라고는 있지만, 이상하게 자라고 머리에 얌전히 붙어 있지 않아. 엄마, 나는 내가 만들어낸 좋은 엄마에게 속으로 말했다. 엄마, 내 모습이 흉측해 보여요! 그러자 내가 만들어낸 좋은 엄마가 괜찮아, 루시, 하고 말했다. 네 머리칼은 충격을 극복했어.

그래서 나는 그것이 사실이라고 받아들였다. 처음에는 거울로 내 모습을 보기가 힘들었다. 하지만 익숙해졌다. 나는 생각했다. 누가 신경이나 쓴다고.

(하지만 나는 신경이 쓰였다.)

4

우리는 포치에서 플렉시글라스를 떼어내고, 안쪽 벽에 기
대어 있던 방충망을 달았다. 우리는 거기서 식사했다―포치
는 덧붙인 보조 식탁만 아래로 내리면 둥근 식탁을 놓을 수
있을 만큼 충분히 넓었고, 식탁에는 방울이 달린 꽃무늬 보가
깔려 있었다. 그리고 바다는 굉장했다. 지금은 창문이 열려
있어 밤에 바다의 소리가 들렸다. 나는 바다의 소리에 대해
이러한 사실을 알게 되었다. 거기엔 두 개의 층이 있었다. 조
용하고 거대한 깊고 지속적인 소리가 있었고, 바위에 부딪히
는 파도 소리가 있었다. 그 소리는 늘 내게 전율을 일으켰다.
매일 아침 찾아오는 빛은 경이로웠는데, 희미한 흰색이다가
거의 번지듯 노란색으로 변해갔고, 이어 하루가 지나면서 노
란색이 더욱 짙어지는 듯했다. 비가 내릴 때 사실 비는 차갑
지 않았지만, 대부분의 밤에 공기는 점점 더 차가워졌다.

*

윌리엄과 나 사이의 묘한 공존관계는 서서히 자리잡아가
고 있었다. 나는 심지어 우리가 식사할 때 그가 내 말을 제대

로 듣지 않았기 때문에 물가로 내려가 욕설을 내뱉곤 하던 것을 잊었다. 그러니까 내 말은, 우리는 기본적으로 붙어 있었고, 어느 정도 그것에 적응했다. 우리는 우리가 만난 여러 사람에 대해 이야기했고, 나는 어느 저녁 그에게 그날 푸드 팬트리*에서 만난―자원봉사를 하기로 한 사람이 그날 올 수 없게 되었다면서, 마거릿이 내게 그 자리를 대신 메워달라고 부탁한 것이었다―샬린 비버라는 이름의 여인에 대해 말해 주었다.

그러니까 내가 그곳에 갔는데, 건물은 목조 건물이고 엄청나게 크지는 않았으며 모두 다섯 명이 자원봉사를 했다. 우리는 박스와 식료품 봉지를 포장하기로 되어 있었고, 마스크를 쓰고 육 피트 간격으로 떨어져 서서 캔 제품과 화장지와 기저귀와 냉동 육류를 박스에 담고 농산물은 종이봉지에 담았다. 농산물은 대부분 타운 식료품점에서 가져온 것이었고, 양상추와 셀러리는 조금 시들해 보였지만, 우리는 그것을 담았다. 그리고 사람들이 가지러 오면―마거릿은 팬트리가 대

---

* 시장에 유통할 수 없지만 품질이 양호한 물건을 기부받아 소외계층에 나누어주는 사회복지.

략 오십 가족을 먹여 살린다고 했다―우리가 차에 실어주면
되었다.

나는 테이블 끝에 섰고, 한 여인이 캔 제품이 실린 카트를
밀고 내 옆에 와서 섰다. 공간의 구조상 거의 분리된 공간에
우리만 있는 셈이었다. 그 여인이 자기 이름은 샬린 비버라
고 했다. 나는 그녀가 모든 자원봉사자가 입는 푸른색 작업
복을 입고 있었기 때문에 자원봉사자인 것을 알았다. 그녀는
내게 이야기를 하기 시작했고, 조용히, 거의 쉬지 않고 말했
다. 머리칼은 굽슬굽슬했고 회색으로 센 부분도 약간 보였
다. 코는 작았으며 살짝 들려 있었다. 마스크가 흘러내렸을
때 알아낸 것이었다. 그녀는 곧바로 자신이 쉰세 살이라고
말했다. 그리고 박스에 캔 제품을 담으면서 이런 이야기를
들려주었다. 그녀는 타운의 은퇴자를 위한 주거 단지인 메이
플트리 아파트에서 청소부로 일했다. 바이러스 때문에 삼 주
동안 강제로 쉬게 된 상태였지만, 그 기간이 지나자 단지에
서 다시 청소부들을 불렀다. 샬린은 마스크를 올려 쓰며 남
편은 오래전에 죽었고 아이는 생기지 않았다고 했다. 내가
마스크 위로 그녀의 얼굴을 쳐다보는데, 그녀가 자기는 남편
의 죽음을 결코 극복할 수 없었다고 말했다. 그녀는 목사를
찾아갔고―어느 교회인지는 말하지 않았다―목사는 그녀에

게, "매일 일어나면 얼굴에 미소를 지으세요. 저는 그렇게 하고 있습니다" 하고 말했다.

샬린이 나를 쳐다보았다. "그게 얼마나 멍청한 짓이에요?" 그녀의 말에 나는 그건 멍청한 짓이라고 말했다. 그러자 샬린이 더욱 조용히, 남편이 죽은 뒤에 자신은 타운에 사는 퍼기라는 남자와 "잠시 즐겼다"—그녀는 그렇게 표현했다—고 했다. 그리고 그는 죽었고, 그의 아내는 결국 메이플트리 아파트에 살게 되었다. 그래서 샬린은 그녀의 신발 한 짝을 훔쳤다. 한 짝만. "다음주에 돌려주려고 했는데, 삼 주 동안 일을 쉬게 된 거예요." 그녀가 말했다. 아무도 우리 대화를 듣고 있는 것 같지 않자 그녀가 말을 계속했다. "나는 그 일에 대해서도 거짓말을 했는데, 그다음주에 가니까 사람들이 그 여자, 에설 맥퍼슨이 내가 자기 신발을 훔쳤다고 했대서, 나는 오, 그분 정신이 살짝 오락가락하던데요, 하고 말했어요. 그러자 모두가 웃었죠. 그러니까 총무실에서 일하는 여자들 말이에요. 그러고는 나보고 나오지 말라고 하더군요, 그러니까 바이러스 때문에 청소부 전부 휴가를 가라고요—우리는 모두 네 명이었어요. 그리고 삼 주 뒤에 우리가 돌아갔을 때 에설은 이미 죽은 뒤였어요."

나는 그것에 대해 생각했다. "왜 신발 **한 짝**이었어요?" 내가 물었다. 정말로 궁금했다.

샬린이 고개를 끄덕이고 말했다. "내가 그날 아침 처음으로 청소를 해준 집의 부인이—의자에 커다란 황소개구리처럼 앉아 있었는데, 이름이 올리브 키터리지였어요—그러니까 올리브가 말했어요. '여기 앉아서 내가 예전에 젊은 여인의 신발을 한 짝만 훔친 일에 대해 생각하고 있었어요.' 그래서 내가 왜 한 짝이었냐고 물었더니 그녀가 나를 돌아보고 말했어요. '그러면 그 여자가 스스로 미쳤다고 느낄 거라고 생각했으니까요.' 그래서 내가 그렇게 됐냐고 물었어요. 그러자 올리브가 어깨를 으쓱하며 '모르지요' 하고 말했어요."

나는 이 여인, 샬린 비버가 좋았다.

우리는 차들이 기다리는 곳까지 봉지와 박스를 가져갔고, 차를 운전해 온 사람들은 대부분 여자였다. 어떤 여자들은 차에 아이들을 태우고 있었다. 아이들은 나를 쳐다본 뒤 다시 고개를 돌렸다. 그리고 나는 이해했다. 일부 여자들은 아주 고마워했지만, 대부분은 그저 음식을 받아들고 "고마워요," 그렇게만 말했다. 그러고는 차를 운전해 떠났다. 나는 그것 역시 이해했다.

우리가 그날 그곳을 떠날 때, 나는 샬린의 차에 현재 이 나라의 대통령을 지지하는 범퍼 스티커가 붙어 있는 것을 보았다. 나는 그게 흥미롭다고 생각했고, 호기심이 일었다. 정말로.

내가 윌리엄에게 샬린 이야기를 하고 그 범퍼 스티커에 대한 말을 꺼냈을 때, 그는 정말로 그것에 대해 생각해보는 것처럼 "허" 하고 말했다. "대체로 푸드 팬트리에서 그의 지지자들이 일하리라곤 생각하지 않지만, 당연히 그럴 수 있어─정말 그렇기도 하고." 그가 나를 쳐다보았다. "세상에, 내 사고가 얼마나 편협했는지."

그래서 내가 말했다. "그래, 바로 그거야." 내가 말했다. "내 생각엔 우리가 이해하지 못하는 것 같아. 그러니까 내 말은, 우리가 이해하지 못하는 게 분명해─그들의 관점 말이야."

그러자 그가 말했다. "나는 이해해."

나는 놀랐다. "말해봐." 내가 말했다.

그러자 윌리엄이 한쪽 다리를 반대쪽 다리 위로 꼬며 말했다. "그들은 화가 나 있어. 그들의 삶은 고달팠지. 당신 언니 비키를 봐. 바로 지금도 위험한 일을 하고 있잖아. 왜냐하면

해야 하니까. 하지만 여전히 출세할 수는 없어." 그리고 그가
말했다. "루시, 사람들은 **힘들게** 살아가. 그리고 힘들게 살아
가지 않는 사람들, 그들은 그냥 이해하지 못해. **나도** 그냥 이
해하지 못했잖아—이 샬린이라는 여자가 푸드 팬트리에서
일한다는 사실에 놀란 걸 보면 말이지. 게다가, 우리는 **힘들**
게 사는 사람들이 스스로를 바보로 느끼게 하잖아. 그건 좋지
않아."

5

그 맥락에서, 나는 이것이 중요하다고 생각한다.

어느 여름 저녁에 대한 이야기를 해야겠다. 윌리엄과 나는
저녁을 먹은 뒤에 드라이브를 하러 나갔고—바깥은 아직 밝
았다—우리는 아이스크림을 팔고 있는 길가 가게에 차를 세
웠다. 아이스크림을 파는 가게는 작고 푸른 판자 건물이었는
데, 주변에 잔디가 많았고 잔디밭 한복판에 나무가 한 그루
서 있었다. 우리가 처음 거기 도착했을 때 사람들—많지 않
았다—이 잔디밭에서 돌아다니고 있었고, 우리는 차에서 내
려 우리 앞에 마스크를 쓰지 않고 서 있는 여자와 안전한 거

리를 두고 줄을 섰다. 아이스크림을 파는 여자는 젊지 않았고 마스크를 쓰고 있었지만 코 아래로 내려 쓰고 있어서, 나는 윌리엄이 이 여자에게서 아이스크림을 사지 말자고 하지 않을까 생각했다. 하지만 그는 아무 말 하지 않았다. 내가 말하고 싶은 것은 이것이다.

뭐냐 하면, 하얀 턱수염을 기른 노인이 나무 아래 스툴에 앉아 기타를 치면서 노래를 부르고 있었다. 그리고 남자가 한 명 더 있었고 막 아이스크림을 다 먹은 모양이었는데, 대번에 다른 주, 심지어 아마도 뉴욕주 출신인 것을 알아볼 수 있었다. 그가 탄 차는 비싸 보였고 차체 바닥이 땅에 가깝게 내려와 있었지만, 번호판은 보이지 않았다. 이 남자는 진홍색 반바지를 입고 그 안에 칼라가 달린 푸른색 셔츠를 넣어 입었으며 양말 없이 로퍼를 신었다. 뒤에서 사람들이 그를 두고 "젠장, 다른 주에서 왔군" 하고 말하는 소리가 들렸다. 나는 뒤를 돌아보았는데, 그 말을 한 사람들은 마스크를 쓰지 않은 남자들이었고, 내게는 약간 무섭게 보였다. 그리고 줄에서 내 앞에 선 여자—마스크를 쓰고 있지 않았다—가 차에서 내린 또다른 여자를 보고는 서로 포옹하며 "안녕!" 하고 말했다.

내가 말하려는 것은, 잠시 내가 거의 환시 같은 것을 보았다는 것이다. 이 나라에 깊고 깊은 불안이 존재하고, 시민전쟁이 일어날 거라는 소곤거림이 내가 뚜렷이 느낄 수는 없어도 감지할 수는 있는 미풍처럼 내 주변을 휘도는 것 같은 환시. 우리는 아이스크림을 받아 그곳을 떠났고, 내가 윌리엄에게 무엇을 느꼈는지 말하자 그가 "나도 알아" 하고 말했다.

그것이 내게 머물렀다. 그날 저녁에 내가 받았던 그 느낌이.

*

어느 날 장난감 상자 안에서, 우리는 다 해진 천 밑에 믿기 힘들 만큼 근사한 소방차 두 대가 있는 것을 발견했다. 그러니까 각각 일 피트 길이에 금속으로 만들어졌으며 고무 타이어가 달린 것이었다. 아주 오래된 듯했지만 잘 만들어진 것이라 상태가 좋았고, 그중 하나에는 여전히 작동하는 사다리가 뒤쪽에 달려 있었다. "이것들을 봐." 윌리엄이 말했다. 그는 감동한 것 같았고, 나는 그에게 별다른 소리는 하지 않았다. 장난감을 정말로 진지하게 생각하던 시대에 만들어진 것 같았다. 그는 머나먼 옛 시대에 만들어진 오래된 소방차 두 대를 잘 닦아 포치 창턱에 놓았다.

넷

1

어느 밤 우리가 저녁을 먹을 때 내가 말했다. "윌리엄, 당신 탑은 잘 있어?" 나는 농담삼아 말한 것이었는데, 그는 진지하게 대답했다.

"당신 표현대로 내 탑은," 그가 눈썹을 치키고 나를 흘끗 보며 말했다. "독일 잠수함을 감시하기 위해 만들어진 그 탑은, 이 세상이 무엇을 헤쳐나왔고 또다시 그것을 헤쳐나갈 수 있다는 것을 내게 매일 일깨워주려고 여전히 거기 있지." 나는 기다렸고 그는 계속 말했다. "이 나라는 아주 많이 힘들어하고 있어, 루시. 온 세상이 그래. 마치—" 윌리엄이 포크를 내려놓았다. "전 세계가 뭔가 **점령당하고** 있는 그런 느낌이야. 그리고 나는 그저 우리 앞에 진짜 힘든 일이 다가오려는 것 같다고 말하려는 거야. 우리는 그저 서로 편가르기만 하고 있어. 우리의 민주주의가 얼마나 오래갈 수 있을지 모르겠어."

그리고 나는 윌리엄과 그 탑의 관계가 그와 지금 우리 세상의 관계라는 걸 느리게 이해했다. 그는 내가 내 방식으로 모호하게만 인지하고 있는 역사상의 점들을 연결했다.

그는 포크를 다시 들고 조용히 먹었다. 포치 방충망을 통해 우리 앞에 펼쳐진 바다는 그 부드럽고 충만한 소리를 끊임없이 들려주었다. 그리고 우리 앞에는 섬들이 일직선으로 늘어서 있었고, 그곳에는 지금 녹색이 많이 보였다. 파도가 멈추지 않고 바위에 철썩거렸다.

2

밥은 같이 산책하기에는 너무 더운 날씨라고 말하면서도 여전히 이곳에 찾아왔고, 우리는 야외의자에 앉았다. 이따금 마거릿이 동행했다. 그녀가 같이 오지 않으면 그는 담배를 피웠고, 거기서 쾌감을 느끼는 것 같았다. "고마워요, 루시."

그는 매번 그렇게 말하면서 내게 윙크했고, 담배를 피울 수 있게 마스크는 턱 밑으로 내린 채였다. 밥과 함께 있으면 나는 늘 기분이 좋았다. 심지어 내가 무슨 말을 하려고 했는지 기억나지 않을 때도 그는 그저 어깨를 으쓱하며 내게 "걱정하지 마세요" 하고 말했다. 나는 윌리엄이 우리 나라—전 세계—가 힘든 시기를 겪고 있다고 한 말을 그에게 해주었고, 밥은 "아마 윌리엄이 맞을 거예요" 하고 말했다.

*

함께 있을 때 윌리엄은 이따금 아주 멀리 있는 것 같았고, 나는 그가 늘 그런 식이었다는 걸 기억해냈다. 하지만 또한—앞서 말했듯—그가 내게 다시 익숙해지고 있다는 데에 내가 점점 더 편안함을 느끼고 있다는 사실도 알아차렸다. 그럼에도 내 마음은 결코 안정되지 않았다. 아주 오래는 불가능했다. 그래도 전에 듣던 음악을 다시 듣는 것이 도움이 되었고, 카우치에 누워 내 전화기로 클래식음악을 듣기도 했다.

하지만 내가 두려웠던 것은—음악을 듣고 있을 때를 제외하면—데이비드를 정말로 구체적으로는 기억할 수 없다는 것이었다. 그는 가만히 있는 게 불가능한 것처럼, 내 마음에서 슬며시 빠져나갔다. 나는 그것을 이해할 수 없었다.

3

딸들은 전보다―내 기억에―전화하는 횟수가 훨씬 줄었다. 그애들이 내게서 멀어진다고 느꼈고, 내가 틀리지 않았다는 걸 알고 있었다. 나는 이유를 알 수 없었다. 그 사실이 이따금 내게 지독히 개인적인 분노를 일으켰다. 윌리엄에게 그것에 대해 말하면 그는 어깨를 으쓱하며 "루시, 애들을 내버려둬" 하고 말했다.

나는 이 기억을 떠올렸다. 어머니를 마지막으로 본 것은 어머니가 죽어가고 있던 시카고 병원에 찾아갔을 때였고, 그때 딸들과 여러 시점에 통화했다. 딸들이 고등학생이어서 나는 그애들이 걱정스러웠다. 하지만 어머니가―내가 거기 가있던 그날 밤과 다음날 아침 내내 거의 아무 말 하지 않았던 사람이―이렇게 말했다.

"너는 딸들에게 너무 매여 있구나. 조심해, 그애들이 나중에 결국 네 등을 물 테니까."

내게 그렇게 말했다, 내 어머니가.

그리고 다음날 아침에 어머니는 조용히, 내게 떠나라고 말
했다. 그래서 나는 떠났다.

하지만 지금 그 기억을 떠올리니 더럭 겁이 났다. 나는 생
각했다. 어머니가 환시를 보았나? 그리고 생각했다. 아니, 어
머니는 그저 내가 딸들을 얼마나 사랑하는지에 질투심을 느
꼈을 뿐이라고. 하지만 어쩌면 어머니가 환시를 보았을지도
몰랐다. 그리고 나는 내가 줄곧 내 모습이라고 여겼던 그런
엄마는 아니었다.

내가 어떻게 알 수 있겠는가?

어떤 사람들은 아는 것 같다. 하지만 나는 결코 모를 것이다.

*

하지만 나는 딸들이 보고 싶었다. 오 세상에, 나는 정말로
내 딸들이 보고 싶었다. 나는 윌리엄에게 우리가 언제 다시
코네티컷으로 가서 딸들을 만날 수 있는지 물었고, 라치몬트

에 있는 에스텔과 브리짓도 와도 된다고 말했다. 그는 조만
간에 가능하겠지만 당장은 아니라고 말했다. 그래서 나는 그
냥 두었다.

나는 우리가 그 집 진입로에 서 있던 것과 그때 풀장 주위
에 앉았던 것을 기억하고 있었다. 그리고 그 시간은 아주 어
색했다. 시간이 지나자, 딸들을 그런 식으로 다시 만나는 것
은 거의 아예 보지 않는 것만큼 나쁘다는 것을 깨달았다.

하지만 나는 또한 왜 딸들이 우리를 보러 오겠다고 하지
않는지 그 이유가 궁금했다. 두 딸과 마이클은 이미 바이러
스에 감염되었으니, 차를 운전해 와서 안전한 거리에서 우리
를 볼 수 있었다. 내가 사람들에게 딸들이 정말로 보고 싶다
고 말하면, 가끔 사람들은 애들보고 보러 오라고 하지 그래
요? 하고 말했다. 하지만 나는 그 말이 나오지 않았다. 애들
이 그렇게 하고 싶지 않은 게 분명해 보여서. 나는 아이들에
게 오라는 말은 하지 않을 것이다. 나는 그런 엄마가 아니고,
나는 **그만큼** 안다.

4

윌리엄은 새로운 소명을 찾고 있었다.

로이스의 조카―로이스의 동생 데이브의 아들로, 이름은 조였다―는 요즘 아버지와 트래스크 감자 농장을 경영했다. 감자 농장은 기생충 문제로 골치를 앓고 있었다. 윌리엄이 큰 관심을 보였다. 그는 내게, 자기가 로이스의 조카에게 처음 전화했을 때, 조가 그를 "게르하르트 박사님"이라고 불렀다는 이야기를 해주었다. 조는 프레스크아일에 있는 메인대학교에 대해 윌리엄과 길게 대화를 나누었다. 그 대학에는 이런 문제에 도움을 주는 프로그램이 있었다. 윌리엄은 조와 통화하는 데 많은 시간을 썼다―윌리엄은 조가 "대단한 놈" 같다고 말했다. 그는 또한 지난 세월 동안 함께 연구한 다른 기생충학자들과 통화하는 데도 시간을 썼는데, 이 특정한 기생충들에 대해 윌리엄보다 더 많이 알고 있는 사람들이었다. 그리고 윌리엄도 직접 연구했다. 식사할 때 그는 이 기생충들에 대해, 그리고 도움이 되기 위해 자신이 무엇을 하고 있는지에 대해 말했다. 그는 끊임없이 말했고, 솔직히 나는 종종 그 이야기가 지루했다. 하지만 그가 뭔가에 관여하고 있다는 사실이 기뻤다. 내가 보기에 그는 더 젊어진 것 같았다.

나 자신은 날마다 더 늙어간다고 느꼈다.

내 어머니—내 진짜 어머니, 내가 만들어낸 좋은 어머니가
아니라—가 언젠가 말했다. "누구나 자기가 중요하다고 느
낄 필요가 있어." 그래서 윌리엄이 감자 기생충에 대해 계속
이야기를 늘어놓는 것을 들으면서, 나는 그 생각을 했다.

*

밥과 마거릿이 테이크아웃이 가능한 바닷가 어느 레스토
랑에서 다른 부부와 함께 작은 모임 자리를 마련해 우리를
초대한 밤이 있었다. 그래서 우리는 그곳으로 갔고, 기분좋
은 시간을 보냈다. 그들의 친구들은 정말로 좋은 사람들 같
았고, 우리는—나는—충분히 즐거운 시간을 보냈다. 하지만
이것이 요점은 아니다.

요점은 이것이다. 집으로 돌아가는 길에 우리는 타운에서
내가 가보지 않은 구역을 지나가게 되었다. 타운의 외곽 지
역을 통과할 때 띄엄띄엄 집들이 보였고, 그 앞에는 나무들
이 서 있었으며, 집들은 파란색이나 회색, 아니면 흰색으로

칠해져 있었다. 지나가면서 보니 모두 아주 고요한 느낌이었는데—작은 타운이었다—이 집들 앞을 지나갈 때 갑자기 그것이 무섭고 강력하게 다가왔다. 이 집들은 내가 어렸을 때 지나간 집들과 다르지 않았다. 나는 이따금 가까운 타운인 일리노이주 핸스턴이나 칼라일을 지나가곤 했다—내 마음속에 내가 아버지와 함께 있는 모습이 떠올랐다. 우리는 이런 비슷한 집들을 지나갔고, 한번은 어느 집 옆에서 젊은 커플을 봤던 것도 기억났다. 커플은 둘 다 옷을 잘 차려입었고, 그들의 부모들이 집 앞에 나와 그들의 사진을 찍고 있었다. 나는 아버지에게, 결혼식이에요? 하고 물었다. 그러자 아버지는 아니, 저건 학교 프롬 파티야, 하고 말했고, "다 바보 같은 짓거리지. 완전히 쓸데없는 짓이야" 하고 덧붙였다. 그리고 그날 밤 윌리엄과 내가 완벽히 기분좋은 저녁 시간을 보낸 뒤 집으로 돌아오면서, 나는 내 내면이 무너지는 것 같은 느낌에 사로잡혔다. 나는 해묵은 그 슬프고 외로운 기분에 빠졌는데, 이 집들은 사람들이 평범한 생활을 하며 사는 곳이었고, 그것이 내가 어렸을 때 봤던 것이고 지금도 본 것이기 때문이었다. 나는 윌리엄에게 말했다. "내 어린 시절 전체가 록다운이었어. 누구도 보지 못했고, 어디로도 가지 않았어." 이 말의 진실이 내 안 깊숙한 곳을 강하게 찔렀고, 윌리

엄은 그저 나를 보며 이렇게만 말했다. "알아, 루시." 그는
내가 무슨 말을 했는지 생각해보지도 않고 반사적으로 반응
했다는 것, 그게 내가 생각한 것이었다.

하지만 그날 저녁에 나는 너무 슬펐다. 어린 시절에 고립
되어 보낸 두렵고 외로운 시간은 결코 나를 떠나지 않으리라
는 것을 나는─내 삶의 각기 다른 시점에 깨달은 것처럼─
깨달았다.
내 어린 시절은 록다운이었다.

5

그리고─바로 그날 밤 끔찍한 공황 발작이 재발했다.

그것은 내가 잠이 들려고 할 때 찾아왔다─내 작은 침실
은 더웠고, 열려 있는 천창과 창문을 통해 바다의 소리가 들
렸지만, 공황 증상이 일어난 상태였기 때문에 내가 정말로
그 소리를 들었던 것은 아니었다. 공황 증상은 뉴욕에 있는
아파트를 그려보면서 시작되었는데, 그곳을 떠올리면 정말

로 나는 그곳에 다시 가보고 싶지 않은 것 같았다. 그 텅 빈 분위기가 그려졌다. 데이비드는 결코 문을 열고 들어오지 않을 것이고, 아파트로 돌아갈 때마다 나는 혼자 그곳에 들어가야 한다. 이 생각이 참을 수 없게 느껴졌다.

그리고 아파트에 대해 생각할 때, 나는 데이비드가 거의 늘 거기 있다고 기억했다. 안 좋은 쪽 골반 때문에 그는 긴 산책을 할 수 없었고, 혹은 다른 남자들처럼 체육관에 운동하러 갈 수도 없었다. 그는 리허설을 하거나 밤에 필하모닉에서 연주하는 게 아니면 늘 집에 있었다. 그리고 지금 그곳을 떠올려보면—그 아파트는 내게 아무런 매력이 없었다.

나는 케이스에 넣어져 침실 구석에 있는 데이비드의 첼로를 생각했고, 그 생각을 하자 마음이 혼란스러웠다. 그의 첼로에, 그 이미지에 거의 거부감이 느껴졌다.

그것에 나는 소스라치게 놀랐다. 뉴욕에서 나를 기다리고 있는 아파트가 내가 진정한 연결감을 느끼는 곳이 아니라는 사실, 그 사실에 몸이 굳는 것 같았다—그 사실이 이 팬데믹 전체가 계속되고 있는 동안 나를 한 번도 겁먹게 하지 않던 방식으로 나를 겁먹게 했다. 나는 일어나서 아래층으로 내려갔고, 또 포치로 나갔다. 그리고 잔디밭으로 나갔는데, 달은 거의 보름달이었다. 나는 바다를 내려다보았고, 바닷물이 들어오고 있었다. 그리고 아래로 파도가 느긋이 바위를 철썩거리고 있었다.

엄마, 도와줘요, 너무 무서워요! 나는 내가 만들어낸 엄마에게 말했지만, 엄마의 대답—나도 알아, 루시, 미안해—은 크게 도움이 되지 않았다. 오 세상에! 내 삶의 모든 것은 내가 만든 거야, 나는 생각했다! 내 딸들만 빼고, 어쩌면 심지어 그애들도 내가 만든 것이다. 그러니까 그애들이 나를 대하는, 그리고 서로를 대하는 상냥한 태도 말이다. 내가 어떻게 알겠는가?

나는 돌아보았지만 내 시야는 아물거렸고, 이 절벽에서 우리의 집만, 너무 겁을 먹은 나머지 내 마음속에서는 거의 기울어 보이는 집만 볼 수 있을 뿐이었다. 나는 풀밭에 앉아 혼잣말을 했다. 루시, 멈춰! 하지만 멈출 수 없었고, 계속 풀을 뜯었지만 손은 떨리고 있었다.

오 제발 나를 도와줘, 나는 생각했다. 제발 제발—하지만 당신이 정말로 겁에 질린 상태가 되면 해답은 없고, 나는 그것을 알고 있었다.

나는 울었지만 많이 울지는 않았다. 내가 늘 울 수는 없다.

나는 일어나 거의 휘청거리며 집안으로 들어갔다. 그리고 윌리엄이 2층 욕실에서 나오는 소리를 들었고, 서둘러 2층으로 올라가 말했다. "필, 필리, 오 맙소사."

그러자 그가 자기 방으로 다시 가다가 나를 쳐다보고 말했다. "오 루시, 당신 정말 예뻐 보인다."

그가 그 말을 한 것이다!

내가 말했다. "미쳤어? 내 모습은 머그샷* 속의 늙은 여자 같잖아!"

그러자 그가 말했다. "아니, 머리를 풀고 귀여운 원피스 잠옷을 입으니까 예뻐 보여. 하지만 루시, 당신은 너무 말랐어."

그 순간 그는 내가 괴로워하는 것을 알아차린 것 같았고, 이어 물었다. "루시, 무슨 일이야?"

나는 그의 방으로 들어가 울기 시작했다. 정말로, 정말로 울었다. 내가 말했다. "윌리엄, 집에 너무 가고 싶어!"

그러자 그가 나를 다정하게 대하기 시작했고, 내가 말했다. "아니, 당신은 이해 못해. 나는 돌아갈 집이 없어!"

그가 말했다. "당연히 있지, 루시. 당신 아파트가 있잖아—"

그래서 내가 말했다. "아니, 없어! 당신은 이해 못해! 거긴

---

* 범인 식별을 위해 촬영하는 상반신 사진.

내가 사는 곳이었고, 나는 데이비드를 사랑했어. 하지만 거기 한 번도 집이 아니었어. 윌리엄, 거기가 왜 집이 아니었지?" 그리고 내가 말했다. "내 **평생** 유일하게 가져본 진짜 집은 당신하고 살았던 집이었어. 그리고 우리 아이들하고." 그리고 나는 울고 또 울었다. 그가 나를 향해 두 팔을 벌렸고, 나를 데려가 침대 위에 함께 앉았다. "이리 와, 버튼." 그가 말했다. "내 무릎 위에 앉아." 그가 말했고, 나는 그렇게 했다.

그는 나를 꼭 안아주었다. 나는 윌리엄의 팔의 힘을 잊고 있었다. 그가 나를 안아준 건 아주 오래전이었다. 그리고 내가 말했다. "더 꼭, 필리. 더 꼭 안아줘."

그러자 그가 말했다. "내가 여기서 더 꼭 끌어안으면 당신 뒤에 가 있게 될걸." 우리가 어렸을 때 그가 그랬던 것 그대로. 그루초 막스의 대사였다.

그는 나를 한참 안아주고 살짝 이리저리 흔들어주었다. 그의 다정함에 나는 더 서럽게 울었고, 실컷 운 다음에야 울음을 그쳤다.

윌리엄이 말했다. "자, 이제, 루시." 그가 내 얼굴 옆으로 가는 머리카락 몇 가닥을 쓸어넘겨주었다. "제안할 게 몇 가지 있어."

232

"뭔데." 내가 말하고는 손등으로 내 코를 쓸어내렸다.

"그 아파트는 포기하는 게 좋겠어."

"그럴 수 없어!" 나는 이 말을 소리를 지르다시피 했다.

하지만 윌리엄은 차분한 태도를 유지했고, 이어 말했다. "내가 말하는 건 그저 생각해보라는 거야. 됐지? 당신이 하고 싶지 않은 일은 하지 않아도 돼. 하지만 그냥 생각해봐. 내 말 듣고 있지?"

나는 고개를 끄덕였다.

"좋아." 그가 다시 손을 내밀어 내 머리칼을 귀 뒤로 넘겨주며, 아주 다정하고 친밀한 눈빛으로 나를 쳐다보았다. "오버튼. 당신이 지금 걱정하는 것만큼 걱정하지 않아도 돼."

"왜 그렇지?" 내가 물었다.

"당신에겐 내가 있으니까." 그가 내 손등에 손을 얹었고 부드럽게 나를 끌어당겼다.

끝나고, 나는 얼른 잠옷을 다시 입었다. 수줍은 새 신부가 된 기분이었다.

윌리엄이 내게 말했다. "그래서 그렇게 되는 건가, 맞나?"

그래서 내가 말했다. "죽음이 우리를 갈라놓을 때까지, 그거 말하는 거야?"

그러자 그가 반쯤 미소를 지었고, 우리는 그의 침대에 나
란히 누워 있었다. 그가 손가락 끝으로 내 코를 만지며 말했
다. "아니, 이 바보야. 영원히 그리고 그 이후에도, 그거 말이
야."

우리는 그뒤로도 이따금 그가 코를 골아서 내가 내 침대로
갈 때만 빼면 매일 밤 같은 침대에서 잠을 잤다. 하지만 그가
일어나서 불안을 느끼는 것 같으면—나는 자면서도 그것을
어느 정도 느낄 수 있었다—나는 일어나 다시 그의 침대로
갔다.

그래서 그렇게 되었다.

나는 이 이야기를 할 것이고, 그러고 나면 더이상 하지 않
을 것이다.

아주아주 오래전에 나는 육 년 동안 바람을 피우고 있는
한 여자를 알았고, 상대 남자는 발기불능이었다. 내가 그녀
에게—나는 당시에 그녀를 잘 알았다—발기불능인 남자와
바람을 피우는 건 어떤 기분인지 물었다. 그가 신장 수술을
받았다던가 그랬는데, 그러다 그렇게 된 것이었다. 그리고
이 여자는 내게 말했다—그녀는 조용히 말하는 사람이었고,
내게 작은 미소를 지으며 조용히 말했다—"루시, 그 사실이

만드는 차이가 얼마나 작은지 알면 놀랄 거예요."

그래서 나는 생각했다. 그녀가 전적으로 맞았다고. 그녀는 틀렸지만, 또한 전적으로 맞았다.

*

하지만 그러고 나서 첫날 아침에 내가 잠에서 깼을 때, 윌리엄은 사라지고 없었다! 아침 산책을 하러 간 것이었는데, 그가 나를 침대에, 집에 홀로 두고 나갔다는 사실에 나는 겁이 났다.

"무슨 문제 있어?" 그가 문을 열고 들어오면서 말했다.

"어디 갔다 왔어?" 내가 물었다.

"산책하러. 뭐야, 루시."

그러니까 역시 그랬다. 그는 여전히 윌리엄이었다. 그리고 나는 여전히 나였다.

하지만 우리는 또한 정말로 행복했다. 정말로 그랬다.

어느 아침, 내가 윌리엄에게 말했다. "딸들에게 말해야 하나?"

그러자 그가 말했다. "우리에 대해?"

"응."

윌리엄이 카우치에 앉더니 눈을 찡그리며 창밖을 내다보았다. "그러지 않을 이유가 없지." 그가 망설이다 말했다. "하지만 이건 아주 비밀스러운 일로 느껴지는데."

"나도 정확히 같은 생각을 하고 있었어." 내가 가서 그의 옆에 앉았다.

그가 내 머리 뒤에 자기 손을 얹었다. "딸들에겐 나중에 말하자." 그가 나를 흘끗 보았다. "우리 인생의 남은 나날 중에서 언젠가 딸들에게 알리면 되지 뭐."

"알겠어." 내가 말했다.

6

그리고 데이비드가 꿈속에서 나를 찾아왔다. 그는 병들고 납빛이고 비쩍 말라 보였고, 눈은 쑥 들어가고 눈가가 거무죽죽했다. 그가 나를 잡고 땅속 깊이, 자기가 서 있는 큰 쓰레기통처럼 보이는 곳으로 끌어내리려고 했다. 그러니까 내 말은, 우리가 정말로 몸싸움을 하고 있었다는 말이다. "안 가, 데이비드." 내가 말했다. "안 가, 안 간다고!" 그리고 나는 가지 않았고, 그는 땅속 깊이 아주 큰 쓰레기통 안으로 사라졌다. 하지만 그는 내가 그와 가지 않아서 화가 났다.

아침에 나는 윌리엄에게 그 꿈 이야기를 한 뒤 "무서운 꿈이었어. 그 사람은 정말로 데이비드가 아니었어" 하고 말했다.

그가 정말로 데이비드가 아니라는 확신은 — 전혀 — 없었지만.

윌리엄은 아무 말 하지 않았다.

*

어느 밤 어떤 기억이 떠올랐다. 오래전, 윌리엄과 내가 우리 어린 딸들과 함께 뉴욕 아파트에서 살고 있을 때였는데, 나는 침대 옆에 그의 신발이 놓여 있는 것을 보았다. 그의 옷장에 셔츠를 걸어놓으려고 침실로 들어갔다가 거기 신발이 있는 것을 본 것이다. 출근할 때 신는 신발이 아니고 캐주얼한 신발이었다. 가죽으로 만들고 가장자리에도 가죽 띠가 둘러 있는 보트화—사람들은 그 신발을 그렇게 부르는 듯했다—같았다. 그리고 내가 기억하는 것은 이것이다. 신발의 모양새가 내 남편의 발과 너무 잘 맞는다는 것과 오른쪽 신발이 약간 옆으로 빗나가 있다는 사실에 나는 거부감이 들었다. 그 신발에, 남편의 신발에 거부감이 든 것이다.

오, 불쌍한 남자!

그리고 생각했다. 윌리엄도 나에 대해 그런 뭔가로 거부감이 들었을까? 틀림없이 그랬을 것이다.

요즘은 그의 신발을 봐도 거부감이 들지 않는다. 나는 늘 포치에서 그의 신발을 보면 기뻤다.

*

어느 날 샬린 비버를 다시 만났다. 타운 한복판에서 공원을 통과해 걷고 있는 그녀를 보고 내가 다가가 말했다. "샬린, 안녕하세요!"

그러자 그녀가 말했다. "안녕하세요, 루시."

그래서 우리는 잠시 대화를 나누었는데, 그녀는 여전히 푸드 팬트리에서 일하고 있었고, 또한 메이플트리 아파트에서 청소부 일도 하고 있었다. 잠시 뒤 우리는 그곳 벤치의 양쪽 끝에 각각 앉았다. 둘 다 마스크를 쓰고 있었지만, 샬린의 마스크는 코 아래에 걸쳐 있었다. 내가 그녀에게 여름을 어떻게 보내고 있는지 물었고, 그녀는 앞을 똑바로 보며 "어—" 하고 말했다.

"음, 같이 걸을까요?" 내가 말했다.

그러자 그녀는 금요일에 일을 쉰다면서, 그때 같이 강가를 걷자고 했다.

그 금요일에 내가 주차장에 도착했을 때 샬린은 이미 와 있었고, 우리는 잠시 걸었다. 그리고 그녀가 "벤치에 앉아도 괜찮을까요? 종일 서서 청소하다보니 앉고 싶네요" 하고 말했다.

"오, 그럼요!" 내가 말했고, 우리는 긴 화강암 벤치에 앉았다. 우리 사이의 거리가 육 피트가 되지 않아, 그녀는 다시 마스크를 코 위로 올려 썼다. 그리고 우리가 앉아 있는 동안 그녀가 메이플트리 아파트에 대한 이야기를 했는데, 자기가 한쪽 신발을 훔친 여자인 에설 맥퍼슨에 대해, 그녀가 죽었을 때 기분이 얼마나 좋지 않았는지에 대해 다시 이야기를 꺼냈다.

나는 이해한다고 말했다.

그리고 샬린에게 내 정신이 흐려지고 있는 것 같다고 말했고, 그러자 그녀가 말했다. "어떤 식으로요?" 그래서 나는, 음, 뭔가 기억이 잘 나지 않고, 혼란스러울 때가 많다고 했다.

샬린은 귀기울여 듣는 것처럼 고개를 내 쪽으로 약간 숙였고, 이어 고개를 끄덕인 뒤 말했다. "나도 그런 것 같아요."

"당신도요?"

"네, 나도 그래요. 그리고 나는 혼자 살고 다른 사람을 볼 기회가 정말로 많지 않아서, 심지어 더 걱정스러워요."

그래서 우리는 그것, 정신이 흐려지는 것에 대해 이야기를 나누었고, 이어 메이플트리 아파트에서 그녀가 청소를 해준 그 여자, 올리브 키터리지에 대한 이야기를 나누었다. "그 부인은 정말로 안됐어요." 샬린이 말했다. "그녀에게 이저벨이라는 친구가 있지만, 이저벨은 다리 건너로 가야 해서, 이제 올리브는 실의에 빠진 것 같아요."

"다리 건너라니, 무슨 뜻이에요?" 내가 물었고, 샬린은 그곳에서 독립적인 생활을 꾸려나가다가 그다음 단계로 넘어가는 거라고 설명했다. 거기는 요양원과 비슷하고, 그리로 가려면 말 그대로 다리를 건너가야 한다고.* 그래서 그 상황

---

* 작가의 다른 작품 『다시, 올리브』에서 이 표현이 먼저 사용되고 설명되었다.

을 '다리 건너로 간다'라고 한다는 것이었다.

"이저벨은 왜 다리를 건너가야 해요?" 내가 물었다.

그러자 샬린은 이저벨이 넘어져서 다리가 부러졌고, 재활치료원에서 나왔을 때는 다시 혼자 생활을 해나가는 것이 불가능했기 때문이라고 했다. "정말 슬픈 일이죠." 샬린이 말했다.

우리는 아주 잠시 말없이 앉아 있었고, 이어 샬린이 말했다. "하지만 올리브가 날마다 그녀를 보러 가요. 사람들이 그러는데, 올리브가 이저벨의 방으로 가서 매일 신문을 1면부터 마지막 면까지 읽어준대요."

"오, 대단하네요." 내가 말했다.

그러자 샬린이 말했다. "그렇죠."

우리는 그날로부터 두번째 금요일에 다시 만나기로 했다.

7

일주일이나 그쯤 뒤에—팬데믹 기간에 시간을 어떻게 알겠는가—아무튼 그 일이 있은 뒤였는데, 어느 날 내가 오후 산책을 하고 돌아왔을 때 윌리엄이 카우치에 누운 채 내게 말했다. "루시, 어지러워. 당신이 돌아오길 기다리면서 한 시간 동안 여기 누워 있었는데, 너무 어지러워."

"전화하지 그랬어?" 내가 카우치 위 그의 발 옆에 앉으며 말했다.

"모르겠어." 그가 다시 말했다. "하지만 너무 어지러워."

"물 좀 마셔봐." 내가 말했고, 그의 근처에 잔이 놓여 있는 것을 보았다. 그가 손을 뻗어 그 물을 다 마셨고, 나는 더럭 겁이 났다. 그래서 밥 버지스에게 전화를 걸었다. 그러자 밥이 자기 의사에게 전화해보겠다고, 괜찮다고, 자기와 의사는 친구 사이라고 말했다.

오 분 안에 밥이 다시 전화를 걸어와, 의사가 물 1리터를 마시라고 했다고, 그리고 의사가 십 분 안에 윌리엄에게 전화할 거라고 말했다. 그래서 윌리엄더러 물 네 잔을 더 마시라고 했고, 어지럼증이 서서히 멈추었다. 하지만 나는 나무 블록 안에 갇혀버린 느낌이었다는 것, 그게 그 상황을 묘사할 수 있는 유일한 방법이다. 나는 거기 앉았고, 우리는 기다렸다. 윌리엄이 마침내 일어나 앉았다. 내 눈에 그는 늙어 보였다. 그리고 그는 나를 쳐다보지 않았고, 그저 방안만 둘러보았다. 우리는 더 기다렸고, 윌리엄은 이제 어지럼증이 훨씬 덜해졌다며 다시 누워 잠들었다. 기다리는 동안 나는 생각할 수도, 느낄 수도, 그 아무것도 할 수 없었다. 한 시간 뒤에 윌리엄의 전화기가 울렸는데, 밥의 의사였다. 그가 한참 윌리엄과 대화한 뒤 탈수증이라고, 바깥 날씨가 더우니 조심해야 한다고 말했다.

그러니까 그런 일이 일어난 것이다. 나는 곧 우리가 저녁으로 먹을 스크램블드에그를 만들었고, 윌리엄은 기분이 좋아 보였다. 하지만 나는 좋지 않았다.

남은 저녁 시간 동안 나는 기분이 끔찍이 좋지 않았다.

그런데 우리가 그날 밤 잠자리에 들고 윌리엄이 잠든 뒤 문득 이 기억이 떠올랐다. 내가 아주 어렸을 때였는데, 학교에서 우리에게 영화 한 편을 보여주었다. 그 영화가 무엇에 관한 것이었는지는 기억이 전혀 없지만, 선생님이 프로젝터를 작동시키면서 불안해했다는 것은 기억나고, 다행히 작동되었다는 것, 그것이 내가 기억하는 전부다.

영화가 막 시작될 때 푸른색 화면에 수많은 하얀색 탁구공이 튕기는 장면이 나왔고, 이따금 탁구공은 다른 탁구공에 부딪혔다 다시 튕겨나왔다. 이것이 계속되었고, 탁구공은 여기저기 마구 튕기고 서로 제멋대로 부딪혔다. 그리고 내 기

억에 나는—심지어 그때, 그렇게 어렸을 때였는데도—생각
했다. 저건 사람들 같다고.

요점은, 우리가 운이 좋다면 튕겨서 누군가와 부딪힌다는
것이다. 하지만 우리는 늘 다시 튕겨서 떨어져나온다, 적어
도 조금은.

그리고 나는 그날 밤 이것을 생각했다. 내 탁구공은 윌리엄
의 탁구공과 부딪혔지만, 늘—심지어 지금도 조금—튕겨나
왔다. 나는 데이비드를 생각했는데, 그의 탁구공은 지금 정말
로 내게서 떨어져나와 멀리 사라졌다. 또 나는 밥 버지스가
지금, 그가 이따금 담배를 피울 필요가 있다는 것을 모르는
마거릿과 어떻게 지내는지에 대해 생각했다. 그는 그런 필요
에 있어 혼자였다. 그의 탁구공이 잠시 내 공에 부딪혔을 때
내가 담배에 대한 그의 필요성을 알아주었던 순간을 제외하
면. 우리의 탁구공들은 밥이 우리를 위해 그의 의사에게 전화
를 걸었을 때 부딪혔다. 그리고 우리가 함께 있었을 때.

나는 혼자 사는 샬린 비버를 생각했고, 그녀의 정신도 흐
릿해질까봐 걱정스러웠다. 내 탁구공은 그녀의 탁구공에 아
주 잠시 닿았을 뿐이었다.

나는 당시에 내가 늙었다고, 윌리엄은 심지어 더 늙었다고

느꼈다. 우리의 시간이 거의 다 되었다고 생각했고, 윌리엄이 먼저 죽을 것이라는, 그러고 나면 나는 정말로 어떻게 해야 할지 모를 거라는 생생한 두려움을 느꼈다.

한밤중에 윌리엄이 갑자기 한 번 코 고는 소리를 낸 뒤 쿵 하며 일어났고, "루시?" 하고 말했다. 그래서 내가 "왜?" 하고 말했다. 그가 "당신 거기 있어?" 하고 말했고, 그래서 나는 "바로 옆에 있어" 하고 말했다. 그러자 그는 곧바로 다시 잠들었다. 숨소리로 알 수 있었다.

하지만 나는 다시 잠을 이룰 수 없었다. 나는 깨어 있었고, 생각했다. 우리 모두 스스로가 큰 무게를 두는 사람들─그리고 장소들─그리고 사물들─과 함께 산다. 하지만 우리는 무게가 없다, 결국에는.

*

몇 주 뒤에 나는 윌리엄이 내가 치실 쓰는 모습을 좋아하지 않는다는 사실을 알게 되었다. 그는 그 말을 하지 않았지만, 매일 밤─혹은 많은 밤─이 지나면서 우리가 거실에서 대화를 나누는 동안 내가 치실을 쓸 때 그의 얼굴 위로 어떤 표정이 드리우는 걸 보고 나는 그 사실을 서서히 깨달았다.

그러니까 내 말은, 그의 얼굴이 유난히 굳었다는 것이다. 내가 불쑥 말했다. "윌리엄! 내가 치실 쓰는 모습 보기 싫어?"

그러자 그가 말했다. "좀 그렇지."

"왜 진작 말하지 않았어?" 내가 물었다.

그러자 그는 그저 어깨만 으쓱했다.

나는 정말로 부끄러웠다. 이 부끄러움은 한편으로 우리가 젊은 부부였을 때 내가 그의 신발을 보는 것을 얼마나 싫어했는지를 떠올린 데서 비롯한 것이었다.

*

이 무렵 어느 밤, 마거릿과 밥과 윌리엄과 나는 저녁을 먹으러 마리나로 갔다. 레스토랑은 손님들을 실내로 들어오지 못하게 했고 포치의 한 부분만 열어두었는데, 그곳은 인기 있는 장소였다. 뉴욕주와 코네티컷주, 매사추세츠주에서 온 사람들이 많았다. 자동차 번호판을 보면 알 수 있었고, 또한 사람들의 모습만 봐도, 현지인들과는 다른 옷차림만 봐도 나는 그들이 어디서 왔는지 식별할 수 있었다. 여름 내내 그 사실에, 팬데믹이 한창인데도 사람들이 계속 메인으로 찾아온다는 사실에 놀랐다. 한편으로 심지어 나 자신도 똑같은 행동을 하지 않았던가.

하지만 요점은 이것이다.

그 근처에 식당에서 놓아둔 피크닉 테이블이 있었고, 우리 네 사람은 거기 앉았다. 윌리엄은 전화로 미리 주문해둔 음식을 가져오려고 레스토랑 입구로 갔다. 이곳은 우리가 저번에 캐서린 캐스키와 함께 저녁을 먹은 곳이었는데, 오늘밤은 레스토랑의 포치 쪽에 더 가까이 앉았다는 것만 달랐다. 그리고 내가 본 장면은 이것이었다.

정말로 잘 차려입은, 그러니까 검정 청바지와 푸른색 셔츠를 입었고, 금발이지만 천박한 노란색은 아닌 머리칼을 정말로 잘 손질한 여자가 있었고—아마 많아야 쉰 살쯤으로 보였는데—그 여자는 한 남자와 같이 앉아 있었다. 남자는 그 여자만큼 잘 보이진 않았지만 그녀와 비슷한 상대로 보였다. 그 커플이 거기 앉아 있었고, 나는 그들을 지켜보았다. 그들은 식사하는 내내 단 한 번도 이야기를 나누지 않았다. 여자의 얼굴은 충분히 예쁜 얼굴이었지만, 슬픈 얼굴이었다. 내가 보는 동안 그녀는 화이트와인을 한 잔 또 한 잔 그렇게 총녁 잔을 마셨고, 남편은—혹은 그가 누구건—그녀에게 한마디도 하지 않았으며, 그녀도 그에게 말하지 않았다.

나도 그들이 부자라는 것을, 이 타운 출신 사람들보다 분명 더 부유하다는 것을 알아볼 만큼 이제는 세상을 충분히 경험했는데, 그런데도 그들은 여기 와 있었다. 말하고 싶은 것은 그저 돈이란 것이 이런 종류의 일에는 아무런 차이를 만들지 않는다는 것을 내가 알고 있다―물론 전에도 알았지만―는 것이다.

이렇게 말할지 모른다. 음, 그 여자, 알코올중독이에요. 하지만 나는 그녀를, 심지어 그녀가 알코올중독이라 하더라도, 다르게 보았다.

나는 내가 봐서는 안 되는 개인적인 공포를 본 느낌이었다. 그리고 나는 그것에 대해 누구에게도, 윌리엄이나 심지어 밥에게도 말하지 않았다. 하지만 나는 결코 그 여인의 얼굴을 잊지 못할 것이다. 그녀의 슬픔. 그녀의 고통. 그녀의 공포. 우리가 뭔가를 기억한다는 건, 심지어 더이상 잘 기억나지 않는다고 생각할 때도 기억한다는 건 흥미롭다.

다섯

1

"내 인생에 대해 애도하는 중이야." 몇 주가 지난 어느 날, 아침을 먹은 뒤 카우치에 같이 앉아 여름비가 내리는 것을 보고 있을 때 윌리엄이 말했다.

"그거 체호프 희곡에 나오는 말인데." 내가 말했다. "당신이 그걸 어떻게 알아? 그걸 알다니 놀라워.『갈매기』에 나오는 거야."

그가 어깨를 으쓱했다. "에스텔이 끊임없이 오디션을 봤잖아." 그리고 윌리엄이 다시 그 대사를 반복했다. "내 인생에 대해 애도하는 중이야."

나는 잠시 생각했다. 우리는 바다가 보이는 방향으로 카우

치에 앉아 비가 퍼붓는 것을 바라보고 있었다. "정말로?" 내
가 말했다. 그리고 그를 돌아보았다.

"당연하지." 그의 머리칼은 풍성하게 자라 있었고, 콧수염
도 다시 길어 있었다―하지만 완전히 예전 모습으로 돌아간
건 아니었고, 두피에 군데군데 머리칼이 빠진 자리가 보였
다. 그는 내게 익숙한 모습이면서 동시에 내가 윌리엄에 대
해 떠올리는 것보다 훨씬 나이 많은 남자의 모습이었다. 전
립샘 때문에 그의 말은 진심인 것 같았다. 하지만 나는 이렇
게만 말했다. "말해봐."

"오, 루시, 왜 그래. 여기 앉아 내 삶에 대해 생각해보면서,
나는 어떤 사람이었지? 나는 바보였구나, 그렇게 생각한 거
야."

"어떤 면에서?" 내가 그에게 물었다.

그러자 흥미롭게도, 그는 자신의 직업에 대해 먼저 말했
다. "나는 학생들을 가르치고 가르치고 또 가르쳤지만, 내가
과학에 정말로 기여한 게 있었나? 없었어."

나는 입을 벌렸지만, 그가 손을 들어 내 말을 막았다.

"그리고 개인적인 수준에서, 내가 내 인생을 어떻게 살아
왔는지 봐."

나는 그가 틀림없이 바람을 피운 것에 대해 이야기하는 걸

거라고 생각했다. 하지만 아니었다. 그가 창문을 가리키며 말했다. "저 탑을 봐, 루시. 내 아버지의 아버지─우리가 오래 전에 독일에 갔을 때 만난 그 끔찍한 노인 말이야─내 할아버지는 2차대전을 이용해 돈을 벌었어." 그가 나를 쳐다보았다. "그는 이 항구로 들어오는 잠수함을 이용해 돈을 벌었지. 대단한 사업가였고, 그의 관심사는 오로지 돈을 버는 것뿐이었는데, 정말로 벌었지─2차대전 동안. 그리고 그 전부를 스위스에 보관했어." 그가 창밖을 내다보며 한참 망설였다.

그리고 다시 나를 쳐다보았다. "그리고 내가 그 돈을 받았어, 루시. 내가 얼마나 많은 돈을 기부했는지 말하지 마, 나도 많은 돈을 기부한 건 알고 있으니까. 하지만 누구도 실제로 자기 삶의 방식을 바꿀 수 있을 만큼 충분한 돈을 기부하진 않아. 그래서 나는 그 돈을 받았고, 여전히 가지고 있어." 그가 먼 곳을 보았고, 다시 나를 보았다. "그리고 그게 나는 아주 역겨워."

나는 아무 말 하지 않았다. 존중하는 마음으로, 침묵을 지켰다.

윌리엄이 일어서서 부드럽게 말했다. "심지어 어머니도 내가 그 돈을 받아서는 안 된다고 했지만, 나는 받았어." 그가 창문으로 걸어가 밖을 내다보았고, 다시 나를 돌아보고 말했다. "내 아버지가—돌아가시기 직전에—그 돈을 받기로 했다가 받지 않은 거 알고 있었어?"

나는 그 말을 듣고 정말로 놀라서, 놀랐다고 말했다.

윌리엄은 한숨을 쉬고, 다시 카우치에 앉은 뒤 말했다. "어머니가 그 돈을 받아서는 안 된다고 한 이유가 그거야. 아버지는 받지 않을 만큼 충분히 품위 있는 사람이었다는 거. 그리고 나는 오랫동안 내 결정을 합리화했어. 그건 내 돈이라고, CEO인 아버지에게서 돈을 물려받는 부잣집 아이와 전혀 다를 게 없다고 혼잣말을 했지. 하지만 그건 다른 거야. 할아버지는 믿을 수 없을 만큼 공포스러웠던 전쟁에서 그 돈을 번 거였어. 아버지는 원하지 않았고, 나는 원했어."

윌리엄이 다시 일어섰고, 말을 하면서 방안을 돌아다녔다. 그가 말했다. "할아버지는 탐욕스러웠고 영리했어. 그리고 지금 이 나라에서 일어나고 있는 일 또한 대체로 탐욕 때문이지." 그가 돌아서서 나를 쳐다보았다. 그리고 말했다. "당신은 이렇게 말하겠지, 음, 그냥 기부해, 윌리엄, 그게 뭐가 큰일이라고? 하지만 내가 오늘 그 돈을 전부 기부하면, 그러지 않겠지만, 그게 무슨 차이를 만들지? 아무런 차이도 만들지 않아. 이 세상을 엄청나게 훼손한 결과로 생긴 돈이야. 세상은 처음부터 다시 훼손될 수 있고. 그리고 나는 그때부터 지금까지 그 돈을 가지고 살아왔고." 그가 돌아서서 다시 카우치에 앉았고, 손을 머리카락 속으로 밀어넣자 머리카락이 사방으로 일어섰다.

나는 그가 뭔가 할말이 더 있는가 싶어 한동안 기다렸지만, 없는 것 같았다. 마침내 내가 말했다. "음, 저기, 윌리엄, 내가 늘 생각하는 게 있는데, 뭔가를 잃은 사람들은 늘 자기가 돌려받아야 할 빚이 있다고 생각한다는 거야." 내가 그에게 예를 들어주었다. 자식을 잃고 자신이 여러 해 동안 총무로 일하던 교회에서 돈을 횡령한 사람들, 남편이 곧 죽을 거라는 사실을 알고 가게에서 물건을 훔친 사람들…… 그리고 내가 말했다. "당신은 열네 살 때 아버지를 잃었어, 윌리엄. 그래서 내 생각은, 당신이 뭔가 받을 빚이 있다고 생각했다는 거야." 내가 덧붙였다. "그러니까 내 말은, 그건 그냥 인간이라서 그런 거 같아."

윌리엄이 목소리에 아무런 변화 없이, 자기는 아버지가 돌아가셨을 때 열네 살이었고, 있는 줄도 몰랐던 신탁을 통해 그 돈이 그에게 넘어온 것은 삼십대 중반이었다고 말했다.

내가 "그건 중요하지 않아" 하고 말했다.

하지만 나는 그가 듣고 있지 않다는 걸, 납득하지 못하리란 걸 알 수 있었다.

하지만 그것이 윌리엄의 마음을 계속 괴롭히고 있었다. 그가 그 남자—눈이 반짝거리던 그 공포스러운 할아버지—에게서 돈을 받았다는 사실이, 그리고 그렇게 한 것에 대해 윌리엄이 자신을 점점 미워하게 되었고, 지금 세상이 돌아가는 꼴을 보고 더욱 그렇게 느낀다는 사실이. 나는 그 사실 때문에 그가 자신을 할아버지와 더 한편으로 느끼고, 그 돈을 받지 않은 아버지와는 더 반대편이라고 느낀다는 사실을 알 수 있었다.

그리고 내 탁구공은 지금 당장은 그의 탁구공을 스칠 수 없을 것 같았다. 우리는 이런 고통을 겪는 순간에는 혼자다.

하지만 그 순간 윌리엄은 얼굴이 아주 밝아지더니 이렇게 말했다. "그래서 내 계획은 이거야. 그 돈에서 상당한 액수를 프레스크아일에 있는 메인대학교에 기부해서 감자 기생충을 연구할 수 있는 곳을 마련하는 데 정말로 도움을 줄 거야. 왜냐하면 그건 그냥 기생충이 아니거든, 루시." 그리고 기후변화 때문에 감자를 키우기에 좋은 계절이 더 길어졌지만 그건 좋은 일이 아닌 게, 그 때문에 해충이 더 많이 생기게 되었다고 했다. 그래서 그들은 지금 새 감자 품종을 개발하고 있었다. 그가 뒤로 기대앉으며 덧붙였다. "나는 **그렇게 할** 생각이야." 그가 말했다.

2

8월의 어느 따뜻한 오후 밥 버지스가 나타났고, 나는 윌리엄이 그를 기다리고 있었다는 것을 나중에 깨달았다. "그가 왔군." 윌리엄이 그렇게 혹은 그 비슷하게 말했다. 그리고 잔디밭으로 그를 맞으러 나갔다. 내가 집에서 나오자 밥이 나를 향해 크게 손을 흔들고는 윌리엄에게 "준비됐어요?" 하고 말했다. 그러자 윌리엄이 "갑시다" 하고 말했다.

그러자 밥이 다시 그의 차로 돌아갔다. 윌리엄이 나를 위해 우리 차의 조수석 문을 열어주었고, 나는 "뭘 하려고?" 하고 말했다. 그러자 그는 그저 "두고 봐" 하고 말했다.

우리는 밥을 뒤따라 시내로 갔다. 눈부시게 화창한 날이었는데, 우리가 차로 작은 다리를 건너갈 때 바다는 아름다웠고, 다리 양쪽으로 바닷물은 녹색으로 사랑스럽고 친근했다. 흰 파도가 한결같이 밀려와 바위에 부딪혔다. 우리는 밥의 차를 따라 메인 스트리트를 지나 시내에 들어섰고, 이윽고 밥이 상점들 근처 주차장으로 들어갔다—서점이 하나 있었다(주문해둔 책을 가져가는 것만 가능했다). 실내 장식용품 가게는 문을 닫았고, 차를 파는 가게는 문을 열고 여러 제품을 팔고 있었다—그리고 우리는 그의 차 옆에 차를 세웠다. 밥을 따라 서점이 있는 건물의 뒤쪽으로 돌아갔다—얕은 구덩이가 많은 주차장이 있었고, 저만치 소방서가 보였다. 밥이 열쇠를 꺼내 문을 열었다. 거기 문이 하나 있었는데, 거기 문이 있다는 걸 모르면 결코 알아차리지 못했을 것이다. 그러니까 그 문은 그냥 연녹색 페인트칠이 된 평범한 철판 같았다는 말이다—안으로 들어가자 나무로 된 가파른 계단이 나왔고, 우리는 밥을 따라 한 줄로 그 계단을 올라갔다. 그리고 계단 맨 위에는 오른쪽으로 문이 있었고, 밥이 또하나의 열쇠를 찾아내자 우리는 그 문을 통과해 작고 아담한 복도로 들어갔다. 거기 오른쪽으로 문이 또하나 있었는데, 밥이 잠겨 있던 문을 열고 뒤로 물러서더니 입구를 향해 손을 내밀었다.

밥이 말했다. "들어가요, 루시. 당신의 작업실이에요."

처음에는 무슨 일이 일어나고 있는지 알아차리지 못했다.

하지만 안으로 들어가니 거긴 작은 방이 아니라, 테이블 하나와 천을 씌운 큰 의자와 카우치, 그리고 두 개의 책장과 작은 테이블들 위에 램프 두 개가 있는 공간이었다. "이게 뭐예요?" 내가 물었다.

그러자 윌리엄이 말했다. "당신을 위해 작업실을 준비했어, 루시." 그의 얼굴이 상기되어 있었는데, 정말로 감정이 격해진 것 같았다. 그가 말했다. "여기서 일하라고."

그리고 그들은 가만히 서 있었다, 두 남자가, 두 사람 모두 얼굴에 억누른 흥분의 표정을 드러낸 채—

나는 믿을 수가 없었다.

나는 작업할 수 있는 방을 한 번도 가져본 적이 없었다. 나만의 방을. 결코.

3

나는 뉴욕에 있는 아파트가 점점 신경쓰였고, 매번 그 생각이 날 때마다, 안 돼, 하고 생각했다. 그게 내가 생각한 것이었다. 어느 밤—8월이 끝나가고 있었고, 나는 그날 하루를 작업실에서 보냈다—그날 밤 공황 발작이 일어났고, 집에 돌아온 나는 윌리엄에게 다시, 내가 뉴욕 아파트에 대해 어떻게 느끼는지 말했다. 나는 그가 내 말을 듣고 있다는 것을 알 수 있었다. 그는 계약을 갱신하는 날짜가 언제인지 물었다.

내가 말했다. "9월 말."

그는 두 팔을 무릎에 올린 채 몸을 앞으로 숙였다. "그럼 포기해, 루시."

그래서 내가 말했다. "포기할 수 없어!"

그러자 그가 뒤로 기대앉으며 말했다. "왜 못하지?"

"이 바이러스가 퍼져 있는 동안엔 뉴욕에 돌아갈 수 없으니까—내가 어떻게 짐을 빼서 이사를 하겠어?"

윌리엄이 두 팔을 의자 팔걸이에 놓고 앉은 채 말했다. "밥이 여기 타운 남자들 몇 명을 보내면 그들이 당신이 원하는 걸 갖고 올 거야. 작은 아파트잖아, 루시. 거기서 뭘 가져오고 싶은지 생각해. 그러면 밥이 몇 명한테 여기로 가져오게 할 거야. 일단은 그렇게 하고, 나머지는 나중에 같이 생각해 보자."

윌리엄이 덧붙였다. "그리고 지금 그렇게 해야 해. 뉴욕이 당장은 끔찍한 상황이 아니지만, 날씨가 추워지면 또 한차례 시작될걸. 그러니 지금 하자고."

"정말?" 내가 물었다.

그가 나를 쳐다보며 눈썹을 치켰다.

그리고 9월 중순이 되어, 밥의 도움으로—그가 젊은 남자 셋을 구했고, 그들은 뉴욕에 가본 적이 없었기 때문에 그 일을 맡은 게 신나는 모양이었다—내 물건이 뉴욕에서 메인으로 옮겨졌다. 나는 부엌에 있는 것은 전부 집 청소를 해준 마리에게 주었다. 그녀는 내 아파트에서 페이스타임으로 나와 상의했다. 그리고 나는 그녀에게 내 옷도 대부분 주었다. 리넨 시트와 수건도 거의 다 주었다. 그녀의 이모가 침대를 원한다고 해서, 그것은 브롱크스에 있는 이모의 집으로 옮겨졌다. 건물 관리인—젊은 여자였다—은 이 모든 일에서 굉장히 친절했다. 대체로 이사를 나갈 때는 누군가가 거기 있어야 하고, 이삿짐 옮기는 사람들이 보험과 관련된 서류를 작성해야 했지만, 관리인은 그 남자들이 그냥 들어와 남은 물건을 들고 나가도록 해주었다. 앞서 말했듯, 그녀는 그 일을 처리하는 데 아주 친절했다. 나는 마리에게 퇴직금으로 일 년 치 급료를 주겠다고 했다. 그녀는 매주 내 화분에 물을 주기 위해 내 아파트로 왔다—사실, 그 일은 수위인 그녀의 남편이 했다고 해야 맞을 것이다. 그 아파트에서 내가 정말

로 마음을 쓴 것은―데이비드의 첼로와 함께―그 식물뿐이
었다.

그 식물이 거의 팔 피트로 자라 여기로 와서 포치에 아주
수줍게 서 있는 모습을 보았을 때, 나는 믿을 수 없었다. 내
가 이렇게 했다는 것을 믿을 수 없었다. 데이비드의 첼로는
2층의 비는 침실에 두었다. 책장이 있고 창문에 나무가 바짝
붙어 있는 그 방에.

뉴욕 아파트를 떠올리면서, 나는 이 생각을 했다. 거긴 사
라졌어, 모든 것이 언젠가 사라지는 것처럼.

4

예전에 쓴 글과 내 사진이 가득 담긴 커다란 종이박스 네
개가 뉴욕에서 도착했고, 어느 하루 윌리엄이 그것을 내 작
업실로 옮기는 것을 도와주었다. 나는 그 상자들을 천천히
살펴보았다. 기분이 아주 묘했다. 대학 시절에 윌리엄과 혹
은 다른 친구들과 찍은 내 사진이 있었다. 나는 아주 젊고 행

복해 보였다.

내가 윌리엄과 딸들과 함께 살고 있을 때 쓴 일기도 있었다―딸들은 당시에 여덟 살, 아홉 살이었다. 그때 나는 누군가를 우리 아파트로 불러서 청소를 부탁하기로 했다. 젊은 남자가 왔는데, 땀을 많이 흘리고 불안해 보였다. 그래서 나는 일기에 코에서 땀방울을 뚝뚝 흘리며 청소기를 돌리는 그의 모습이 안타까웠다고 기록했다. 그런데 이 젊은 남자가 욕실로 들어가더니 한동안 나오지 않았고, 나온 다음 내가 욕실로 들어가보니 그가 거기서 자위행위를 한 모양이었다. 내가 그 일에 대해 보인 반응은 아주 서툴렀다.

나는 거기서 젊은 날 내 글씨로 쓰인 그 글을 읽을 때까지 그 사건을 잊고 있었다. 그 당시 나는 당연히 소스라치게 놀랐는데, 아버지가 내 어린 시절에 그와 같은 행동을 자주 했기 때문이었다. 일기 내용을 보면, 그때 내가 윌리엄에게 그 이야기를 했지만 그는 무관심했다. 그러니까 내 말은, 그가 대수롭지 않게 흘려들었다는 것이다.

나는 그 젊은 남자에게 전화를 걸어 그가 더이상 필요하지 않다고 말했다.

그런 종이들을 살펴보는 건 이상한 경험이었다.

나는 이것도 발견했다. 어머니가 보낸 생일 카드. 보자마자 기억이 났다. 그것은 어머니가 내게 보낸 마지막 카드였고, 돌아가시기 바로 전해에 보낸 것이었다. 카드 앞면에는 예쁜 보라색 꽃이 있었다. 펴보니, 카드에 이런 글귀가 인쇄되어 있었다. Happy Birthday. 그리고 그 아래에는 그저—

M.

5

윌리엄과 나는 계속 차로 돌아다녔다. 다른 곳에서 밤을 보내는 것이 안전한 것 같지 않아, 우리는 여기저기 돌아다니다가도 늘 집으로 돌아오곤 했다. 9월 말에 윌리엄과 나는 딕슨이라는 이름의 타운에 갔다. 거의 두 시간 거리였다. 그 타운은 강을 따라 형성되어 있었는데, 한때 수천 명이 일하던 종이 제조 공장이 있었지만, 오래전에 대부분 문을 닫았고, 거기서 아직 일하고 있는 사람은 겨우 백 명이었다. 윌리엄은 오래된 공장에 관심이 있었다. 그는 이 공장에 대해서도 조사했고, 1800년대 후반에 이 공장을 운영하기 시작한 남자는 잉글랜드 출신으로, 공장 노동자를 위해 아주 아름다운 집들을 지었다고 했다. 그 일대를 브래드퍼드 플레이스라고 불렀다. 윌리엄이 앞서 내게 그 집들의 사진을 온라인으로 보여주었다. 집들은 아름다워 보였고, 타운 전역에 걸쳐 언덕에 지어져 있었다. 넓은 포치가 있는, 두 가구씩 살도록 벽돌로 지은 집들이었다. 언덕 꼭대기에는 아주 큰 성당이 있었다. 사진은 1950년대에 찍은 것이었다.

우리가 목격한 것은 흉측했다.

타운은 유령 타운 같았지만, 윌리엄은 공장 노동자를 위해 지은 집들이 있던 그 자리까지 차를 몰았다. 집들 앞에 몇 사람이 나와 있는 것이 보였다. 집은 엉망으로 망가져 있었고, 집안의 내용물 전체를 앞쪽 잔디밭에 쏟아낸 듯 보였다. 고장난 자전거와 크고 검은 쓰레기봉투와 부서진 창틀 따위가 집 앞에 나뒹굴었다. 몇몇 포치에는 고물처럼 보이는 것이 쌓여 있었다.

일부 집들은 앞쪽 창문이나 포치에 큼직한 미국 국기를 걸

어놓았다. 바깥에 있던 몇 사람이 서서 우리가 지나가는 것
을 지켜보았다.

"오, 맙소사." 윌리엄이 말했다.

우리는 타운 중심부로 돌아갔고, 윌리엄은 차에서 내려 물
두 병을 사려고 주유소 가게로 들어갔다. 나는 차 안에 남았
고, 내 바로 옆에 경찰이 탄 순찰차가 있는 것을 보았다. 그
는 마스크를 하지 않은 채로 계속 전화기를 보았고, 이따금
큰 종이컵을 들어 빨대로 그 안에 든 음료를 마셨다.

나는 그를 아주 유심히 쳐다보았다.

아주 유심히, 내가 그를 쳐다본 것이다.

나는 궁금했다. 경찰이 된다는 건, 특히 지금, 요즘은 어떤
느낌일까? 당신이 된다는 건 어떤 느낌일까?

이 말은 해야 할 필요가 있다. 이것이 나를 작가가 되게 만
든 질문이었다고. 늘, 다른 사람이 되는 것은 어떤 느낌인지
알고 싶은 그 깊숙한 욕망이. 그리고 나는 이 남자에게 끌리는
마음을 멈출 수가 없었다. 오십대 같았고, 기품 있는 얼굴에
팔이 강인해 보였다. 작가인 내게는 드물지 않은 방식으로, 그
의 피부 속에 들어간 듯 느껴지기 시작했다. 몹시 이상하게

들리겠지만, 내 분자들이 그의 안으로 들어가고 그의 분자들이 내 안으로 들어오는 거의 그런 느낌이었다.

그리고 세 명의 남자가 주유소 가게에서 나와 주차장에 서서 감자칩 봉지를 뜯으면서 웃고 있었는데, 그들은 어느 면에서 나를 무섭게 했다. 모두 피부색이 아주 창백했고, 눈빛은 이 세상에서 이제 잃을 것이 없다고 말하고 있었다. 가장 어려 보이는 사람은 열세 살쯤 된 것 같았는데, 특히 슬퍼 보였다. 치아는 폭이 좁고 좀 뻐드렁니였는데, 나이가 더 위인 나머지에게 강한 인상을 주려고 애쓰는 듯했지만, 그들은 그런 인상을 받지 않은 것 같았다.

윌리엄은 다시 차에 탔고, 우리는 좀더 돌아다녔다. 윌리엄의 말에 의하면 그 당시 유럽과 심지어 남아프리카까지 온 세상에 종이를 제조해 보냈던 그 공장을 보았다. 강을 따라 달리면서, 나는 제방 위로—나무들 사이로—오래되고 허물어진 오두막 몇 채를 보았다.

우리가 다시 크로스비로 향할 때 내가 말했다. "당신이 가게에 들어가 있는 동안 순찰차 안에 앉아 있는 경찰을 지켜봤어. 그 사람 이야기를 쓰려고 해."

윌리엄이 나를 흘끗 쳐다보았다.

"이름은 암스 에머리로 할 거야. 그에게는 보험 영업을 하고 옆 타운에 사는 레그스라는 이름의 형제가 있어. 사람들은 그들을 암스와 레그스*라고 부르는데, 어린아이였을 때 같이 미식축구를 하던 그들이 스타였기 때문이야. 암스는 축구공을 바람처럼 던질 수 있었고, 레그스는 미친 남자처럼 들판을 질주할 수 있지."

"그래." 윌리엄이 말했다.

작업실로 간 다음 나는 이야기를 구상하기 시작했다. 나는 암스를 사랑했다. 그는 우리의 현재 대통령을 지지했다. 그것이 내게는 진실로 여겨졌다. 그리고 나는 그의 형제 레그스가 육 년 전에 지붕 홈통을 청소하다가 사다리에서 떨어졌고, 그 결과 진통제 중독자가 되리라는 사실을 깨달았다.

나는 마거릿에게 전화를 걸었고, 그녀는 나를 마약 중독자를 상담하는 사회복지사와 연결해주었다. 나는 레그스의 상황을 이해하기 위해 이 마약 중독자 상담사와 한참 이야기를

---

* 영어로 암스는 팔, 레그스는 다리라는 뜻도 있다.

나누었다. 그리고 마거릿이 한때 경찰에 몸담았던 남자와 통화하게 해주었고, 그 역시 내게 엄청난 도움이 되었다. 그가 말했다. "경찰들은 서로를 도와요."

나는 그 이야기에 대해 생각했다. 그리고 쓰기 시작했다.

암스 에머리의 아버지는 공장이 완전히 가동되던 시절에 거기서 일했다. 펄프 제조실에서 작업했다. 그들은 윌리엄과 내가 가본 브래드퍼드 플레이스에 있는 그 아름다운 집 한 채에서 살았다. 당시에는 집들이 여전히 아름다웠다. 그들이 어렸을 때 아버지가 죽었다. 어머니는—암스는 어머니를 정말로 성자나 다름없다고 생각했다—그들을 데리고 새집으로 이사했고, 병원에서 일자리를 구했다. 그리고 아들들에게 어떤 행동을 하든 너희가 아버지의 거울이라고 말했고, 그래서 심지어 지금도 암스는 술을 마시지 않았다. 그가 가장 행복했던 시절은 고등학생 때 미식축구 스타였던 그들 형제가 경기장을 누빌 때였다. 암스는 동생을 몹시 사랑했다.

나는 작업실에서 속이 지나치게 두툼히 채워진 의자에 앉아 그 두 남자에 대해 생각했다. 이따금 장면 하나를 쓰긴 했지만, 대체로 멍하니 앞을 보면서 그냥 앉아 있었다. 그저 그들에 대해 생각하면서.

나는 주유소 가게 주차장에서 본 가장 나이 어린 소년, 그
아이의 이름이 스펌 피슬리가 되리라는 것을 깨달았다. 아이
들이 그를 스펌*이라고 부르며 놀렸다—그가 아주 창백하고
작아서 부모가 그를 가질 때 두 장의 시트를 사이에 두고 만
든 것처럼 보였기 때문이다. 하지만 그는 자기 이름에 대해
더이상은 결코 생각하지 않았다. 그와 함께 있던 두 아이 중
더 나이 많은 쪽의 이름은 지미 왜그가 될 것이었다. 그는 타
운의 마약 딜러가 될 터였다. 그리고 가운데 있던 아이가 스
펌의 사촌이었다. 나는 그들이 방금 가게에서 감자칩을 훔쳤
다고 설정했다. 그리고 스펌은 여전히 그런 것에서 짜릿함을
느낄 만큼 어렸다.

나는 다음 문장들을 썼다. "하지만 암스는 요즘 피곤했다.
너무 고단해 아내와 싸울 수 없었고—아내를 좋아하지 않은
지 오래였다—너무 고단해 선거에 대한 생각도 할 수 없었
다. 하지만 그는 불안 또한 느꼈다. 그는 자신의 불안과 피로

---

* sperm. 영어로 '정자'라는 뜻이다.

사이의 연결점을 보지 못했다. 그는 성찰하는 유의 인간은
아니었다."

　나는 팬데믹 직전에 암스가 다른 경찰들과 함께 경찰 개혁
에 대한 회의에 참석했다고 썼다. 그리고 그는 이 다른 경찰
들을 만나는 것이 기뻤다. 그는 경사였고, 존경을 받았다. 그
는 그들이 맡은 일과를 잘 처리해나갈 수 있게 이끌었다. 억
압하지도 않았고, 힘을 과시하지도 않았다.

　나는 그 이야기를 밀어놓고, 속이 지나치게 두툼히 채워진
의자에 앉아 그것에 대해 생각했다. 그 이야기를 쓰면서 나
는 행복했는데, 한동안 이런 행복은 느끼지 못했다. 내가 글
을 쓸 수 있는 것이다.

6

　어느 밤 저녁을 먹으면서 나는 윌리엄에게 오빠에 대해,
그의 인생을 내가 얼마나 안타까워하는지에 대해 말했고, 윌
리엄은 "루시, 그 이야기는 듣고 싶지 않아. 당신이 전에도

그 이야기를 했는데, 또 듣고 싶지는 않아" 하고 말했다.

"알았어." 내가 말했다.

하지만 내가 훨씬 전에, 오빠가 운동장에서 아이들에게 두들겨맞은 이야기를 했을 때, 오빠에 대해 떠오르는 기억이 또하나 있었다.

그 기억은 이렇다.

나는 어렸고, 오빠는 당시에 아마 일곱 살쯤이었을 것이다. 내가 어느 날 집으로 들어가는데 오빠가 거실 바닥에 누워 우는 소리를 내고 있었다. 내가 본 것은—어머니는 돈을 벌기 위해 바느질과 수선 일을 시작했다—내가 본 것은, 오빠의 아래팔에 핀들이 쭉 꽂혀 있는 장면이었다. 나는 믿을 수가 없었다. 어머니는 바닥에 앉아 오빠를 굽어보고 있었다. 나는 비명을 질렀고, 내가 늘 기억하는 것은 어머니가 고개를 들고 야릇한 미소를 떠올린 채 나를 보며 "너도 하고 싶니?" 하고 말한 것이다.

그리고 나는 집에서 뛰쳐나갔다.

내가 이 기억이 사실이라고 믿는 이유 중 하나는 무엇보다 그게 너무 이상했기 때문이다.

그리고 또한 내가 이로부터 얼마 뒤, 어머니와 오빠와 함께 그 지역 의사를 찾아갔던 걸 기억하기 때문이다. 어머니는 주사를 놓아달라고 했고, 오빠는 의사가 주사기를 꺼내는 것을 보고 짐승처럼 달아났다. 하지만 그 남자로부터 충분히 빠르게 달아날 수는 없었다. 내 기억에 오빠는 결국 의사의 책상 아래로 울면서 기어들어갔다. 나는 의사가 어머니를 쳐다보았던 것도 기억한다. 그러자 어머니는 웃으면서 이 비슷한 말을 했다. 어쩌겠어요?

우리가 신혼일 때 나는 윌리엄에게 이 이야기를 했고, 그는 아무 말 하지 않았다. 하지만 내가 정신과의사를 찾아가 만나기 시작했을 때, 내 사랑스러운 여자 정신과의사는 고개를 살짝 끄덕이며 조용히 말했다. "오 루시." 내가 말하고 싶은 것은, 그녀가 내 말을 믿은 것 같다는 것이다.

그날 밤 윌리엄이 한 손을 저으며 말했다. "그 이야기에 새로운 건 아무것도 없어. 나는 당신 오빠 이야기는 듣고 싶지 않아. 게다가," 그가 말했다. "그에겐 푸드 팬트리인지 뭔지에 같이 가는 노부부가 있잖아."

"그분들은 돌아가셨어." 내가 말했다. "겁틸 부부는 몇 년 전에 돌아가셨고, 이제 오빠가 이 팬데믹에 누군가와 같이 갈 수 있는 장소는 어디에도 없어." 그래도 윌리엄은 내 오빠의 삶에 대해 듣고 싶어하지 않았다.

하지만 오빠의 삶은 줄곧 대단한 고독의 한 모습이었고, 여전히 그랬다. 그리고 그는 오늘밤 그런 것처럼, 이따금 내마음속에 찾아오곤 했다. 나는 오래전에 어머니가 내게 말했던 것을—그 당시 피트는 어른이었다—오빠가 다음날 도살장에 끌려갈 돼지들과 함께 있기 위해 피더슨 씨의 헛간—거기가 우리집에서 가장 가까운 헛간이었다—에서 밤을 보낸다는 사실을 떠올렸다.

그러자 윌리엄이 그의 '조카들'—로이스 부바의 자녀들, 그리고 데이브와 그의 형제들의 자녀들, 그들이 모두 얼마나 잘해냈고 등등—에 대해 말하기 시작했다. 나는 그 이야기를 전에도 아주 여러 번—그들이 얼마나 똑똑한지, 그리고 그들이 책을 읽는다고!—들었다. 그는 그날 밤 내 오빠 이야기를 듣고 싶지 않다고 한 뒤에 내게 그 이야기를 했고, 그때 기억이 났다. 윌리엄은 부정적인 이야기는 전혀 듣고 싶어하지 않는다.

많은 사람이 그렇다. 그 점에서 윌리엄만 그런 것은 아니다.

*

10월 중순에 가을 잎은 아름다웠다. 단풍이 물드는 시기가 조금 늦어지는 것 같았는데, 비가 오랫동안 거의 오지 않았기 때문에 사람들은 나무들이 수줍어하며 색깔을 그리 강렬하게 바꾸려 하지 않는다고 생각했다. 하지만 바로 그때 나뭇잎은 색깔을 바꾸었다! 바로 그때 그렇게 한 것이다.

여기 물리적인 세상의 아름다움에 대한 비밀이 있다.

내가 아주 작은 아이였을 때 어머니가 내게 이 이야기를 해주었다―내 진짜 어머니, 나중에 내 옆에 두려고 만든 그 좋은 엄마가 아니라. 어느 날 내 진짜 어머니가 위대한 풍경 화가들은 한 가지를 알고 있었다고 말했다. 자연의 모든 것은 하나의 색깔에서 시작한다는 것이었다. 그리고 나는 잎이 색깔을 바꾸는 것을 지켜보며 그것을 떠올렸다. 당신은 이렇게 생각할지 모른다. 말도 안 되는 소리! 저기 강렬한 붉은색과 노란색과 녹색이 보이잖아! 그리고 그건 정말이다. 하지만 강을 따라 걸으면서 ─ 요즘 더 자주 걷는다 ─ 또한 우리의 좁은 길을 걸으면서, 나는 그것을 보았다. 붉은색과 노란색과 녹색 속에서, 그 색들은 어쨌거나 같은 색에서 비롯했다는 사실을. 그리고 설명하기는 어렵지만, 잎이 더 많이 떨어질수록 나는 그것을 더 분명히 알아볼 수 있었다. 모든 것이 일종의 갈색에서 시작하고, 거기서부터 자라는 듯했다. 길옆으로 거대한 판 같은 바위는 회색과 갈색이고, 적갈색으로 변한 오크나무는 내가 구릿빛이라고 묘사한 해초색과 비슷하다. 물은 진녹색이거나 회색이거나 갈색이거나, 비슷한 색조를 띤다.

나는 또한 오후가 되면 구름이 몰려올 듯하면서 온화한 가을 느낌이 나는 것을 알아차렸다. 그 때문에 세상은 이미 그날 밤 잠자리에 들 준비를 하는 것처럼 고요하고 부드럽게 보였다.

내가 하는 말은 그저 이것이다. 물리적인 세상은 얼마나 멋진가!

7

월리엄이 브리짓과 에스텔을 만나러 또 한번 스터브리지로 갔다. 이번에 돌아와서는 울지 않았다. 그는 브리짓이 라치몬트에서 친구 두 명을 사귀었고―이웃에 사는 여자아이하나와 그 아이의 친구였다―훨씬 행복해 보였다고 말했다. "물론, 그애는 놀라운 아이야." 그가 말했다. 하지만! 에스텔의 남자친구가 에스텔을 차버렸다. 혹은 에스텔이 그를 차버렸다. "들을 준비 됐어?" 그가 유감스러운 눈빛을 하고 나를 바라보았다. "그놈이 게이였어."

"게이였다고?" 내가 말했다. "그런데 에스텔이 그걸 몰랐대?"

"그런 것 같아." 월리엄이 카우치에 앉아 두 팔을 쫙 벌려 위쪽에 올렸다. "그가 나이가 더 많았어, 나는 그 부분은 몰랐고. 그리고 그는 남자들이 좀 게이가 되고 싶어하지 않는 세대에 속해 있었던 것 같아."

"오 월리엄, 그거 정말 안됐다." 내가 말했다. 그리고 덧붙였다. "모두 안됐어."

"브리짓에게는 안된 일이 아니지."

"그런데 에스텔은 괜찮은 것 같아?"

"그런 것 같아. 그 말을 해줄 때 유쾌해 보였어. 누가 알겠
어? 누구도 아닌 에스텔이잖아. 괜찮을 거야."

"그래, 음, 그래도―" 내가 말했다.

"오, 알아, 알아." 하지만 그는 휘파람을 불기 시작했고,
그의 휘파람소리는 참 오랜만에 들어보는 것이었다.

*

"저기, 루시, 혹시 이 집 사고 싶어?" 다음날 아침 윌리엄
이 내게 물었다. 우리는 여전히 큰 포치에 방충망을 달아놓
은 채였고, 날이 쌀쌀했지만 밖에서 아침식사를 했다. 나는
플렉시글라스를 다시 달고 싶었지만 내가 그 이야기를 꺼낼
때마다 윌리엄은 "아직은 아니야, 루시" 하고 말했다.

"이 집을 산다고? 농담이지?" 내가 거의 일어서면서 말했
고, 다시 앉았다. 아침식사를 막 끝낸 참이었다. 바깥에는 비
가 꾸준히 내렸고, 바다는 미친듯이 소용돌이치고 있었다.

"그렇다기보단. 밥이 우리에게 이 집에 대해 아주 좋은 값
을 제시했어."

그래서 나는 앉아서 한때 나와 결혼했고 함께 두 딸을 둔,
아주 많은 시간이 지나 다시 침대를 같이 쓰고 있는 이 남자

를 쳐다보았다. 마침내 내가 말했다. "이미 그러기로 결정되어 있던 건가?"

그가 웃는 것 같더니 내 손을 잡고 말했다. "아니야, 루시." 그러고는 나를 쳐다보며 말했다. "아마도." 그가 어깨를 으쓱했다. "어느 쪽이건."

내가 말했다. "이 집을 사면 우리는 여기서 죽어야 할걸."

그러자 윌리엄이 말했다. "음, 우리는 어디에서건 죽어야 해." 그래서 내가 말했다. "그건 맞는 말이지."

그가 일어서서 안으로 들어갔고, 내가 뒤를 따라갔다. 그는 약간 구부정한 자세로 걸었다. 그는 더이상 젊은 남자가 아니었다. 심지어 더이상 중년의 남자도 아니었다. 카우치에 앉아 그가 허벅지를 탁탁 치며 말했다. "이리 와, 루시. 내 무릎 위에 앉아. 당신이 내 무릎 위에 앉는 게 난 좋아."

나는 그의 무릎 위에 앉았고, 그가 말했다. "들어봐. 우리는 메인주 주민이 되어야 해. 백신이 나올 거야. 아마 올해 말쯤. 우리가 그걸 맞으러 뉴욕으로 돌아가는 일은 절대 없어. 여기서 맞아야 해."

나는 그를 쳐다보려고 그에게서 몸을 뺐다. "진심이야?" 내가 말했다.

"진심이야."

우리는 한동안 가만히 앉아 있었고, 이윽고 내가 말했다.
"이 집을 사자."

월리엄이 말했다. "이미 샀어."

*

그래서 우리는 메인주 주민이 되었다. 믿을 수가 없었지
만, 그렇게 되었다. 월리엄은 이것에 대해 아무 문제가 없었
는데, 누이와 조카들이 여기 살았기 때문이다. 그리고 그는
완전히 새로운 커리어를 갖게 되었다. 하지만 나는 회계사,
친애하는 내 회계사—그는 그 도시를 포기하고 자신의 사무
실도 포기하고 더 위쪽의 주로 옮겼다—에게 전화를 걸었
고, 그는 자기가 여전히 내 세금을 관리할 수 있다고 하면서
이렇게 말했다. "루시, 진짜 그러고 싶어서 그러는 것이어야
해요. 내년에 뉴욕에 돌아가면 안 돼요. 메인에서 반년 이상
지내야 해요." 그래서 내가 말했다. 알겠어요. 내게는 그것이
얼마간 비현실적으로 느껴졌다.

우리는 가서 메인주 운전면허증을 받았고, 나는 접수대에
앉은 남자가 내가 뉴욕에서 온 것을 보고 뭔가 말하지 않을

까 걱정했다. 하지만 그는 아무 말 하지 않았고, 내 사진을
두 장—처음 찍은 사진이 별로였기 때문에—찍었다.

*

그러고 얼마 지나지 않아, 어느 날 에스텔에게 전화를 걸
었다. "오, 루시!" 그녀가 말했다. "목소리 들으니 너무 좋네
요!" 나는 그녀에게 우리가 메인주 주민이 되었다고 말했고,
그녀는 그것이 아마도 최선의 결정인 것 같다고 말했다. "하
지만 기분이 이상해요." 내가 그녀에게 말하자 그녀가 말했
다. "오, 당연히 그렇겠죠!" 이어 그녀가 어떻게 파트너—그
녀는 그를 그렇게 불렀다—와 틀어졌는지 말해주었고, 나는
안타까운 일이라고 했다. 그녀가 말했다. "음, 그가 양성애자
인 건 알고 있었어요. 단지 나하고 살면서도 남자를 포기하
지 않으리란 걸 몰랐을 뿐이죠." 나는 그 말에 어떻게 대답해
야 할지 몰랐고, 에스텔은 "하지만 괜찮아요" 하고 말했다.
그녀는 평소처럼 깔깔거리며 웃더니 말했다. "오, 루시, 이따
금 이 넓고 넓은 세상 속의 모두가 안타깝게 느껴지지 않아
요?" 그래서 나는 윌리엄이 왜 그녀와 사랑에 빠졌는지 이해
했다. "당신이 무슨 말을 하는지 정확히 알겠어요." 내가 말

했다. 우리는 좀더 이야기를 나누었고, 그녀는 아주 유쾌했다. "안녕!" 그녀가 전화를 끊기 직전에 말했다.

*

나는 여전히 내 정신이 이상하다고 느꼈다. 여전히 어떤 말을 하려고 했는지 잘 기억하지 못했다. 여전히 방으로 들어가, 왜 내가 방에 들어왔는지 생각했다. 그것이 나는 걱정스러웠지만, 밥은 자기도 그렇다고 계속 말했다.

그리고 샬린 비버가 자기도 계속 나처럼 느낀다고 말했다. 우리는 이 주에 한 번씩 여전히 함께 걸었는데—혹은 대체로 화강암 벤치에 앉았다—한번은 그녀가 내게 말했다. "우리가 정치 이야기를 하지 않아서 좋아요." 내가 고개를 돌려 그녀를 보았다. "우리가 정치 이야기를 해야 할 필요는 전혀 없지요." 내가 말했고, 그녀는 자기도 안다고 말했다. "그냥 고마워서요." 그녀가 말했다. 그래서 내가 말했다. "당연한 건데요."

이즈음의 강 산책은 아름다웠다. 오렌지색과 노란색이 여기저기 많이 보였고, 그날은 전날 밤에 바람이 심하게 불었던 탓에 노란 잎이 바닥에 아주 많이 떨어져 있었다. 우리가 걷는 곳은 작은 노란색 카펫 같았다. 그리고 햇살이 시냇물처럼 그 위로 흘러내리고 있었다.

우리는 한 화강암 판석 벤치에 앉았고, 샬린은 은퇴자를 위한 메이플트리 아파트에서 청소하는 일을 맡은 것이 좋다고 말했다.

그녀는 올리브 키터리지에 대한 이야기를 다시 꺼냈다. "아주 진보주의적이에요. 항상 대통령 이야기를 해요. 대통령을 그냥 미워해요. 하지만 괜찮아요, 나한텐 친절하거든요. 음, 친절하진 않죠, 올리브는 딱히 누구에게도 친절한 사람은 아니에요. 하지만 나를 좋아하는 건 알겠어요. 그녀는 정말로 외로운 사람이에요. 이따금 나는 그냥 앉아 있고, 우리는 한참 동안 이야기를 나눠요. 그녀는 새를 좋아해요. 그리고 첫 남편 헨리 이야기를 해요. 그게 그녀가 즐겨 이야기하는 주제예요. 나는 내 남편에 대해 이야기하고요."

"좋네요." 내가 말했다.

샬린은 손을 턱에 갖다댔다.

"그렇죠." 그녀가 말했다.

우리가 헤어질 때 그녀가 말했다. "루시, 내 정신이 흐릿해지는 것 같으면 꼭 말해줘요."

"알았어요." 내가 말했다. "당신도 내게 꼭 말해줘야 해요."

그리고 우리는 손을 흔들고 헤어졌다.

그날 강에서 운전해 집으로 돌아오면서 문득 이런 생각이 들었다. 샬린에게서 희미하게 외로움의 냄새가 난다는 생각이. 그리고 끔찍한 진실은 이것이다. 그것이 내 안에서 나를 주춤 물러서게 했다는 것. 그리고 나는 그 이유가, 나 자신이 그 냄새를 풍길까봐 늘 두려워했기 때문이라는 것을 깨달았다.

*

윌리엄은 정말로 감자 기생충 때문에 흥분해 있었다. 그는 전화로 데이브나 로이스의 다른 가족들과 많은 대화를 나누었고, 로이스와도 전화로 대화했다―그들은 날씨가 너무 추워지기 전에 오로노에서 한번 더 만날 계획을 세우고 있었고, 이번에는 데이브도 같이 온다고 했다. 윌리엄은 기후변화 문제에 점점 더 흥미를 느끼고 있었고, 새로운 품종의 감자, 습하고 따뜻한 기후에서 살아남을 수 있는 감자를 개발하는 것을 돕고 싶어했다. 그는 이 모든 것과 새로 알게 된 사람들에 대해 내게 말해주었고, 나는 점점 그것이 흥미롭게 느껴졌다. 내 생각은 누군가가 정말로 뭔가에 흥분하면 그것이 전염될 수 있다는 것이다.

이 사실을 처음 알아차린 것은 오래전 내가 아주 젊고 맨해튼에 있는 커뮤니티 칼리지에서 가르칠 때였다. 나는 내가 읽은 책들에 대해 열광적으로 흥분한 모습을 보였고, 나를 보면서 학생들도 이 책들에 흥미를 갖게 되는 것을 알 수 있었다―그저 내가 최근에 읽은 그 책들에 아주 흥분했다는 그 사실 때문에.

8

10월 말이 되면서 일주일 내내 비 소식이 있었고, 나는 윌리엄이 날씨를 자주 확인한다는 것을 희미하게만 알아차렸다. 그는 비가 올 거라는 사실에 심란한 것 같았다. 나는 그에게 포치에 플렉시글라스를 달아도 되는지 다시 물었고―포치에 난로가 있었지만 날씨가 너무 추워져서 우리는 더이상 밖에서 식사하지 않았다―그는 다시 "곧 그래야지," 그렇게만 대답했다.

하지만 금요일에는 아직 비가 내리지 않았고, 그가 "저기,

루시, 프리포트에 있는 엘엘빈으로 드라이브 가자. 안으로 들어갈 건 없고, 그냥 거기까지 드라이브만" 하고 말했다.

그래서 우리는 그렇게 했다. 할일이 정말로 없었기 때문에, 나는 늘 어디로든 기꺼이 가려고 했다.

나는 가게로 들어가고 나오는 그 모든 사람을 보며 놀랐다. "여기 그냥 앉아 있자." 윌리엄이 말했다. 안전한 거리를 두고 철제 테이블과 의자들이 놓여 있었지만, 금방이라도 비가 올 것 같은 날씨 때문에 자리는 비어 있었다. 우리는 그중 한 테이블에 앉았고, 거기는 위에 지붕이 있었다. 윌리엄이 말했다. "완벽해." 그가 계속 전화기를 확인했다.

"우리 여기서 뭘 하지?" 내가 물었다. "그러니까, 좋긴 한데. 그냥 놀라서—"

그리고 바로 그때—오 세상에 이런 일이!—딸들이 우리를 향해 걸어오고 있었다. 두 아이 다 팔을 마구 휘젓고 있었다. "엄마!" 아이들이 불렀다. 거의 비명을 지르다시피 했다. "엄마!" 그러자 사람들이 고개를 돌려 나를 쳐다보았다. "아빠!" 딸들이 이렇게 외치고 머리 위로 팔을 저으며 우리를 향해 걸어왔고, 나는 믿을 수가 없었다.

나는 믿을 수가 없었다.

크리시와 베카가 테이블을 향해 걸어왔고—윌리엄과 나는 이제 일어서 있었다—아이들은 두 팔을 내밀어 끌어안는 동작을 했다. 심지어 마스크를 썼는데도, 아이들의 얼굴에서 행복감이 환하게 퍼져나오는 것을 볼 수 있었다.

나는 이 아이들만큼 아름다운 존재를 한 번도 본 적이 없었다. 이 여인들. 내 딸들!

딸들은 웃고 또 웃었고—윌리엄도 마스크를 쓴 채 환한 표정을 지으며 나를 흘끗 보았다. 내가 말했다. "윌리엄! 당신이 이걸 계획했어?"

"우리 모두가요." 크리시가 말했다. "엄마를 놀라게 해주고 싶어서, 그렇게 한 거예요."

딸들이 테이블에 앉았고, 윌리엄과 나도 앉았다. 우리는 대화하기 시작했고, 오, 우리는 이야기하고 이야기하고 또 이야기했다. 그들은 뉴욕에서 보스턴까지 비행기를 타고 왔고, 거기서 차를 빌려 여기까지 온 것이었다. 베카가 말했다. "코네티컷에서 여기까지 운전해 올 만큼 우리 운전 실력을 믿지는 않았어요." 그래서 나는 이해했다. 두 딸 다 도시에서 자랐고 운전하는 법을 늦게 배웠다. 그들은 크로스비에 있는 호텔을 예약했고, 윌리엄이 그 모든 일을 도맡아 처리했다. "확진자 수가 다시 올라가기 전에 지금 와야 했어요." 크리시가 말했다. "그래서 왔죠!"

"오 세상에!" 내가 말하고 또 말했다. "오 세상에!"

그리고 내가 말했다. "베카, 키가 더 커 보이는데?" 그러자 그애가 말했다. "오, 운동화 때문일 거예요. 이건 못 보셨죠." 그러더니 한쪽 발을 내게 내밀었는데, 빨간 운동화의 밑창이 아주 두꺼웠다.

그애는 온라인에서 그걸 샀다고 했다. 이어 베카가 말했다. "엄마, 온라인으로 파자마를 샀는데 그 이야기를 해드려야겠어요. 정말로 평판 좋은 데서 파는 걸 산 건데, 미국산이에요." 하지만 실제로 배송이 와서 보니 강제 수용소 사람들이 입는 것 같았다고 했다. 굉장히 넓은 줄무늬가 있는 것인데, 그걸 입을 때마다 심지어 의자에 걸쳐놓았을 때도 강제 수용소에서 입는 옷 같다는 생각을 머릿속에서 떨쳐낼 수 없었다. 그래서 그애는 거기에 이메일을 보내 그렇게 말했고, 그들은 그보다 더 친절할 수 없게도, 심지어 그 옷을 웹사이트에서 내리고 다른 파자마를 보내주었다. 아무 무늬 없는 진청색으로.

우리 넷은 거기 앉아서 크리시는 아버지와, 나는 베카와 이야기를 나누었고, 곧 다 같이 대화했다. 비행기는 거의 비어 있었다고 했다. 그애들은 렌터카 업체에 트럭을 빌리겠다고 말해두었지만―그 이야기를 하다 크리시는 의자에 앉은 채 허리를 굽히며 웃었다―막상 차를 가지러 갔을 때 그냥 차를 빌리기로 했다. 그들은 손으로 그 차가 세워져 있는 쪽을 가리켰는데, 너무 멀리 있어서 보이지는 않았다.

마침내 아이들은 가서 그들의 차에 탔고, 우리를 따라 크로스비로 왔다. 우리는 타운에 있는 호텔로 차를 몰았고, 아이들은 체크인을 했다. 호텔 로비가 크고 텅 비어서, 우리는 로비의 서로 다른 구석에 앉아 계속 대화를 나누었다. 늘 마스크를 쓴 채로. 크리시가 말했다. "엄마, 여기 타운이 아주 예쁜데요." 그러자 베카가 말했다. "정말로 그래요."

그리고 우리가 앞장서서 집으로 차를 몰았고, 포치에서 저녁을 먹었다―윌리엄이 플렉시글라스를 다시 달자는 것을 반대한 이유는 이것, 딸들이 온다는 것을 알았기 때문이었다. 우리는 이야기하고 이야기하고 또 이야기했다. 딸들은 이 집을 사랑했다. 나는 딸들이 이 집을 얼마나 많이 사랑한다고 말하는지에 놀랐다. "엄마, 여기 멋져요, 아주 펑키한데요." 크리시가 문 안으로 머리를 쏙 넣으며 말했다―하지만 안으로 들어가지는 않고, 창문이 열려 있는 포치에 그대로 있었다. "벽을 하얗게 칠해야 할 것 같아요. 오, 그렇게 하면 정말로 멋지겠는데요." 그애가 눈빛을 반짝거리며 우리를 돌아보고 말했다.

"오 맞아요." 베카가 말했다. "모든 벽을 하얗게 칠해요.
벽난로 선반도요—그냥 모든 걸요. 전부 하얗게 만들어요.
여긴 정말 멋진 곳이에요, 엄마 아빠."

"너희 아빠가 얼마 전에 여길 샀어." 내가 말했다.

"아빠가 샀다고요?" 그들이 윌리엄을 돌아보며 동시에 말
했다. 그리고 크리시가 말했다. "오, 좋아요! 정말로 멋진 집
이에요."

나는 이것을 생각한다. 그때가 내 인생에서 가장 행복했던
시간이었다고 생각한다.

이어 크리시가 우리에게 자기와 마이클이 마이클의 부모
에게서 코네티컷에 있는 그 집을 샀다고 말해주었다—그애
와 마이클은 뉴욕으로 돌아가지 않을 거라고 했다. "그럴 필
요가 없어요." 크리시가 말했다. "우리는 그 집에 익숙해져
서, 우리 아파트를 내놓기로 했어요."

나는 놀랐다. "왜 우리한테 말하지 않았니?"

그러자 그애가 어깨를 으쓱하고 말했다. "음, 방금 말했잖
아요."

베카는 여전히 게스트하우스에서 지내고 있었지만, 뉴헤이븐에 있는 아파트로 옮길 계획이었다. 다시 학교로 돌아가려고 생각하고 있었다.

"어떤 학교 말이니?" 윌리엄이 물었고, 그애는 아직 확실하지 않다고 말했다. 그리고 이어 말했다. "그래요, 말할게요, 로스쿨이에요. 시험을 봤는데, **정말로** 잘 봤어요, 엄마 아빠! 예일에 지원했어요."

"세상에." 윌리엄이 말했다.

"알아요." 베카가 말했다. "그 이야긴 이제 더 하지 말아요."

일요일 오후에 아이들이 차를 타고 떠나려 할 때 내가 말했다. "아빠하고 다시 합쳤어." 그러자 아이들 둘 다 깜짝 놀란 얼굴을 했다. "그래요?" 한 목소리가 다른 목소리와 겹치면서 둘이 거의 동시에 말했다. 윌리엄은 이미 작별인사를 하고 포치에 서 있었다. "**그래요?**" 크리시는 그 말을 또 한번 반복했고, 아이들이 그렇게 놀랐다는 사실에 나는 좀 놀랐다. 크리시가 다시 차에 올라타 운전대를 잡았고, 베카가 말했다. "엄마, 얼굴을 돌려요." 그러고는 나를 안아주었다. 우리 둘 다 마스크를 쓰고 있었다. 윌리엄과 나는 아이들이 가파른 진입로를 내려갈 때 손을 흔들어주었다.

나는 내가 슬프지 않다는 것을 알아차렸다. 윌리엄이 말했다. "차 타고 나갔다 오자." 그래서 우리는 그렇게 했다. 우리는 해안을 따라 작은 길들을 이리저리 돌아다녔다. 그리고 내가 말했다. "애들이 가면서 여운을 남겼어." 그러자 그가 나를 보며 말했다. "그래, 그랬어."

*

다음에 아이들을 볼 때 어떨지 미리 알았더라면―음, 그때는 몰랐다.

이 삶에서 앞으로 우리를 기다리는 것이 무엇인지 모른다는 것은 선물이다.

여섯

1

그리고 11월이 되었고, 선거가 있었다. 그 모든 것을 기록할 필요는 없을 것이다. 그저 그때가 내게는, 또한 이 나라 사람 대부분에게는 아주 긴장된 시간이었다는 말만 할 수 있을 뿐이다.

*

추수감사절에 윌리엄과 나는 콩과 핫도그를 먹기로 했다. 이유는 모르겠지만 그게 아주 멋진 생각 같았다. 우리는 캔에서 꺼낸 강낭콩과 핫도그 두 개씩을 먹었다. 나는 사과 파이를 만들었고, 그날 하루가 아주 아늑하게 느껴졌다. 나는 그날을 아주 뚜렷이 기억한다.

*

오빠가 추수감사절을 비키의 집에 가서 보낼 거라고 했다. 그는 매년 그렇게 했다. 그래서 내가 그에게 말했다. "그건 안전하지 않을 텐데, 피트. 비키는 마스크를 쓰지 않고 교회에 가." 그러자 그가 걱정하지 말라고, 자기는 마스크를 쓸 것이고, 거기엔 아이들만 있을 거라고, 그들의 아이들만 있을 거라고 말했다. "그게 문제야." 내가 말했다. "거기 사람들 전부가." 그리고 말을 멈추었는데, 삶의 하루하루를 혼자 보내는 오빠에게 비키와 비키의 가족이 함께하는 추수감사절은 늘 특별했다는 사실이 떠올랐기 때문이었다. 아이였을 때 우리는 회중교회로 가서 거기서 공짜로 주는 추수감사절 음식을 먹곤 했다. 거기 사람들이 그날은 심지어 우리에게 잘해주었던 것도 기억난다. 나는 오빠가 가는 것이 왜 중요한지 이해했고, 그래서 말을 멈추었다. 그리고 우리는 뭐든 우리가 나눌 수 있는 이야기를 더 나누었고, 그 일은 그렇게 끝났다.

*

   추수감사절이 끝나고 일주일 뒤 언니가 바이러스에 감염되었다. 언니의 막내딸 라일라가 내게 전화를 걸어왔고, 울고 있었다. "엄마가 병원에 입원했어요. 우리는 엄마를 보러 갈 수도 없어요. 사람들이 엄마에게 산소호흡기를 달아놨어요." 나는 가만히 들었고, 조카에게 조용히 이야기했지만 그 애를 위로할 수는 없었다. 나는 조카에게 내가 엄마와 통화할 수 있는지 물었고, 라일라는 "안 돼요" 하고 대답했다. 하지만 다음날 나는 언니에게서 문자 메시지를 받았고, 거기에는 루시, 농담이 아니라, 살아나지 못할 것 같아, 라고 쓰여 있었다.

   나는 곧바로 답장했다. 사랑해.

   그리고 그날 밤 더 늦은 시간에 언니가 답장을 보내왔다. 네가 사랑한다고 생각한다는 거 알아.

   그다음날 언니가 내게 문자 메시지를 보냈다. 루시, 너는 늘 네가 나보다 더 낫다고 생각했지. 그리고 나는 네가 아주 이기적인 인생을 살아왔다고 생각해. 미안하지만 진짜로 그렇게 생각해. 너를 위해 기도해야 하지만, 너무 지쳐.

언니가 내 심장에 총을 쏜 것처럼 느껴졌다. 내겐 그게 그렇게 느껴졌다는 말이다.

전화로 듣는 오빠의 목소리는 피곤하고 모호한 느낌이었다. 내가 "언니가 나보고 이기적이래" 하고 말했을 때 오빠는 아무 말이 없었다. 그래서 내가 물었다. "오빠도 내가 이기적이라고 생각해?" 그러자 오빠가 말했다. "음, 아니, 루시."

비키는 그 바이러스로 죽지 않았다. 하지만 오빠는 죽었다. 그가 자기 집에서 내게 전화를 걸어, 오한이 들었다고 말했다—이가 덜덜 부딪치고 있었다. 그리고 숨이 가빴다. 그래서 내가 제발 병원에 가라고 말했지만, 그는 "괜찮을 거야" 하고 말했다.

"오, 제발 좀 가!" 내가 말했고, 잠시 뒤 그가 말했다. "알았어, 내일쯤 가볼게."

우리가 전화를 끊기 전에 그가 말했다. "저기, 루시."

그래서 내가 말했다. "왜, 피트?"

그가 말했다. "네가 스스로 이기적이라는 생각은 하지 않으면 좋겠어. 그건 그냥 비키가 하는 말이야."

"오, 피티. 고마워." 내가 말했다.

그러자 그가 조용히 말했다. "사랑해, 루시. 이제 끊을게."

오빠는 지금까지 한 번도 나를 사랑한다고 말한 적이 없었다. 내 가족 중 누구도 그 말을 한 적이 없었다.

오빠가 다음날 전화를 받지 않아서, 나는 비키의 남편에게 전화를 걸어 거기 가봐달라고 부탁할 뻔했지만, 아니, 경찰에 전화를 걸어야겠어, 하고 생각했다. 그래서 그렇게 했고, 경찰은 진지하게 들리는 목소리로 자기가 직접 가서 확인해보겠다고 말했다. 나는 고마워요, 오, 고마워요, 하고 반복해서 말했다.

그리고 반시간 뒤에 경찰이 전화를 걸어와 내 오빠, 피트바턴이 죽은 채로 발견되었다고 말했다. 그는 침대에서, 내아버지가 오래전 죽은 그 침대에서 죽어 있었다.

*

내게 그 슬픔은 지독했다. 처음에는 비키가 나보고 이기적이라고 한 것을 계속 생각했기 때문에, 지독했다. 그 때문에죽을 만큼 힘들었다. 나는 계속 소리 내어 중얼거렸다. 나는 그저 내 인생만 구하려고 했어. 나는 오빠에 대해, 그의 안색이 늘 파리했던 것에 대해 생각했고, 운동장에서 오빠를 때린 아이들에 대해 생각했고, 어머니가 오빠의 팔에 찔러넣은 핀들에 대해 생각했다. 그에겐 기회란 게 없었어, 나는 그 말역시 계속 중얼거렸다.

이제 퇴원해 집에 돌아와 있는 비키와 통화할 때, 언니의 목소리는 차분하게 들렸고, 나는 그것이 언니는 오빠가 천국에 갔다고 생각하기 때문인 것을 깨달았다. 그리고 나는 언니도 얼마나 힘든 삶을 살았는지 생각했다. 그녀에게는 자식들이 있었고 심지어 남편도 있었지만, 나는 오로지 그녀의 어린 시절 모습만을 그려볼 수 있었다. 언니는 절대 웃지 않았고 학교에서 늘 혼자였다. 어느 날 언니가 미술실 앞을 지나갈 때의 모습이 기억나는데, 혼자였고 겁에 질린 것 같았다. 그것이 그날 내게 불로 지진 듯 각인된 이미지였다. 언니는 나를 보고 고개를 돌렸다—우리는 학교에서는 마주쳐도 서로 한마디도 나누지 않았다. 그날의 언니를 나는 거의 좋아하지 않았다. 그러니까 내 말은, 언니가, 그녀의 외로움이, 공포에 질린 그녀의 표정이 내게 거부감을 일으켰다는 말이다. 그 두 가지는 어린 시절 내내 나 자신이 느낀 것이었다.

나는 오빠와 비키를 본 마지막 순간—지금으로부터 몇 년 전이었다—을 떠올렸는데, 북투어 때문에 시카고로 갔다가 오빠를 만나러 갔을 때였다. 나는 차를 빌렸고, 두 시간을 운전해 아직 오빠가 살고 있는 그 작고 끔찍한 어린 시절의 집으로 갔다. 내가 거기 있는 동안 비키가 와서 우리는—우리 셋은—함께 우리의 어린 시절에 대해, 특히 어머니에 대해 이야기를 나누었다. 그리고 내게 끔찍한 공황 증상이 찾아왔고, 나는 비키에게 운전해서 나를 시카고로 다시 데려다줄 수 있을지 물었다. 피트에게는 내가 빌린 차로 우리 뒤를 따라와달라고 부탁했다. 그리고 그들은 그렇게 해주었다! 언니가 나를 자기 차에 태우고 시카고를 향해 차를 몰았다. 언니가 나를 위해 그렇게 해준 것이다!

우리가 시카고에 도착하기 전에 내 공황 증상은 잦아들었고, 그래서 나는 피트와 차를 바꾸고 내가 빌린 차를 운전해 돌아갈 수 있었다. 나는 4차선 고속도로 한쪽 옆에서 그들에게 작별인사를 했다. 그게 내가 언니를 본 마지막이었다. 그리고 오빠도.

하지만 그들은 나를 위해 기꺼이 그렇게 해주었다!

나는 비키가 왜 나를 이기적이라고 했는지 정확히 이해했다.

그날 밤 윌리엄은 내 앞에 앉아 내 두 손을 잡고 내 눈을 쳐다보면서, 내가 아주아주 슬픈 가정에서 자랐다고, 내가 계속 거기 살았다면 내 인생 또한 아주 슬퍼졌을 거라고 말해주었다. "그리고 당신이 뭘 이루었는지 봐, 루시." 윌리엄이 말했다. "당신 책으로 도움을 준 그 모든 사람을 봐."

나는 늘 내 책이 사람들에게 도움이 되기를 바랐다.

하지만 사실 내 책이 도움이 되는지 나는 알지 못한다. 누군가가 내게 편지를 보내 당신 책이 내게 도움이 되었어요, 라고 말해도—그런 편지를 받으면 늘 기쁘긴 하지만—나는 한 번도 정말로 그 말을 믿을 수가 없었다. 그러니까, 칭찬은 내 안에 들어올 수 없는 것 같다.

2

어느 밤 거센 바람을 동반한 엄청난 폭풍이 찾아왔고, 전기가 끊겼다. 나는 추워서 밤중에 잠을 깼고, 윌리엄은 이미 일어나 있었다. "전기가 나갔어." 그가 기분이 나쁘지는 않은 듯한 목소리로 말했다.

내가 말했다. "어쩌지?" 그러자 그가 말했다. "기다려보자."

"하지만 너무 추워." 내가 말했고, 그가 가서 다른 침대에 있는 나머지 퀼트 이불을 가져왔지만, 내 몸이 떨리는 것을 멈추기에는 부족했다.

어린아이였을 때 나는 너무 추워서 종종 밤에 잠을 이룰 수 없었다. 지금 그것을 생각했다—며칠 동안 밤에 너무 추워서 엄마를 소리쳐 불렀던 것을, 엄마가 내게 뜨거운 물을 담은 보온주머니를 갖다준 것을! 지금도 그 고무의 냄새가 기억나는데, 빨간색이었고 아주 크지는 않았지만 정말 따뜻했다. 나는 그것을 내 몸 어디에 둬야 할지 몰랐는데, 어디에 두든 거기서 느껴지는 위안은 어마어마했다. 하지만 내 작은 몸의 나머지 부분은 박탈감을 느꼈고, 그래서 나는 그것을 몸 여기저기로 옮겼다. 그날 밤 내가 그 모든 것을 떠올린 것은 전기가 끊겼기 때문이었다.

다음날 아침 밥 버지스가 우리에게 손전등 세 개를 갖다주었다. "어디 있는지 알 수 있도록 하나는 늘 2층에 두고, 나머지 두 개는 아래층에 둬요."

같은 날 아침, 윌리엄이 나를 작업실에 차로 데려다주었고,

그러고 나서 그는 엘엘빈으로 차를 몰았다. 그날 오후 늦게 나를 데리러 왔을 때 그는 말이 없었다. 하지만 운전하면서 몇 번 손을 뻗어 내 손을 잡아주었다. 그리고 내가 우리 침실에 들어갔을 때 폭신한 눈처럼 하얀 깃털 퀼트 이불이 두 채 있었다. 침대 위에 놓인 그것은 아주 아름다워 보였다.

밤에 윌리엄과 나는 서로 부둥켜안고 잠들었다.

*

12월에 나는 기분이 가라앉는 것을 느꼈다. 그것은 오빠의 죽음과 연관이 있었다. 비키가 나를 이기적이라고 했기 때문은 더이상 아니었고, 피트의 죽음이라는 단 하나의 무서운 사실 때문이었다. 그 일로 내 어린 시절 전체가 죽은 것처럼 느껴졌다. 내가 어린 시절의 모든 부분이 사라지기를 바란다고, 당신은 아마 그렇게 생각했을지 모르겠다―나 역시 그렇게 생각했을지 모르겠다. 하지만 나는 내 어린 시절의 모든 부분이 사라지기를 바라지 않았다. 나는 오빠가 살아 있기를 바라지만, 그는 그 작은 집에서 혼자 죽었다. 나는 그가 바이러스에 감염됐어도 병원에 가고 싶어하지 않았던 것을 생각했고, 어렸을 때 병원에 가서 주사를 맞는 것을 얼마나 무서워했는지 떠올렸다. 나는 슬프다는 느낌을 멈출 수 없었다. 그것은 아주 깊숙이 파고드는 슬픔이었고, 육신의 질병처럼 느껴졌다.

그리고 날이 아주 일찍 어두워지면서 바람이 심하게 불고 날씨도 추워서, 우리가 처음 메인에 도착했을 때만큼 자주 산책하러 나갈 수 없었다. 너무 추운 날씨라 더이상 사교적인 만남도 없었다. 게다가 코비드가 메인주까지 침투했고, 온 주에 퍼져서 극도로 조심해야 했다. 나는 거의 매일 작은 서점 너머의 내 작업실로 갔다. 그게 없었다면 나는 정말로 미쳤을 것이다. 그래도 여전히 거의 미칠 것 같았다. 모든 것이 아주 어렵게 느껴졌다. 심지어 집안의 욕실 두 개를 청소하는 것도 내 역량 밖의 일 같았지만, 마침내 청소를 끝냈을 때는 기분이 훨씬 좋아진 것을 알아차렸다. 잠시 동안은 그랬다. 자신을 형편없게 느끼는 많은 사람이 그렇듯 이 기분에는 수치심이 뒤따랐다. 윌리엄에게는 말하고 싶지 않은데, 어쨌거나 그에게 말할 것이 뭐가 있는가? 나는 버티는 것 말고는 방법이 없었다.

하지만 내 생각에 그는 알았던 것 같고, 내게 잘해주려고 애썼다.

윌리엄이 곁에 있다는 사실이 아주 다행스러웠지만, 슬퍼하는 것은 고독한 일이었다.

어느 밤 나는 침대에 누워 있다가 이것을 떠올렸다. 아버지는 돌아가신 뒤 꿈속에서 여러 번 나를 찾아왔다. 그는 내가 잘 있는지 확인하면 곧바로 가버리곤 했다. 하지만 마지막 꿈에 나타났을 때는 이랬다. 그는 빨간색 셰비 트럭을 타고 있었고, 불안하게 운전하고 있었다. 그는 죽기 전의 모습처럼 아파 보였다. 그리고 꿈속에서 내가 그에게 말했다. "괜찮아요, 아빠. 이제 제가 트럭을 몰 수 있어요."

오, 그 기억이 나를 행복감과 슬픔으로 채웠다. 나는 그를 사랑했다. 깊이 손상된 채 고통에 빠진 내 불쌍한 아버지.

이제 제가 트럭을 몰 수 있어요, 나는 그렇게 말했다.

하지만 시간이 지나면서 나는 트럭을 몰 수 있을 것 같지 않았다. 그저 내가 간신히 버티고 있을 뿐이라고 느꼈다.

3

1월 6일에 내가 작은 만까지 오후 산책을 하러 나갔다가 돌아왔을 때, 텔레비전이 켜져 있었고 윌리엄이 "루시, 이리 와서 같이 이걸 보자" 하고 말했다. 나는 코트를 입은 채로 앉았고, 사람들이 워싱턴 D.C.의 국회의사당을 공격하고 있는 장면을 보았다. 나는 그 뉴스를 팬데믹 초기의 뉴욕을 보던 것처럼 보았다. 그러니까, 내 시선은 계속 바닥을 향하고 내 마음은—혹은 몸은—거기서 멀어지려고 애쓰는 듯한 이상한 느낌을 또다시 받았다는 말이다. 내가 지금 그것에 대해 기억할 수 있는 건 오로지 한 남자가 창문을 깨고 또 깨고 있었고, 사람들은 서로 밀치며 건물 안으로 들어가고 경찰은 그들을 저지하려 애쓰고 있었다는 것뿐이다. 사람들이 벽을 타고 오르면서 모두 함께 움직이는 것을 보는 동안 많은 색깔이 내 앞에서 빙빙 돌았다.

내가 윌리엄에게 말했다. "나는 이거 못 보겠어." 그리고 2층 침실로 올라가 문을 닫았다.

그리고 나는 이것을 기억했다. 내가 아이였을 때, 앞서 말했듯 우리는 타운의 회중교회에서 마련한 추수감사절 행사에 갔고, 음식을 나눠준 사람들이 우리에게 잘해주었던 것을 기억한다. 그리고 거기 이름이 밀드러드인 한 여자가 있었는데, 키가 컸고—내 눈에는—늙어 보였지만, 내게 아주 잘해주었다. 지금 기억하는 것은 밀드러드가 누군가에게 남편이—오래전에—죽은 건물 앞을 지나갈 때마다 차마 볼 수가 없어서 고개를 돌리고 딴 데를 본다고 말하는 걸 내가 들었다는 것이다.

그리고 내 어머니—내 진짜 어머니, 나중에 만들어낸 좋은 엄마 말고—내 어머니가 밀드러드가 남편이 죽은 건물에서 고개를 돌리는 것에 대해 흉을 본 것이었다. 어머니는 그런 바보 같은 소리는 평생 처음 들어본다고 했다.

하지만 지금 나는 밀드러드를 생각했다.

나는 윌리엄이 엘시 워터스의 부고를 보여주었을 때 내가 컴퓨터를 그에게 던져버리다시피 했던 것을 생각했다. 뉴스를 보면서 내가 바닥을 아주 자주 쳐다보았던 것에 대해 생각했다. 나는 국회의사당이 엉망진창이 되는 동안 그냥 그곳에서 나와버린 것을 생각했다.

나는 생각했다. 밀드러드, 나는 그냥 당신과 같아요. 나도 고개를 돌려요.

그리고 생각했다. 우리는 그저 한 시기를 통과하기 위해 할 수 있는 것을 할 뿐이라고.

*

다음 몇 주에 걸쳐 윌리엄은 그 뉴스에 더 깊은 관심을 보였다. 그가 말했다. "루시, 거기 나치가 있었어." 그리고 그가 아우슈비츠 수용소 글자가 찍힌 상의를 입은 남자에 대해―나는 보지 않았기 때문에―말해주었다. 그는 스와스티카 깃발이 있었다고 말했고, 6MWE*라는 글자가 찍힌 셔츠를 입은 무리도 있었는데, 그것은 육백만 명의 유대인이 죽은 것은 충분한 숫자가 아니라는 의미라고 말했다.

내가 말했다. "하지만 윌리엄, 누군가는 이런 일이 일어나리란 걸 알았어야 하잖아! 그러니까 내 말은, 정부의 누군가가 알았어야 했는데 외면했다는 거야."

"이제 알게 되겠지." 그는 그저 그렇게만 말했다. 그리고

* 6 Million Wasn't Enough의 약어.

나는 그게 어쩐지 좀 화가 났다. 그가 그것에 대해 더 할 말이 없다는 게.

*

며칠 뒤 나는 한밤중에 잠에서 깼고, 기억 하나가 나를 찾아왔다. 너무 불쾌해서 내 머리에서 밀어낸 기억. 나는 그 기억을 나쁜 기억들이 화장지 부스러기처럼 조각나는 주머니 맨 아래에 밀어넣어두었었다. 그 기억은 이런 것이었다.

이 모든 일—팬데믹 말이다—이 일어나기 전 가을에 떠난 북투어에서, 나는 시카고 외곽에 있는 내가 다닌 그 대학에서 강연을 하러 와달라는 요청을 받았다. 북투어 때 시카고에 가기로 되어 있었기 때문에 가겠다고 했다. 하지만 그 강연을 하러 가기 바로 전날 밤에 갑자기 아주 좋지 않은 기분이 들었다. 이유는 모르겠다. 그날 밤 공포가 계속 자랐고, 그래서 거의 잠을 이룰 수 없었다.

강의실로 들어가자마자 나는 우려가 사실이 된 것을 느꼈다. 학생들이 들어왔지만 나를 쳐다보지 않았고, 나는 당황했다. 나는 학생들에게 내 삶을 회고하는 이야기를 하기로 되어 있었고, 그것은 가난하게 자란 것에 대한 내용이었다.

하지만 학생들은 나를 쳐다보지 않았다. 그리고 학생들이 나를 쳐다보지 않았기 때문에, 나는 그들이 나라고 생각한다고 생각되는 내가 되었다. 나는 가난한 환경에서 자란 것에 대한 글을 쓰는 늙은 여자였다. 그래서 내가—감정적으로—춥다고 느꼈다는 것, 그게 내가 하려는 말이다. 그들이 나를 그런 식으로 보았기 때문이라고 나는 생각했다. 나는 학생들 하나하나에게 어디에서 왔는지 물었고, 그들은 자신들의 출신지를 중얼중얼 말했는데, 내가 알기로 전부 부자 타운이었다. 메인에서 온 젊은 여학생이 하나 있었는데, 나를 흘끗 쳐다보기라도 한 사람은 그녀뿐이었다. 하지만 나는 생각했다. 여기는 사십 년 전에 내가 다닌 학교가 아니라고. 나는 여기가 그 학교가 아니라고 생각한 것이다. 그때 내가 그 강의실에 앉아서 보기로는 지금 이 폐쇄적인 젊은이들에게서 보이는 부유한 분위기는 없었다. 학생들은 모두 열다섯 명이었는데, 회의용 테이블에 어깨를 축 늘어뜨리고 둘러앉아 나를 쳐다보려고도 하지 않았다. 강사가 이야기를 시작했지만—생기 넘치는 목소리의 젊어 보이는 여자였다—그들은 여전히 나를 쳐다보려 하지 않았다. 그녀가 말했다. "작가님께 여러분이 준비해온 질문을 모두 해보죠."

하지만 그녀는 누구의 질문도 끌어내지 못했다. 오늘까지도 나는 무엇이 잘못되었는지 이해하지 못하지만, 강사는 그들에게서 나에 대한 질문을 유도하는 데 실패했고, 한 시간 내내 우리는 그 강의실에 앉아 거의 침묵을 지켰다. 나는 생각했다. 내 평생 쓴 글이 이 테이블 위에서 작은 잿더미로 변한 것 같다고. 수치심이 너무 깊어, 그 감정이 내 안을 수직으로 통과해 내 발까지 내려가는 것 같았다.

셰이커하이츠 출신의 젊은 남학생이 나를 흘끗 보며 무뚝뚝하게 말했다. "선생님 아버지가 역겹다고 생각했어요." 그래서 내가 생각했다. 오 맙소사. 나는 말했다. "음, 그는 역사 속에서 자신이 태어난 시대와 장소의 산물이었어요." 그러자 누구도 아무 말도 하지 않았다.

강사가 말했다. "작가님께 우리가 읽고 있는 책이나 재미있게 읽은 책 이야기를 해볼까요."

그리고 그녀는 테이블을 빙 돌았고, 젊은 여학생 두 명이 이 년 동안 베스트셀러 목록에 올라 있는 책의 이름을 댔다. 다른 학생들은 내가 들어보지 못한 책을 언급했다. 강사가 말했다. "루시, 어떤 책을 읽고 있어요?" 그래서 나는 러시아 작가들의 전기를 읽고 있다고 말했고, 학생 몇 명이 히죽 웃는 것을 보았다.

마침내 강사가 말했다. "음, 좋아요, 그러면 오늘 와주신 작가님께 감사의 마음을 표현합시다." 그리고 박수를 치기 시작했지만, 누구도 따라 치지 않았다.

내가 그 강사와 함께 건물을 나설 때 그녀가 말했다. "같이 커피라도 마시고 싶은데, 회의가 있어서요."

나는 다리가 너무 후들거려 내 차까지 제대로 걸어갈 수도 없었다. 그들은 내가 견딜 수 있는 정도 이상으로 나를 수치스럽게 했고, 나는 젊은 여학생 하나가—빨간 머리에 눈이 작았다—자기가 좋아하는 책은 베스트셀러 목록에 있는 그 책이라고 말한 것을 떠올렸다. 나는 그 학생을 보면서 이렇게 생각했다. 기후변화가 너를 죽이기 전에 너는 가치 있는 사람은 되지 못할 거야.

내가 그런 생각을 한 것이다!!!

그리고 나는 주차장에 세워놓은 차에 앉았고, 수치심이 내 안으로 쏟아져들어왔다. 어린 시절에 처음 알았던 수치심이. 이 학생들은 초등학생 때 나를 전혀 쳐다보지 않았던 내 반 아이들과 정확히 똑같았다. 하지만 이번에 나는 이유를 몰랐다. 이 학생들—그들이 나를 업신여기는 태도가 너무 생생해서, 그때를 떠올리기만 해도 심장이 빠르게 뛰었다. 나는 조카 라일라를, 그애가 일 년 만에 대학생활을 끝내고 집으로 돌아온 일을 생각했고, 지금은 그걸 이해할 수 있을 것 같았다.

그리고 잠든—그의 느리고 꾸준한 숨소리로 알 수 있었다—윌리엄 옆에 누워, 내가 그 강의실에서 느낀 것과 같은 정도의 수치심을 느끼면서, 나는 생각했다. 나는 국회의사당으로 몰려가 창문을 깨부순 사람들을 이해한다고.

나는 조용히 일어나 아래층으로 내려갔다. 그리고 계속 이것에 대해 생각했다. 내 생각은 이랬다. 그날 시카고 외곽에서 보낸 그 한 시간 동안, 나는 어린 시절에 느낀 수치심을 다시금 아주 깊이 느꼈다는 것. 그런데 내 인생 전체에서 계속 그렇게 느꼈다면 어땠을까. 평생 가진 모든 직업이 내가 제대로 먹고살 만큼 충분하지 않았다면 어땠을까. 내가 내 종교와 내 총을 조롱한 이 나라의 부유한 사람들에게 늘 멸시를 당했다면 어땠을까. 나는 종교도 없고 총도 없었지만, 이들이 무엇을 느끼는지 문득 알 것 같았다. 그들은 내 언니 비키와 같았고, 나는 그들을 이해했다. 그들은 계속해서 가난하다고 느껴왔고, 멸시받았으며, 더이상 그것을 견딜 수 없었다.

나는 어둠 속에서 한참 카우치에 앉아 있었다. 바다 위로

환한 반달이 떠 있었다. 그리고 나는 생각했다. 아니, 국회의
사당에 몰려간 사람들은 나치와 인종주의자들이었다고. 그
래서 내 이해—창문을 깨부수는 것에 대해 내가 상상하던
것—는 거기서 멈추었다.

*

몇 주 뒤에 나는 식료품점에서 샬린 비버를 만났다. "샬
린!" 내가 말했고, 그녀가 "안녕, 루시" 하고 말했다. 나는 그
녀가 살이 쪘다고 생각했다. 얼굴에서 눈이 더 작아 보였다.

"어떻게 지냈어요?" 내가 물었고, 그녀는 그저 어깨만 으
쓱했다. "좀 걸을까요? 춥지만, 그래도 걸어요." 내가 말했
고, 그녀는 망설이다 이윽고 말했다. "좋아요."

그래서 우리는 그 금요일에 강가에서 만났고, 즐겨 앉는
화강암 판석 위에 앉았다. 그녀가 내게, "여전히 정신이 흐릿
해요?" 하고 물었다. 그래서 나는 그런 것 같아요, 하고 대답
했다. 그녀가 자기도 확실히 정신이 흐릿해지는 것 같다고
말해, 나는 그걸 어떻게 아느냐고 물었다.

샬린은 나뭇가지를 흘끗 올려다본 뒤 "오, 저걸 봐요"라고
말했다. 고개를 들어보니 잎을 벗은 나뭇가지에 검은 새 두

마리가 있었는데, 한 마리가 뾰족한 부리를 다른 새의 머리 여기저기에 갖다댔고, 이어 등으로 내려갔다. 샬린이 말했다. "오, 봐요. 루시―남자 새가 여자 새를 사랑해요. 남자 새가 여자 새를 보살펴요." 그러고는 시선을 내려 나를 쳐다보며 말했다. "올리브 키터리지가 새를 아주 많이 사랑해서 나도 새에 대해 좀 알아요. 내가 배운 것 한 가지는 새들이 서로 보살핀다는 거예요." 그녀가 다시 고개를 들고 말했다. "아마 날개를 깨끗이 해주려고 작은 벌레를 떼주거나 그런 것 같은데요. 온라인에서 그런 얘기를 봤어요." 그녀가 나를 다시 쳐다보았고, 눈은 거의 행복감으로 반짝거렸다. 내게는 그렇게 보였다.

그리고 또다른 검은 새가 다른 나무에서 그 새들을 향해 날아왔고, 그 검은 새는 잠시 그 새들과 함께 있다가 다시 자기 나무로 날아갔다. "해리 삼촌이 잘 있나 보러 왔나봐요." 샬린이 말했다.

"재미있네요." 내가 말했다.

우리는 새들을 한동안 더 지켜보았다. 잔뜩 흐린 날이어서 그들이 앉아 있는 잎을 벗은 회색 나뭇가지를 배경으로 새들의 검은 색깔이 더 눈에 띄었다. 그리고 그 뒤쪽 하늘은 더 옅은 회색이었다.

이어 샬린이 한숨을 쉬며 말했다. "나는 이제 더이상 푸드
팬트리에서 일하지 않을 거에요."

"왜요?" 내가 물었다.

"음." 그녀가 코트를 더 바짝 여미며 말했다. "백신이 나오
면—나올 거예요—나는 맞지 않을 테니까요. 그래서 거기서
일할 수 없어요."

"거기서 그렇게 말했어요?"

"넵." 샬린이 장갑 낀 손으로 한쪽 눈을 긁었다.

나는 왜 백신을 맞지 않으려고요? 하고 거의 물어볼 뻔했다.
하지만 그 말은 하지 않았고, 그녀도 이유를 말하지 않았다.

"안타깝네요." 내가 말했고, 그녀가 말했다. "고마워요."

우리는 고요함 속에 앉아 있었고, 이윽고 그녀가 말했다.
"음, 걸을까요."

일곱

1

1월 중순에 윌리엄은 백신 1차 접종을 맞을 자격이 된다는 내용의 이메일을 받았다. 거기에는 시간과 장소까지 적혀 있었다. 타운에 있는 병원에서, 그때로부터 일주일 뒤 다섯시 삼십분. 그가 자격이 되는 것은 일흔 살이 넘었기 때문이었다.

그가 아이패드를 보고 방향을 찾을 수 있게 내가 운전했다. 길은 어두웠고, 우리 차의 전조등 하나가 작동하지 않았다. 윌리엄은 전조등을 상향으로 조정하면 두 개가 다 작동하니 그렇게 해놓으라고 했다. 그래서 그렇게 했지만, 이따금 맞은편에서 오는 차가 우리 쪽으로 빛을 비추면 나는 몹시 불안했다. 나는 늘 내가 뭔가 잘못을 하지 않을까, 사려

깊지 못한 사람이 되지 않을까 두려웠고, 그것은 내게 정말로 존재하는 공포였다.

우리는 병원에 도착했고, 건물 뒤쪽으로 돌아오라고 적힌 큰 간판이 있어서 그렇게 차를 몰았고, 이어 윌리엄이 안으로 들어갔다. 나는 어둑한 가운데 기다렸고, 사람들이 들어갔다 나오는 것을 지켜보았다. 어떤 사람들은 나이가 좀 덜들어 보이는 듯했는데, 걷는 모습으로 보건대 일흔이나 그보다 더 위였지만 건강했다. 다른 사람들은 조심스럽게 걸어들어왔고 다수가 혼자였다. 몇몇 부부는 와서 차 안에 앉아 있었다. 가로등 불빛 아래 필요한 서류를 작성하고 있는ㅡ윌리엄이 한 것처럼ㅡ모습이 보였다. 그리고 이 사람들의 더없이 여린 모습이 나를 뭉클하게 했다.

윌리엄이 문자로 백신을 맞았으며 십 분 더 기다려야 한다고 알려왔다. 이윽고 그가 밖으로 나왔고, 우리는 전조등을 밝게 켜고 집으로 돌아왔다. 몇몇 사람들이 내게 전조등 불빛을 비추었고, 나는 또다시 몹시 불안해졌다. 하지만 윌리엄이 백신을 맞았다. 그는 삼 주 뒤에 다시 가야 했다.

내가 언제 백신을 맞게 될지, 나는 아직 몰랐다.

그리고 어쨌거나 나는 이 시기에 종종 슬픔을 느꼈다. 2월이었고, 몹시 추웠다. 나는 밥을 일주일에 한 번만 볼 수 있을 뿐이었고, 만나면 옷을 잔뜩 껴입고 강가로 산책하러 갔다. 낮은 점점 길어졌고, 밥은 연중 이 시기에 해가 질 때면—그의 표현으로는—"12월에 느꼈던 것처럼 **가버리지 않고** 다음 날을 위해 그저 준비하는 것 같다"고 했다. 해가 지고 하늘이 노란색으로 물들면서 구름 위로는 분홍색이 흩뿌려지는 모습을 보고 나는 그가 무슨 말을 하는 건지 이해했다.

하지만 나는 밥 말고는 정말로 누구도 만나지 않았고, 윌리엄은 종종 같이 일했던 사람들—혹은 로이스 부부의 아들—과 전화로 이야기를 나누었는데, 자신이 대학에서 하고 있는 일에 대해 몹시 들떠 있었다.

누구나 자기가 중요하다고 느낄 필요가 있어.

나는 내 어머니—진짜 어머니—가 어느 날 내게 해준 그 말을 다시 생각했다. 그리고 어머니는 절대적으로 옳았다. 모두는 스스로가 중요한 사람이라고 느껴야 했다.

나는 내가 중요하다고 느끼지 않았다. 왜냐하면 어느 면에서 나는 단 한 번도 내가 중요하다고 느낄 수 있던 적이 없었기 때문이다. 그래서 하루하루가 힘들었다.

밤중에 아직 어두울 때 나는 다시 잠에서 깨기 시작했고, 그러면 그냥 누워 내 삶에 대해 생각했다. 나는 내 삶에서 어떤 의미도 찾아낼 수 없었다. 삶은 조각조각 나를 찾아왔고, 오빠가 죽었다는 사실, 그리고 언니가 평생 나에 대해 분개해왔다는 사실이 내 영혼에 검게 얼룩진 젖은 모래땅처럼 내려앉았다. 또 나는 딸들이 어렸을 때를 생각했는데, 그것이 내게 그리 행복한 기억은 아닌 게, 나는 그저 윌리엄이 그 시기에 아주 오랫동안 나 몰래 바람을 피운 사실만 떠올릴 수 있었기 때문이다. 그리하여 그렇지 않았다면 내게 좋게 남았을 기억이 좋지 않은 기억이 되었다.

나는 내 삶의 이ㅡ마지막ㅡ시기가 내가 상상한 것과 얼마나 달라졌는지 생각했다. 브루클린에 있는 아이들의 아파트 한 곳에서 크리시와 베카와 함께, 그리고 궁극적으로는 그들의 아이들과ㅡ그리고 데이비드와!ㅡ함께 보내는 크리스마스를 상상했던 것을 떠올렸다. 하지만 이제 아이들 누구도 거기 살지 않고, 누구도 거기로 돌아갈 것 같지 않았다.

나는 메인 해안의 작은 절벽에 지어진 이 집에서 윌리엄과 함께 어떻게 내 하루하루를 보낼지, 브리짓은 여름에 어떻게 우리집에 와서 지낼지 생각했다. 어쩌면 크리스마스에 와서 지낼 수도 있겠지만, 내가 어떻게 알겠는가?

　나는 뉴욕으로 돌아가기엔 내가 너무 겁을 먹은 것이 아닌가 생각했다. 우습지만, 내가 이 폐쇄된 세상에서 어쨌거나 그것—내 공포—에 있어 더 취약해졌다고 느꼈다는 말이다.
　내가 알던 삶이 사라졌다는 느낌을 멈출 수 없었다.
　왜냐하면 사라졌기에.
　나는 그것이 사실이란 걸 알았다.

　2월 말의 어느 날, 밥과 함께 강가를 걸을 때 그것에 대한 이야기를 했다. 지독히 추운 날은 아니었고, 강은 전에 왔을 때처럼 얼어 있지는 않았다. 밥은 주머니에 두 손을 찔러넣고 걸었고, 나를 곁눈으로 쳐다보았는데, 그의 얼굴 대부분이 마스크에 가려 있었다. "무슨 뜻인가요?" 그가 물었고, 나는 내가 늘 겁에 질린 사람이었다는 것을, 지금은 만약 내가 다시 뉴욕으로 돌아갈 수 있다면, 돌아간다면 어떻게 돌아갈 것인지가 두렵다는 것을 설명하려고 애썼다. 나는 내가 더이상 젊지 않다고 말했고, 밥은 "알아요" 하고 말했다. 하지만 그러더니 그가 말했다. "스스로를 겁에 질린 사람이라고 표현하는 게 재미있네요. 나는 당신이 용감하다고 생각해요."

"농담이죠?" 내가 말했다. 나는 그를 쳐다보려고 걸음을 멈추었다.

"전혀 그렇지 않아요." 그가 말했다. "당신이 살아온 걸 생각해봐요. 당신은 정말로 힘든 환경에서 자랐고, 문제가 생긴 결혼을 떠날 수 있었고, 정말로 사람들의 마음에 와닿는 책을 썼어요. 근사한 새 남자와 결혼했고요. 미안하지만, 루시, 겁에 질린 사람들은 그렇게 하지 못해요." 그가 다시 걷기 시작했다. "하지만 당신이 뉴욕에 대해 무슨 뜻으로 그렇게 말했는지는 알아요. 마거릿은 거기를 싫어해서 나하고 같이 가는 일은 이제 없어요. 하지만 마침내 백신을 맞으면 나는 어떻게 할지 생각중이에요. 그러면 어떻게 될까요?"

그날 산책은 기억에 남을 만한 것이었다.

밥은 브루클린에서 아내 헬렌과 살고 있는 그의 형 짐에 대해 말했다. 밥이 그들에게 가보지 않은 지 일 년이 넘었는데, 짐은 최근에 1차 접종을 마쳤다. 밥이 내게 말했다. "솔직히 말해서, 루시?" 그가 담배를 피우려고 화강암 벤치에 앉았다. 그리고 담뱃갑에서 담배 한 개비를 뽑아들고 불을 붙인 뒤 담뱃갑을 다시 주머니에 넣었다. 그가 연기를 내뿜고 말했다. "짐은 내 인생의 사랑 같은 존재였어요. 그거 정말 이상하지 않아요?" 그가 나를 쳐다보았다. "그러니까, 나는 형이라는 존재를 너무 많이 사랑했는데, 그런 형이 내 마음을 아프게 한 거예요. 하지만 나는 그저 늘—모르겠어요—형은 나를 계속 타오르게 한 용광로 같은 존재였어요."

"오, 밥." 내가 말했다. "오 맙소사, 알 것 같아요."

"그러니까, 팸이 나를 떠난 뒤 나는 엉망이었어요." 그는 형과 가까이 살기 위해 엘리베이터가 없는 브루클린의 4층 건물로 이사했던 것, 짐이 그 집을 "대학원 기숙사"라고 부르며 놀렸던 것을 말해주었다. 밥은 그 당시에 술을 너무 많이 마셨던 터라 그때를 생각하고 싶지는 않다고, 그리고 자신은 마침내 맨해튼의 어퍼웨스트사이드에 있는 수위가 지키는 건물로 이사했다고 말했다. "정말로 진실을 말해줄까요?" 그가 담배를 또 한 모금 빨면서 고개를 저었다. "절대적인 진실을 말하면, 나는 팸이 영영 떠나지 않기를 바라요. 오 루시, 나는 팸이 나하고 아이를 낳을 수 있었기를 바라요. 팸이 그리워요. 팸도 여전히 나를 그리워할 거라고 생각해요."

"팸은 그리워해요." 내가 말했다. "윌리엄의 일흔번째 생일 파티에서 팸을 봤는데, 여전히 당신을 생각한다고 말했어요."

밥은 계속 고개를 저었다. "오, 그 말을 들으니 슬프네요. 나는 그녀가 잘 지내고 있다고 생각해요. 자식도 있고 모든 걸 가졌어요. 우리는 이따금 대화를 나누죠. 하지만 그건 슬픈 이야기네요, 루시. 팸과 짐 둘 다 뉴욕에 있고, 계속 거기서 살 테고, 나는 늘 여기 메인에 있겠죠."

내가 그 말을 마음으로 이해하는 동안 우리는 말없이 앉아 있었다. 오, 그가 내 마음을 찢어놓았다!

잠시 뒤 우리는 다시 이야기를 나누기 시작했다. 나는 그에게 윌리엄과 내가 마지막 순간까지 함께하게 될 것 같은데, 그것이 기쁘지만—나는 어쩐지 확신이 없다고 말했다.

밥이 눈을 찡그리고 나를 보았다. "뭐가 확신이 없어요, 루시?"

"정말로 모르겠어요." 나는 다리의 위치를 옮기고 말했다. "하지만 그는 지금 여기서 사는 걸 좋아해요. 그리고 그에겐 '누이'가 생겼고요." 나는 누이라는 말을 하면서 손가락을 들어 인용 부호 표시를 했다. "윌리엄은 그녀를 사랑하고, 그건 좋은 일이죠. 하지만 그는 지금 자기가 메인대학교에서 하고 있는 일에 대해 **정말로** 흥분해 있어요. 그리고 거기서도 그에 대해 흥분한 것 같고요. 그래서 모르겠어요—그러니까, 이 상황이 끝나면 무슨 일이 벌어질지 모르겠어요.

그가 요전날 뉴욕에 있는 자기 아파트에 대해 말을 꺼냈는데, 언제든 그가 뉴욕에 가면 내가 같이 갈 것처럼 말이죠. 하지만 나는 그에게 안 간다고, 거긴 그가 에스텔과 같이 살던 아파트고, 나는 거기서 지내지 않을 거라고 했더니—내 입장에선 충분히 납득이 되는데—그는 조금 놀란 것 같았어요."

밥이 말했다. "음, 루시." 그리고 내 눈을 똑바로 보았다. "나로 말하자면, 당신이 여기 이 타운에 머문다면 무엇보다 기쁠 거예요."

그가 내게 그렇게 말했다.

그는 내가 중요하다고 느끼게 해주었다. 밥 버지스는 지금 내게 그렇게 해줄 수 있을 것 같은 유일한 사람이었다.

2

3월 초에 여러 가지 일이 일어났다.

나는 암스 에머리 이야기를 끝냈다. 그 이야기에서 암스는 지미 왜그가 레그스에게 마약을 팔고 있다는 사실을 알아내고, 암스가 원하는 것은 오로지 지미 왜그를 찾아내는 것뿐이다.

암스는 내가 딕슨에서 강을 따라가면서 나무들 사이로 봤던 어느 버려진 오두막 옆에서 세 명의 젊은 남자를 찾아낸다. 그리고 암스가 지미를 무릎으로 밀어 경찰차에 태울 때 스펌이 달려와 그 작고 뾰족한 이로 암스의 종아리를 문다. 불같이 화가 난 암스는 스펌을 들어올려 그 강한 팔로, 그럴 의도는 없었지만, 그 꼬마의 가는 목을 부러뜨린다.

그 이야기는 미래를 살짝 보여주는 것으로 끝난다. 암스는 경찰에서 은퇴하고, 스펌이—스펌은 산소호흡기를 달고 휠체어에 앉아 있다—어머니와 단둘이 살고 있는 누추한 집으로 매일 찾아간다. 암스는 자신의 동생을 사랑했던 것처럼 스펌을 사랑하게 되고, 스펌의 뺨에 수염이 자라기 시작하면 조심스럽게 면도해주고 손톱도 깎아준다.

그날 밤 나는 책을 읽고 있던 윌리엄에게 "내 암스 에머리 이야기는 옛 대통령을 좋아하고 폭력적인 행동을 했는데도 교묘히 모면한 백인 경찰에게 동정적이야. 지금 발표하면 안 될 것 같아" 하고 말했다.

윌리엄이 고개를 들고 말했다. "음, 그게 사람들이 서로를 이해하는 데 도움이 될 수도 있지. 그냥 발표해, 루시."

나는 한동안 침묵했다. 그리고 말했다. "나는 학생들에게 받아들이기 힘든 글을 쓰라고 말하곤 했어. 무슨 뜻이냐 하면, 자신에게 편안한 수준을 벗어나려고 노력하라고, 종이 위에서 재미있는 일이 일어나는 곳은 거기라고."

윌리엄은 계속 책을 읽었다. 그가 말했다. "그 이야기를 그냥 세상에 내보내."

하지만 나는 요즘 **어떻게** 해야 할지 나 자신을—혹은 다른 사람들을—믿을 수 없다. 하지만 대체로 나 자신을 믿을 수 없었다. 많은 사람이 무엇이 옳고 무엇이 틀렸는지 이해하고 있다는 걸 나도 알고 있었다. 하지만 요즘 나 자신은 그것을 전적으로 이해할 수 없었다. 엄마! 나는 내가 만들어낸 좋은 엄마를 불렀고, 엄마는 너 스스로 알아낼 거야, 루시, 늘 그랬잖아, 하고 말했다.

나는 그 말이 사실인지 알 수 없었다.

하지만 나는 암스 에머리에 대해 큰 슬픔을 느꼈다. 나는 그를 사랑했다.

3

그리고 나는 삼 주 간격으로 두 번의 백신을 다 맞았다. 여자가 2차 접종을 위해 내 팔에 바늘을 찌를 때 나는 거의 울 뻔했다. 그리고 생각했다. 나는 자유라고. 나는 생각했다. 다시 뉴욕을 볼 수 있을 거라고.

월리엄과 나는 계획을 세웠다. 나 혼자 기차를 타고 뉴헤이븐으로 가서 크리시와 함께 하룻밤을 보내고, 거기 베카의 새 아파트에서 하룻밤을 보낸 뒤 일주일 동안 뉴욕에 가 있는 것이었다. 월리엄은 그 기간 동안 비행기를 타고 가서 에스텔과 브리짓을 만나고 그뒤에 나를 만나러 올 예정이었다. 딸들은 나를 만나러 각각 뉴욕으로 올 거라고 말해주었고, 나는 그것이 조금 이상했다. 그러니까, 아이들이 따로 온다는 게 이상했다는 말이다.

그리고 윌리엄이 거기서 나를 만나면, 딸들은 그를 보러 다시 올 예정이었다. 나는 뉴욕에 있는 에어비앤비를 예약했다—예약은 윌리엄이 대신 해주었다.

*

백신이 내 몸안에 자리를 잡을 때까지 우리가 삼 주를 기다리는 동안, 베카가 전화를 걸어와 예일대학에 입학 허가를 받았다고 말했다. 솔직히 나는 그 사실에 깜짝 놀랐다. 윌리엄은 크게 놀라지 않은 것 같았다. "우린 그애가 똑똑하단 걸 늘 알고 있었어." 그가 말했다. 그리고 그것은 사실이었다. 하지만 베카가 예일에? 로스쿨에?

베카가 덧붙였다. "크리시와 통화할 때 이걸 대단한 일처럼 말하지 마세요."

그래서 나는 그 말에 또 놀랐다. 크리시는 브루클린 로스쿨을 나왔고, 나는 아이들 사이에 경쟁의식 같은 걸 부추긴 적이 없었다. 크리시는 나이가 더 위라 어느 면에서는 대장처럼 굴었고, 그래서—어른이 되기 전에는—베카에게 지시를 내리는 편이었는데, 베카는—대체로—그걸 대수롭지 않게 받아들이는 것 같았다.

그래서 나는 크리시와 통화할 때 그 이야기는 꺼내지 않았고, 크리시도 그 이야기를 꺼내지 않는 것을 알아차렸다. 내가 괜찮냐고 물어볼 정도로 크리시의 생각은 다른 데 가 있는 것 같았다. 크리시가 말했다. "맙소사, 엄마. 제발. **당연히 괜찮죠.**"

"음, 곧 만나자." 내가 말했고, 그애는 그저 "곧 만나요." 그렇게만 대답하고 전화를 끊었다.

나는 전화를 끊은 뒤 한동안 앉아 있었다.

여덟

1

그리하여 윌리엄이 나를 보스턴에 있는 사우스역까지 차로 데려다주고 뉴헤이븐행 기차에 태워준 것은 4월 첫째 주였다. 우리가 보스턴으로 들어갈 때 내가 본 것은 거리에 주차할 공간이 있다는 것이었다. 그리고 하늘이 아주 푸르렀다. 아주 푸르렀다! "일 년 동안 차가 안 다녔으니." 윌리엄이 말했다. 그는 역에서 멀지 않은 주차장을 찾았고, 우리는 차에서 내렸다. 그가 내 작은 가방을 끌고 왔고, 도시는 햇빛 속에서, 그리고 그 하늘의 푸르름 속에서 반짝거리는 것 같았다.

하지만 기차역으로 들어가면서 나는 소스라치게 놀랐다. 전쟁이 일어난 듯한 분위기가 감돌았다. 아직 끝나지 않은 전쟁이. 조명은 아주 어두웠다. 그리고 도넛 가게만 빼고 역에 있는 모든 가게가 문을 닫았는데, 그곳에서도 커피만 팔고 있었다. 커피를 파는 여자는 어린 딸아이를 옆에 나무 궤짝 위에 앉혀놓았다. 학교는 여전히 휴교중이었다. "윌리엄." 내가 속삭였다. "알아." 그가 말했다.

경찰이 서서 지켜보고 있었다.

한쪽으로는 벤치가 있고 그 벤치 위에 홈리스들이 있었는데, 대부분 잠을 자고 있었고, 다른 사람들은 신문과 옷을 담은 봉지를 근처에 두고 그저 빤히 어딘가를 응시했다. 홈리스로 보이지 않는—내가 보기에는—어느 나이들어 보이는 여인이 벤치에서 일어나 역을 통과해 걷기 시작했다. 그녀는 예쁜 원피스를 입고 있었고, 걸으면서 뭐라고 중얼중얼 말했다. 나는 그녀가 통화를 하는 중인가보다고 생각했지만, 내 옆을 지나갈 때 보니 전화기를 들고 있지 않았다. "롤빵을 얻을 수 있는지 보려고 저기 안으로 들어갔지." 그게 내가 들은 그녀의 말이었다.

차장이 허락해주었기 때문에 윌리엄은 나를 기차 안까지

데려다주었다. 차장은 우리에게 "이 기차역에서 근무하는 사람의 구십 퍼센트가 바이러스에 감염되었어요" 하고 말했다. 그리고 덧붙였다. "하지만 저는 감염되지 않았죠. 아주 많이 조심했거든요. 집에 면역반응에 문제가 있는 아이가 있어요." 그리고 그녀는 통로를 걸어갔고, 윌리엄은 내려야 했다. 그는 내가 앉은 쪽 차창 밖에 서서 손을 흔들었다. 나는 뭔가 허무했는데, 그게 내가 그것을 설명할 수 있는 유일한 방법이다.

기차에는 다른 사람도 타고 있었다. 통로 반대쪽에 앉은 젊은 여인은 책을 읽고 있었는데, 이따금 내 쪽을 흘끗 보며 미소를 지었다. 그리고 내 몇 줄 앞에 남자 하나가 앉아 있었다. 차장은 그 남자 옆을 지나갈 때마다 그에게 말했다. "마스크를 코 위로 올려 쓰세요." 그러면 그는 늘 사과했다.

나는 앉아서 창밖을 내다보았지만, 많은 것이 느껴지지는 않았다.

그리고 기차가 마침내 뉴헤이븐으로 들어갔다.

*

처음 일어난 일은 이것이었다. 기차에서 내려 주위를 둘러보는데, 크리시가 다가오기 전까지 나는 내 딸 크리시를 알아보지 못했다.

그애는 다시 살이 쭉 빠져 있었다. 윌리엄과 내가 헤어진 뒤 그애가 아팠을 때만큼 살이 빠지지는 않았지만, 그래도 말랐다.

"안녕, 엄마." 크리시가 말했고, 우리는 서로 끌어안았다. 그리고 내가 말했다. "크리시—"

그러자 그애가 "왜요?" 하고 말했다. 그애는 꽉 끼는 청바지를 입고 있어 긴 다리가 계속 길어지는 것처럼 보였다.

"우리 딸 또 말랐구나." 내가 말했다.

"운동을 많이 해서 그래요." 그애가 한 팔을 올려 달라붙는 셔츠를 통해 작은 근육을 보여주었다.

"하지만 크리시—"

"엄마, 말하지 마요." 그애가 말했다. "제 몸무게 이야기는 하지 마요."

"베카는 어디 있니?" 내가 물었고, 크리시가 대답했다. "자기 아파트에서 엄마를 기다리고 있어요." 그래서 우리는 그리로 운전해 갔다. 크리시는 자신이 대통령이나 CEO가 된 것처럼—그 생각이 내 머리를 스쳤다—책임감에 사로잡힌 듯했고, 우리가 예일에서 멀지 않은 베카의 작은 아파트에 도착했을 때 차를 세우고 말했다. "베카는 2층에 살아요. 내일 봐요."

"내일?" 내가 말했다. "오늘밤 다 같이 저녁을 먹을 줄 알았는데."

"아니요, 혼자 만나세요. 안녕, 엄마." 그리고 그애는 차를 몰고 떠났다.

베카가 아래층으로 뛰어내려와 문을 활짝 열고 말했다. "엄마!" 그애가 팔을 내밀어 나를 끌어안고 말했다. "이제 안을 수 있어요, 엄마!" 그래서 우리는 부둥켜안았다. 오 가여운 내 사랑스러운 베카. 그애는 내 앞에서 내 작은 보라색 가방을 끌며 계단을 올라갔고, 아파트는 작지만 아기자기했다. 그애는 벽감 쪽에 침대를 두었고, 그 벽에 천을 걸고 장신구를 매달아놓았다. 귀걸이, 목걸이. 아주 그애다웠다.

"엄마는 어때요?" 그애가 그렇게 묻고, 카우치에 몸을 던진 뒤 자기 옆을 톡톡 쳤다. "전부 말해줘요."

그래서 우리는 이야기를 나누었고, 그애는 가을에 로스쿨을 다니기 시작하는 것에 아주 흥분해 있었다. 여전히 뉴욕의 사회복지사로, 여전히 집에서 일하고 있었다. 그리고 또

법학학위를 따면 그걸로 뭘 하고 싶은지 말했는데, 그애 말을 그대로 옮기면 "정계"로 들어가고 싶다고 했다. 나는 귀 기울여 들었고, 그애는 아름다워 보였다.

그리고 나는 그애의 언니에 대해 물었다. "또 살이 빠졌더라." 내가 말했다. 그러자 베카의 얼굴이 변했고, 내게서 고개를 돌리고 깊은 한숨을 쉬며 말했다. "엄마, 크리시는 힘든 길을 통과하고 있어요. 그게 제가 말할 수 있는 전부예요."

"힘든 길? 어떤 힘든 길?"

"엄마." 베카가 큰 갈색 눈으로 나를 쳐다보며 말했다. "저는 말할 수 없고, 말하지도 않을 거예요."

그뒤부터 나는 즐거운 시간을 보내기가 힘들었다. 하지만 베카는 우리가 먹을 식사를 준비했고, 끊임없이 이야기했다. 아주 베카다웠다. 베카는 나를 행복하게 해주었다.

"엄마가 내 침대에서 자요. 나는 카우치에서 자면 돼요." 그애가 말하고, 벽장에서 퀼트 이불을 꺼내 카우치에 잠자리를 만들었다. 내가 말했다. "그 자리 정말로 아늑해 보이는구나." 내가 말했다. "엄마가 거기서 자고 싶어요? 주무시고 싶은 곳에서 주무세요. 진심이에요."

그래서 나는 카우치에서 잤고, 내가 잠을 잤다는 사실이 놀라웠다—하지만 잘 수 있었던 것은 베카 덕분이었다. 그애가 정말로 세상을 아늑한 곳으로 보이게 만든 것이다. 아침에 그애가 말했다. "자, 그럼 나흘 뒤에 뉴욕에 갈게요. 그때 다시 만나요. 그리고 아빠가 오면 그때 또 가서 아빠도 만날 거고요."

크리시가 운전석에 앉아 내가 타기를 기다리는 동안 우리는 끌어안고 또 끌어안았다.

2

크리시와 마이클의 집에 들어갔을 때, 다른 사람들의 집에 들어갔을 때와 같은 반응이 일어난 것을 깨닫고 나는 깜짝 놀랐다. 그러니까 내 말은, 내가 그곳을 좋아하지 않았다는 것이다. 나는 마이클의 부모가 여기 살았을 때 이 집에 들어온 적이 두어 번 있었다. 한 번은 데이비드도 나와 같이 왔는데, 크리시가 마이클과 약혼했을 때였다. 하지만 지금 옆문으로 들어갈 때 앞서 들어가는 딸의 가는 다리를 보며 나는 마음이 울적했다.

그 집은 끔찍이 나이들어 있었다. 창문에 걸려 있는 커튼은 베이지색 바탕에 금색 띠가 직조된 것이었다. 부엌 창문을 통해 햇빛이 들어왔고, 그 빛에 냉장고와 레인지—둘 다 알루미늄으로 보였다—가 반짝반짝 빛났다. 식탁은 짙은 색 나무로 된 것이었다. 여기는 크리시의 할머니인 캐서린의 집과 다르지 않았다. 처음 캐서린의 집에 갔을 때 나는 여전히 어린아이나 다름없었고, 그 아름다움에 깜짝 놀랐다. 하지만 이 집은 그런 놀라움을 자아내지는 않았고, 나를 우울하게 했다.

마이클이 부엌으로 들어오면서 말했다. "안녕하세요, 루시. 오셔서 정말 좋아요." 그리고 우리는 서로 끌어안았다. 나는 그의 팔이 내 등에 닿는 것을 느꼈다. 그는 정말로 나를 안아주었다.

크리시와 내가 식탁에 앉아 대화를 나누는 동안 마이클이 식사를 준비했다. 크리시가 하는 이야기의 대부분은 미국시민자유연맹과 같이 일하는 것에 대해서였고, 나는 생각했다. 그애는 현실적인 이야기는 전혀 하고 있지 않다고. 그리고 그 말은, 그러니까, 자기가 어떻게 느끼는지에 대해서는 말하지 않았다는 것인데, 그렇지만 그애는 기분이 좋아 보였고, 우리 모두 짙은 색 식탁에서 같이 식사했다. 그리고 나는 크리시가 샐러드 한 접시에 레드와인 석 잔을 마신 것을 알아차렸다. 식사가 끝난 뒤 그들은 나를 데리고 2층으로 올라가 남는 방으로 안내했고, 우리는 서로 잘 자라는 인사를 나누었다.

몇 시간 뒤에 나는 크리시가 마이클에게, 그애의 목소리라고는 상상도 못해본 목소리로 이렇게 말하는 것을 들었다. "당신이 쓰레기 버리러 나가는 것조차 할 수 없다는 걸 믿을 수 없어!" 나는 수면제를 한 알 먹기 위해 물을 받으러 방에서 막 나와 욕실로 가던 참이었고, 그애는 내가 듣고 있는 것을 몰랐다. 그리고 나는 계단 맨 위에 서서, 그애가 부엌에서 마이클에게 말하는 것을 들었는데, 그애의 목소리는 끔찍이—믿을 수 없을 만큼—몹시 거칠었다. 마이클은 그저 뭐라고 중얼거리기만 했고, 곧 그릇장 문이 쾅 닫히는 소리가 들렸다. 그리고 나는 조용히 욕실로 들어갔다.

나는 혼자 생각했다. 그애에게서 그를 존중하는 마음이 모두 빠져나갔어.

하지만 아침에 그애는 나를 기차역으로 데려다주면서 얼굴 가득 미소를 띤 채 말했다. "자 이제 뉴욕을 즐기세요. 이틀 뒤에 거기서 만나요!"

마이클은 종종 그러듯, 그저 문간에서 조용히 작별인사를 했다. 그는 내가 도착했을 때만큼 나를 힘껏 안아주지는 않았다.

기차를 타고 도시로 들어가는 길은 끝이 없는 듯 보였다. 나는 크리시에 대한 생각을 멈출 수 없었다. 나는 생각했다. 이 아이는 마흔 살이고, 정말로 비쩍 마르고 아프면 죽을 수도 있겠구나. 나는 생각했다. 이 아이의 결혼생활이 뭔가 잘못됐다고.

*

날은 화창했고, 기차가 뉴욕에 점점 가까워지면서, 기차 차창 밖을 내다보고 빌딩이 점점 많아지는 것—사람도 많아졌는데, 그들은 종종 열차 선로를 내다보는 작은 테라스에 앉아 있었다—을 보면서, 나는 아주 조금—하지만 진짜로—흥분을 느꼈다. 이 모든 것에서 나는 거의 행복감을 느꼈다.

하지만 우리가 도시로 들어갈 때 내가 한때 살았던 건물이 멀리 보였다. 그리고 나는 아무것도 느껴지지 않았다. 그랜드센트럴역에서 내릴 때도 계속 그랬는데, 역 자체도 내게는 묘하게 텅 빈 것처럼 느껴졌다. 단지 몇 명만 그 안을 지나갈 뿐 그 안의 모든 가게는 닫혀 있었다. 그리고 아마 없을 거라고 예상은 했지만, 택시가 정말로 한 대도 없었다. 그래서 나는 기차역 뒤로 돌아갔고, 그쪽에 택시가 한 대 있어 그가 나를 내가 지낼 곳으로 데려다주었다.

텅 빔이 내 안에 들어왔다.

3

에어비앤비는 미드타운*에 있었고, 창문에는 레이스 커튼이 달려 있었다. 브라운스톤 건물의 1층이었다. 나는 일찍이 브루클린에서 지낼 때 브라운스톤 건물에서 살았는데, 안에서는 바깥이 많이 보이지 않는다는 사실을 잊고 있었다. 하지만 이 커튼 때문에 내가 관 안에 있는 듯한 느낌이 들었다. 맨해튼으로 이사한 뒤에 나는 늘 빌딩의 높은 층에 살았고, 늘 도시의 일부가 바라보이는 곳이었다. 그래서 나는 방 두 개를 지나면서 기분이 더욱 이상해졌다. 윌리엄이 내게 전화

---
* 상업지구와 주택지구의 중간지대를 말한다.

를 걸어왔을 때 나는 내 기분을 설명할 수 없었다. 하지만 내가 크리시에 대해 말하자 그의 목소리가 갑자기 낮아지며 "오 맙소사, 루시" 하고 말했다.

커튼을 둘러친 작은 원형 샤워실이 있었는데, 나는 샤워를 하다가 쓰러질 것 같다고 생각했다. 그 정도로 정신을 차릴 수 없었다.

이틀 동안 나는 도시를 통과해 걸었다. 나는 친구 누구에게도 내가 여기 온다는 말을 하지 않았고, 그들을 놀라게 해준 뒤 만나러 가겠다고 생각했지만, 지금은 누구도 내가 여기 온 걸 모르는 게 다행이었다. 나는 그들에게 그들이 당연히 받아야 할 관심을 줄 수 있을 것 같지 않았다. 그리고 길에 택시가 거의 없는 것을 알아차렸다. 렉싱턴 애비뉴 구역을 통째로 차지하고 줄줄이 서 있던 옷가게들은 문을 닫았고, 어떤 곳은 창문 안쪽으로 붙여놓은 하얀 종이가 떨어지려 하고 있었다.

나는 신호등을 무시하고 파크 애비뉴를 건넜다. 거리에는 그만큼 차가 없었다.

나는 센트럴파크에 앉아 꽃나무들과 이미 싹을 틔운 잎들을 보았다. 그리고 사람들이 지나가는 것을 보았는데, 사람들은 많았다. 하지만 아무것도 느껴지지 않았다.

나는 월요일 아침 아홉시에 그랜드센트럴역으로 다시 갔다. 그리고 발코니에 서서 아래를 내려다보았는데, 그 넓은 역 안을 남자 한 명만 걸어가고 있었다. 그의 위로는 별자리가 그려진 커다란 천장이 있었다.

오후에 나는 향수를 사러 블루밍데일에 갔다—늘 사용하는 특정한 향이 있었다. 그래서 온갖 화장품을 파는 매장이 모여 있는 1층으로 갔다. 비행기에 탈 때 가져갈 수 있게 작은 병으로 샀는데—우리는 비행기를 타고 돌아갈 예정이었다—점원이 뭔가를 팔려고 애쓰지 않는다는 것을 알아차렸다. 그 태도는 평소와 달랐는데, 대체로 그들은 "새로 나이트크림이 나왔는데, **정말로** 한번 써보지 않으시겠어요?"라고 말하거나 그 비슷한 말을 하기 때문이었다. 하지만 점원은 서둘러 향수를 팔더니 곧바로 오, 여기 있습니다, 하고 말했다. 그러고는 대체로 돈을 충분히 써야 받을 수 있는 작은 화장품 샘플이 담긴 가방을 건넸는데, 내 향수는 그걸 받을 만큼은 아니었다. 하지만 그녀는 그 가방을 떠밀듯이 건넸고, 나는 고맙다고 말했다. 그녀는 "뭘요" 하고 말했다.

그리고 나는 백화점에서 빠져나가는 길을 찾을 수가 없었다. 넓은 화장품 매장을 계속 헤맸는데, 한 방향으로 가면서 여기가 아니야, 하고 생각했고, 다시 돌아 반대 방향으로 가면서 아니, 여기도 아니야, 하고 생각했다. 마침내 한 남자 점원이 검은 마스크를 쓴 채 내게 다가와 도와드릴까요? 하고 물었다. 그래서 나는 백화점에서 나가고 싶어요, 하고 말했다. 그러자 그가 나를 공손히 밖으로 안내했다.

*

그날 밤 에어비앤비에 잠들지 않은 채로 누워, 나는 지금 나처럼 이런 방에서 팬데믹을 견뎌낸 사람들—늙었거나 젊었거나—을 생각했다. 혼자서.

4

센트럴파크로 크리시를 만나러 갔다. 우리는 오리 연못에
서 만나기로 했고, 내가 도착했을 때 크리시는 이미 와 있었
다. 그애가 손을 흔들었는데, 선글라스를 쓰고 있었다. "안
녕, 딸." 내가 벤치 위 크리시 옆에 앉으면서 말했다. 그러자
그애가 "안녕, 엄마. 잠시만. 잠깐만요" 하고 말했다. 그러고
는 누군가에게 문자를 보낸 뒤 나를 쳐다보고 말했다. "엄마
가 보기에 지금 뉴욕은 어떤 것 같아요?"

"오, 낯설지." 내가 말했다.

"그래요? 어떻게요?"

내 아이가 정말로 뭔가 잘못돼 있었다.

쉰 살쯤 되어 보이는 한 여인이 오리 연못 주변을 계속 빠
르게 돌고 있었다. 그녀는 휴대전화로 통화를 하는 중이었는
데, 이탈리아어로 말하고 있었다. 진녹색 운동복 하의에 같
은 색 운동복 재킷 차림으로, 돌고 또 돌았다. 밝은 오렌지색
마스크를 턱 아래로 내려 쓰고 있었다.

우리가 벤치에 앉아 있을 때 크리시는 계속 전화기만 쳐다

봤다. 어느 시점에 그애가 말했다. "엄마, 미안해요. 답장을 해줘야 해서요." 그리고 빠른 속도로 뭔가를 썼고, 마침내 전화기를 치웠다. 그애는 아주 약간만 긴장을 푼 듯 보였다.

그리고 나는 환시를 보았다. 크리시가 다른 남자를 만나고 있었다. 아니면 막 그러려는 참이었다.

그애가 이야기를 하는 동안 나는 앞을 똑바로 보고 있었다. 그애는 업무에 대해, 뭔가 기관이 겪고 있는 내부 문제에 대해 말했는데, 그애가 하는 일은 더없이 안전했다. 그저 그 사람들이 서로를 뒤쫓는 것을 지켜보는 게 흥미로울 뿐이었다. 그애는 뭔가 그런 이야기를 하고 있었다.

그래서 내가 말했다. "크리시, 그러지 마."

그리고 고개를 돌려 그애를 보았는데, 그러자 그애는 선글라스를 벗더니 내 눈을 똑바로 보았다. 눈이 개암나무 색이었다. 내가 그애를 그렇게 강렬히 바라본 적도, 그애가 나를 그렇게 바라본 적도 없었던 것 같았다. "뭘 하지 마요?" 그애가 마침내 말했다.

그래서 내가 말했다. "바람피우지 마."

그러자 그애가 계속 나를 바라보았고, 마스크 위로 눈빛이 더 단호해졌다. 내게는 그렇게 느껴졌다. 그애는 시선을 돌리지 않았다. 그리고 마이클에 대해 불평하기 시작했다. 그애가 말했다. "엄마는 마이클이 정말로 어떤 사람인지 전혀 몰라요. 한 번도 알았던 적이 없어요. 엄마는 마이클이 어떤 일을 해서 돈을 버는지 알고 있죠? 다른 사람들의 돈을 관리해요—그게 얼마나 의미 있는 일이죠?"

"아주 의미 있지," 내가 말했다. "돈이 있는 사람들에게는."

그애는 더 화가 났다. "좋아요. 그럼 이 세상에는 돈이 없는 수백만 수천만 명의 사람들이 있겠죠. 그들에게 그게 얼마나 의미 있는 일인지 물어보세요."

"하지만 그건 네가 그와 결혼할 때 이미 알았던 사실이었어."

그애가 입을 열었다가 닫았다. 나는 그 순간 누군가가 바람을 피울 때 그 배우자는 악마가 된다는 것을 깨달았다. 그런 식이다.

하지만 크리시가 내게 이 말을 했을 때 나는 거의 죽을 것 같았다.

크리시가 말하기 시작했는데, 목소리가 떨렸다. "엄마가 아빠와 다시 합치기로 했다는 말을 했을 때 내 기분이 얼마나 뒤죽박죽이었는지 엄마는 전혀 모르죠. 엄마는 그 말을, 그저 아무것도 아닌 것처럼 했어요! 그냥 해맑게요—엄마는 이해가 안 되겠죠, 그렇죠? 엄마는 그 말을, 그 모든 시간이 흐른 뒤에, 오, 그런데 아빠하고 다시 합쳤어, 두 분이 겪은 **엿같은** 그 모든 일이—우리에게도 **영향을 미쳤다**는 말은 해야 겠는데!—개같은 그 모든 일이 갑자기 큰일이 아니게 된 것처럼, 그렇게 말했다고요. 그리고—" 그애가 어깨를 과장되게 으쓱했고 두 팔을 살짝 들어올렸는데, 그건 정말로 화가 났다는 표시였다. "그냥 오, 우리 다시 합쳤어, 그렇게요."

우리는 한참을 말없이 앉아 있었다.

"또 유산했니?" 내가 마침내 물었다.

크리시가 말했다. "누구한테 들었어요? 베카예요?"

"누구도 아무 말 하지 않았어. 그냥 묻는 거야."

크리시가 다시 선글라스를 끼고 가느다란 두 다리를 앞으로 쭉 뻗었다. 가슴 앞으로 팔짱을 낀 채였다. "네, 맞아요." 그애가 말했다. "1월 중순에요."

"오, 크리시." 나는 손을 그애의 다리에 얹었고, 그애는 반응하지 않았다. 우리는 한동안 그렇게 햇볕 속에 앉아 있었다. 그리고 나는 조용히 말했다. "크리시, 이건 상실에 관한 거야. 너는 세 번 유산했고, 화가 나 있어. 그건 정말로 이해할 수 있어. 하지만 그것 때문에 네 결혼을 망치진 마. 부탁이야, 크리시. 제발 그러지 마."

그애가 조용히 말했다. "음, 엄마는 그렇게 했죠. 엄마에게
딴 남자가 생겼고, 그래서 아빠와의 결혼을 끝내기로 한 거
라고 말했잖아요."

"맞아." 내가 말했다. "그리고 나는 이제 우리 두 사람 다
바람은 피우지 않았더라면 좋았을 거라고 생각해."

그애가 선글라스를 쓴 눈으로 나를 똑바로 보았다. 그애는
무척 화가 나 있었다. 그리고 말했다. "엄마는 남편의 지극한
사랑을 받았어요. 데이비드는 엄마를 지극히 **사랑했죠**. 그는
엄마를 지극히 **사랑했다고요**! 그런데 이제 엄마는, 그를 만나
지 않았더라면 좋았을 거라고 말하는 거예요? 그게 얼마나
웃기는 소리예요?"

나는 천천히 고개를 가로저었다. 그애의 비난에 대해 할말
이 없었다.

마침내 내가 말했다. "결혼한 남자니?"

그러자 크리시가 말했다. "엄마, 도대체 어디서 살았어요?
그 사람이 남자인지는 어떻게 알아요? 여자일 수도 있고, 생
물학적 성에 일치하지 않는 사람일 수도 있잖아요."

내가 말했다. "**여자니**?"

그애는 화난 눈빛으로 나를 바라보고 말했다. "아니요, 남

자예요. 저는 그냥 엄마가 지난 몇 년 동안 도대체 어디서 살았는지 묻는 거예요. 우리는 더이상 그런 **가정**은 하지 않아요."

그래서 내가 말했다. "어린아이가 있어?" 그러자 그애는 아무 말 하지 않았다. "오, 크리시." 내가 말했다. "정말 미안해, 아가. 세상에, 미안해."

잠시 뒤에 그애가 나를 돌아보며 말했다. "그래요, 진실은 아직 우리가 그건 하지 않았다는 거죠. 그래서 뭐 어쨌다고요. 우린 그냥 서로 멀어질 수 없었던 거고, 지금 해결하려는 중이에요. 사실 내일 그를 만나요."

나는 그애를 보고 말했다. "솔직히 말하면, 크리시? 지금 토할 것 같구나. 그 일 때문에 토할 것 같아."

그애가 말했다. "항상 엄마만 중요한 건 아니잖아요."

긴 침묵이 흐른 뒤 내가 말했다. "크리시, 이 문제로 심리치료사를 만나볼 필요가 있을 것 같아. 어때?"

잠시 뒤 그애가 고개를 저어 싫다는 표시를 했다.

빠르게—그리고 뜻밖에—나는 아버지가 돌아가시고, 그에 대해 꾼 마지막 꿈이 기억났다. 꿈속에서 나는 그에게 "괜찮아요, 아빠. 이제 제가 트럭을 몰 수 있어요" 하고 말했다.

왜냐하면, 신기하게도, 그토록 오래 제대로가 아닌 것 같았던 내 머리가 아주 맑아지고 있는 것을 느꼈기 때문이었다.

나는 고개를 돌려 크리시를 마주보았다. "내 말 잘 들어." 내가 말했다. "내가 하는 말을 한마디도 빼놓지 말고 잘 들어. 그리고 선글라스를 벗어. 네 얼굴을 봐야겠어."

그애가 선글라스를 벗었다. 하지만 나를 쳐다보지는 않았다. "네 아빠가 그렇게 바람을 피우지 않았다면 나는 결코 네 아빠를 떠나지 않았을 거야. 나는 내가 그런 사람인 걸 알아. 그가 다른 여자들과 그렇게 하지 않았다면 나도 딴 남자를 만나는 일은 절대 없었을 거야. 그러니 먼저 그것부터 말해두고. 두번째는, 내가 이게 상실에 관한 문제란 걸 안다는 거야. 왜냐하면 내가 구역질나는 그 작은 바람을 피웠을 때— 그건 **구역질나는** 일이었어—나는 어머니를, 그리고 이어서 아버지를 잃었었어. 그리고 그다음해에 너는 여길 떠나 대학에 갔고. 베카는 떠날 준비를 하고 있었어. 심리치료사가 말했어, 루시, 이건 **상실**에 관한 문제예요, 그렇게 말했어. 너는 아기를 셋 잃었고, 이제 내가 아빠와 다시 합치니까 엄마를 잃었다고 생각하는 거야."

그러자 크리시가 고개를 돌려 나를 쳐다보았다. 나를 흥미롭게 쳐다보았다.

"그리고 한 가지 더 말해주면, 내가 그 남자를 만났을 때—내가 네 아빠와 더이상 같이 살 수 없다는 걸 깨닫게 해준 그 다른 남자 말이야—우리는 작가 콘퍼런스에 같이 참석했어. 그런데 그가 내게 다가와 내가 아주 특별한 사람이라고 느끼게 해줬어. 그가 그렇게 해준 거야. 돌이켜 생각하면 아주 단순하지. 그는 그저 내게 관심을 쏟아부었고, 내가 특별하지 않다고 느낄 때 내가 아주 특별하다고 느끼게 해주었으니까."

"엄마는 스스로 특별하다고 느끼는 사람이 결코 아니고요." 크리시가 조용히 말했는데, 비열하게 말한 건 아니었다고, 나는 생각했다.

"맞아, 그래. 하지만 그때 나는 내 모든 상실을 생각하면서 유독 특별하지 않다고 느끼고 있었어. 그리고 그는 내게 큰 관심을 보여줬고. 그리고 그때가 이메일이 막 시작된 시점이라 그는 내게 매일 이메일을 보내며 매달렸고, 나는 매일 답장했어. 안 된다고. 그러다 어느 순간 그 일이 시작됐어.

어느 날 몇 년 전에 만난 한 여자와 저녁을 먹으러 갔어. 그녀는 내가 아는 가장 슬픈 여자 중 하나였어. 남자친구든 여자친구든 있어본 적이 없었어. 누가 알겠냐마는, 만약 있었다면 내게 이야기했을 거야. 그녀는 슬픔에 빠져 있었어, 크리시, 뭔가 근본적인 차원에서 상처를 입고 있었어. 그녀는 하루도 심리치료를 받아본 적이 없었고, 그저 세무사로 자기 삶을 살아갈 뿐이었는데, 그날 밤 우리는 같이 밖에서 저녁을 먹었지. 그리고 나는 그녀가 알코올중독자일지도 모른다는 걸 깨달았어. 그녀는 그날 밤에 적어도 와인을 한 병은 마셨을 거야. 마티니로 시작해서, 그리고―너 듣고 있니?"

하지만 나는 그애가 듣고 있는 것을 알 수 있었다. 그애는 정말로 진지한 표정을 하고서 나를 바라보고 있었다. 그리고 고개를 끄덕였다.

"그리고 그녀는 디저트로 특별하게 만든, 찍어 먹을 수 있는 초콜릿소스가 곁들여 나오는 도넛을 주문했어. 그녀가 그 작은 도넛을 초콜릿소스에 찍어 먹는 것을 지켜보면서 내게 어떤 감정이 일어났는데―공포였던 것 같아. 내가 그런 깊은 외로움 속에 있었기 때문일 거야. 그래서 나는 생각했어. 그래, 그 남자를 만나야겠다고.

그래서 집으로 돌아가서 그래요, 하고 써보냈어. 그는 아주 기뻐했지. 그래서 그렇게 된 거였어."

크리시가 얼굴을 돌려 연못을 내다보았고, 깊은 한숨을 내

쉬었다.

"하지만 내가 늘 생각한 건, 그날 밤 그 슬픈 여자와 저녁을 같이 먹지 않았다면 나는 그에게 넘어가지 않았을 거라는 거지. 그리고 이제 네가 데이비드에 대해 물으니 하는 말인데, 그래 맞아, 데이비드는 나를 지극히 사랑했어. 나도 그를 지극히 사랑했고. 하지만 그게 그만한 가치가 있었을까? 그걸 판단하는 건 불가능해, 크리시. 하지만 너는 트레이가 베카에게 준 고통을 봤고—"

"나는 그애가 원하지 않는 결혼을 끝낸 거라고 알고 있어요." 크리시가 다시 나를 돌아보며 말했다.

나는 그것에 대해 생각했다. "그래." 내가 말했다. "하지만 그애가 결혼한 건 반발심에서였어. 너는 아니었고." 내가 덧붙였다. "그애의 결혼생활은 너와 마이클의 결혼생활과는 달랐어. 네가 서로 아는 친구들을 통해 마이클을 만났을 때 너는 대번에 그에게 빠져들었지. 크리시, 그건 누가 봐도 알 수 있었어. 그리고 너희는 같이 웃었고. 네 결혼식 날을 생각해봐. 건배사를 한 남자가 너희 둘이 어딘가 복도에서 웃고 또 웃는 소리가 들렸다고 말한 거 기억나니?"

나는 눈을 찡그리고 오리 연못을 바라보며 잠시 기다렸고, 다시 그애를 돌아보았다. "마이클에게 이 일에 대해 무슨 말한 거 있니?"

그애가 고개를 재빠르게 가로저었다.

"하지만 너희가 잘 지내고 있지 않다는 건 분명하구나. 네가 다른 사람과 같이 있고 싶어하니 말이야. 아니면 그렇다고 생각하거나. 그러니 내 말을 좀더 들어봐, 크리시. 이건 중요해. 이 사실을 마이클에게 알리지 마. 네가 어떻게 할지 결정을 내리되 다른 사람에게 끌린다는 걸 마이클에게 말할 필요는 없어. 그도 눈치를 채고 수치스러워하고 있겠지만, 지금 자기가 하는 일은 뭐든 네가 끔찍이 싫어하니 어떻게 해야 할지 모를 거야. 네가 이 결혼을 끝내고 싶으면, 그냥 끝내. 하지만 그러고 싶지 않으면, 남편에게 좀더 마음을 열려고 애써봐."

그 말을 하자마자, 나는 그애가 그럴 수 없다는 것을 깨달았다. 그래서 말했다. "하지만 너는 그럴 수 없을 것 같구나. 지금은 그를 원하지 않기 때문에 그에게 마음을 열 수 없겠지."

크리시가 나를 빤히 쳐다보고 있다가 시선을 돌렸다. 나는 그애의 옆얼굴을 바라보았고, 그애는 더이상 화난 것 같지는 않았다. 그애의 얼굴에 약해진 마음이 드러났다는 것, 그게 내가 말하려는 것이다.

나는 내 손을 그애 팔에 올렸다. 잠시 뒤 그애가 내 손에 자기 손을 잠시 올렸고, 나를 쳐다보는 그애의 눈에는 눈물이 어려 있었다. 눈물방울이 얼굴 위로 흘러내리기 시작했다. 그애가 손등으로 눈물을 닦았다. "오, 아가." 내가 말했다. "아가, 아가, 아가."

나는 그애가 더 많이 우는지 보려고 기다렸는데, 그애는—잠시—그렇게 울다가 곧 멈추었다.

"그래요, 듣고 있어요." 그렇게 말하고, 그애는 일어섰다.

그리고 곧 그애가 흐느끼기 시작했다—오, 그 아이는 울었다! 그리고 다시 앉았다. 나는 두 팔로 그애를 안아주었고, 그애는 가만히 있었다. 우리는 거기 아주 오랫동안 앉아 있었고, 그애는 울고 울고 또 울었다. 나는 계속 아이를 감싸안고 있었고, 이따금 내 턱밑을 파고든 아이의 머리에 입을 맞췄다.

이탈리아어를 하는 그 여자가 다시 우리 앞을 지나갔다.

5

나는 그날 밤 윌리엄에게 그 대화에 대해 몹시 말하고 싶었지만, 말하지 않았다. 그는 이틀 밤 동안 에스텔과 브리짓과 함께 라치몬트에서 지내기로 되어 있어 방금 그곳에 도착했고, 그러고 나서 그의 아파트로, 이곳을 떠난 뒤 처음으로 다시 가볼 예정이었다. 나는 목소리에서 그가 이 일에 얼마나 사로잡혀 있는지 알아차렸기에, 이렇게 생각했다. 그가 여기 오면 말해야겠다고.

*

나는 레이스 커튼이 가까이 달린 침대 위에 누웠다. 하지만 내가 생각할 수 있는 것은 오로지 크리시뿐이었다.

오, 내 아이!

더이상 아이가 아닌—

*

나는 윌리엄의 불륜에 대해 생각했고, 그 일에서 깨달은 것에 대해 말을 하려고 한다.

그 일은 나를 겸손하게 했다. 믿을 수 없을 정도로 겸손하게 했다. 내 무릎을 꿇렸다. 그리고 내가 겸손해진 것은, 그런 일이 내 인생에서 일어날 수 있다는 것을 몰랐기 때문이었다. 나는 그때 이런 일이 다른 여자들에게도 일어났다는 것을 생각했다. 그 기간에 어느 파티에 간 것이 기억나는데, 거기서 두 여자가 남편이 바람을 피운 어느 여자에 대해 이야기하는 것을 들었다. 그리고 내가 기억하는 건—**그것이 내 마음을 검게 태웠다**—두 여자가 이런 식으로 말했다는 것이다. 오, 어쩜, 어떻게 아내가 모를 수 있지?

그런데 그때 그 일이 내게 일어난 것이다.

내가 그것과 아주 비슷한 삶, 솔직하지 못한 삶을 살고 있다는 것을 깨달았을 때, 그 사실이 나를 허물어뜨렸다. 하지만 나는 종종 그 일이 나를 더 괜찮은 사람으로 만들어주었다고 생각했다. 정말로 그렇게 생각한다. 정말로 겸손해지면 그렇게 될 수 있다. 나는 살면서 그 사실을 알게 되었다. 더 성장하거나 더 비통해지거나, 이것이 내가 생각하는 것이다. 그리고 그 고통의 결과로 나는 더 성장했다. 왜냐하면 그때 나는 아내는 그런 사실을 모를 수 있다는 것을 알게 되었기 때문이다. 그 일이 일어났고, 그 일은 내게 일어났다.

내가 바람을 피울 거란 생각을 해본 적이 없었기 때문에, 나는 윌리엄도 그럴 거라고 생각했다.

나는 나 자신처럼 생각하고 있었던 것이다.

거기, 가까운 창문에 레이스 커튼이 달린 침대에 누워, 나는 그것이 데이비드와 나 사이에 사적인 농담 같은 것이 되어버린 것을 생각했다. 자신처럼 생각한다는 그 말. 예컨대 어느 밤 데이비드가 필하모닉 지휘자가 새 바이올리니스트를 내보낸 이유를 궁금해하면, 내가 "당신은 지금 꼭 당신처럼 생각하고 있어" 하고 말하는 것이다. 그러면 그가 웃으며 동의한다. "그의 머릿속으로 들어가면 아마 이해될걸." 내가 말하면, 데이비드는 그 남자의 머릿속으로 들어가고 싶지 않다고 말하는 것이다.

모두가 꼭 자신처럼 생각한다는 것, 그것이 내 요점이다.

그리고 침대에서 돌아누우면서, 나는 데이비드가 나를 지극히 사랑했다고 한 크리시의 말에 대해 생각했다. 그애 말이 맞았다, 그는 나를 지극히 사랑했다.

내가 정말로 그걸 포기할 수 있었을까?

이 시점에는 그것이 중요하지 않았다. 내 삶이 그런 식으로 펼쳐졌다는 것이.

그리고 그애의 삶 역시 어떤 식으로 펼쳐지든 그렇게 펼쳐질 것이다.

*

다음날 내 머릿속은 여전히 맑았다. 나는 나 자신에게 말했다. 그 일에 대해 네가 할 수 있는 건 없어. (하지만 솔직히 나는 내 아이가 어떻게 될지 몹시 걱정스러웠다.)

나는 도시의 거리거리를 돌아다녔고, 사람들이 보도에서 내 앞을 지나가며 "오, 미안합니다" 혹은 "죄송합니다" 하고 말하는 것을 알아차렸다. 그런 일이 여러 번 있었다. 델리 가게에서 내 점심 샌드위치를 만들어준 남자는 내게 정말로 좋은 하루를 보내라고 말해주었다. "정말로 좋은 하루요, 알겠죠?" 그리고 내게 샌드위치를 건네며 웃었다.

문을 연 많은 가게의 문에 '우리는 이 일에서 모두 함께입

니다'라는 글귀가 붙어 있었다.

*

윌리엄이 전화를 걸어 에스텔과 브리짓이 곧 뉴욕으로 돌
아올 거라고 말했다. 에스텔이 백신 접종을 마쳐서 그들은
이제 괜찮을 것 같다는 것이었다. 하지만 그의 목소리가 엄
숙하게 들려 나는 기다렸고, 그는 말했다. "지금 그 집에서
나와 밖에서 전화하는 거야. 내일 내 아파트로 갈 텐데, 그게
두려워, 루시."

나는 여전히 그에게 크리시에 대해 말하고 싶었지만, 그가
브리짓과 같이 있는 동안에 그것에 대해 생각하는 게 싫어
말하지 않았다.

"브리짓은 어때?" 내가 물었고, 그가 더 가벼워진 목소리
로 말했다. "잘 있지. 그애를 만날 수 있다는 게 정말 좋아."

그는 이틀 뒤에 도시로 가면 연구실에 갔다가 바라건대 몇
사람을 만나고 은퇴 서류를 준비하고, 마지막으로 실험실에
가볼 생각이라고 말했고, 나는 그것이 그를 슬프게 한다는
것을 이해했다. 그래서 그런 이유로, 나는 그에게 크리시가
바람을 피우게 될 것 같은 남자와 만나고 있다―아마, 우리

가 대화를 나누고 있는 지금─는 말은 하지 않았다. 그저 그에게 내가 내일 베카를 만나고, 두 딸이 며칠 뒤에 다시 와서 나와 같이 그를 만날 거라고 다시 말해주었을 뿐이었다.

"알았어, 루시." 그는 전화를 끊을 때, 데이비드가 늘 그러던 것처럼 사랑한다고 말하지 않았다. 하지만 윌리엄은 데이비드가 아니었다. 나는 그만큼 알았다. 그러니 그는 그래야 할 필요가 없었다. 나도 그만큼은 알았다.

*

그날 밤 잠자리에 누울 준비를 하는데 크리시에게서 문자가 왔다. 이렇게 적혀 있었다. 내일 엄마를 다시 만나러 베카하고 같이 뉴욕에 갈 거예요.

나는 답장했다. 기뻐.

*

그리고 그애들이 왔다. 내 어여쁜 딸들이. 내 두 딸이 오리연못 옆에 있었다. 하지만 뉴욕이 정말로 내 것이었던 적이 없는 만큼, 그애들도 정말로 단연코 내 것이 아니라고, 나는 그애들을 향해 걸어가면서 생각했다. 그 두 가지 생각이 내 머릿속을 스쳤다. 내가 작은 언덕을 걸어내려갈 때 크리시와 베카가 두 손을 다 들고 흔들었다. 햇살이 다시 비쳤지만, 구름이 이쪽으로 이동하고 있었다. 두 딸 모두 선글라스를 쓰고 있지 않아, 나는 아이들에게 걸어가면서 내 선글라스를 코트 주머니 안에 넣었다. 내가 두 아이를 끌어안은 다음, 아이들은 내가 중간에 앉을 수 있게 자리를 비워주었다. 크리시는 뚜껑이 있는 큰 종이컵—커피 같았다—을 들고 있었다. 그리고 한 모금 마셨다. 내가 보기에, 고단한 것 같았다.

나는 기다렸다.

크리시가 말했다. "그래요, 그냥 알고 계시라고 말씀드리는 건데요. 뭐, 그리고 베카는 이 이야기를 전부 알고 있어요." 크리시가 앉은 자세를 더 똑바로 하고 나를 쳐다보았다. "어제 그 남자를 만나러 갔어요."

"그리고?" 내가 잠시 뒤에 물었다.

"그리고, 엄마, 그가 내게 뭔가 아주 큰 잘못을 했어요." 크리시가 머리카락에 손가락을 넣고 쓸어내렸다. "내가 이 힘든 관계를 유지하고 싶은지 잘 모르겠다고 하니까 그가 내게 화를 아주 많이 냈어요. 엄마! 그는 **정말로** 화를 냈어요. 엄마. **정말로, 정말로** 화를 냈어요. 그러는 게—솔직히?—무서윘어요. 그래서 생각했죠, 맙소사!"

그애가 나를 쳐다보았고, 입이 조금 벌어지고 눈은 휘둥그레져 있었다.

내가 말했다. "그럼 그걸로 끝이니?"

"오 세상에, 네, 그걸로 끝이에요." 그애가 뒤로 기대앉았다.

나는 베카를 돌아보았고, 그애는 그저 나를 보며 눈썹만 치켰다.

크리시가 말했다. "그리고 나는 집으로 돌아왔어요. 마이클과 긴 대화를 나눴고, 임신 때문에 내가 바보같이 굴었다고, 정말 미안하다고 말했어요. 그는 꽤 다정한 편이었어요. 머뭇거리는 듯했지만, 다정했어요." 그 순간 크리시의 눈에 눈물이 차올랐다. 내가 크리시를 바라볼 때 베카의 손이 내 무릎을 살짝 잡는 것이 느껴졌다.

나는 크리시의 결혼생활에 어떤 일이 있었는지 전혀 모른다는 걸 깨달았다.

크리시가 말했다. "내가 나이를 먹어서 그래요, 엄마. 그리고 의사는 그냥 관심이 없어요. 그는 **관심**이 없어요. 그런데 그는 전문가여야 하잖아요."

"그럼 새 의사를 찾아보자. 뉴욕에는 의사가 수두룩해."

그애가 말했다. "의사가 프로게스테론 같은 주사를 그냥 놔버릴지도 몰라서 그게 겁나요. 그러면 나중에 암 발병 확률이 높아져요. 온라인으로 찾아봤어요."

"온라인." 내가 말했다. "너는 네 의학 정보를 온라인에서 얻는구나. 음, 거기 있는 말이 사실일 수도 있지. 아닐 수도 있고. 하지만 우리는 너를 위해 새로운 의사를 찾아볼 거야. 아빠가 아는 사람이 있겠지. 그쪽 사람들을 아니까. 자, 기운 내자, 크리시. 정말이지, 아직 끝난 게 아니잖아."

"모르겠어요……." 그녀가 말했다.

"음, 우리가 찾아낼 거야."

그애가 잠시 내 손을 잡았다가 손을 뗄 때 내가 그애 손을 잡았다. 그애는 가만히 있었다. 우리는 손을 잡고 햇볕 속에 앉아 있었다.

잠시 뒤에 베카가 내게 물었다. "엄마, 그럼 엄마는 앞으로 평생을 거기 메인에 있는 절벽 위에서 보낼 생각이에요?"

"알아." 내가 그애 쪽으로 얼굴을 돌리며 말했다. "네가 뭘 묻는 건지 정확히 알아. 나도 그게 궁금하니까."

베카가 말했다. "음, 그 집은 예쁘죠. 그러니까, 더 나쁠 수도 있었어요."

"오, 세상에, 훨씬 나쁠 수 있었지." 내가 말했다. 그리고 말했다. "네 아빠는 새 가족과 온갖 기생충과 감자가 있어서 거길 사랑해─"

"알아요." 크리시가 끼어들었다. "아빠는 요즘 전화를 걸면 맨날 그 이야기만 해요."

나는 오 세상에, 윌리엄, 하고 생각했다. 하지만 계속 말했다. "그러니까 네 아빠는 거기서 행복해. 나는 친구들을 좀 사귀었고. 밥 버지스가 그중 한 명이야. 그는 지금까지 내 최고의 친구 중 하나야." 내가 그에 대해 간단히 묘사했다. 그의 사랑스럽고 큰 체구, 그리고 헐렁한 청바지까지.

그러자 크리시가 나를 쳐다보았고, 거의 장난스럽게 웃었다. "그 사람하고 바람을 피우려고요, 엄마?"

"아니." 내가 진지하게 말했다. "그는 목사와 결혼했어. 좋은 여자인데, 내 생각엔 그가 그녀를 조금 두려워하는 것 같아─"

"왜요?" 이번에는 베카가 끼어들었다.

"음. 그녀가 옆에 없을 때 몰래 담배를 피우거든."

크리시가 그 말에 정말로 웃었다. 그러자 베카가 "잠깐─ 그분 나이가 어떻게 돼요?" 하고 물었다.

"오, 내 나이 정도 되는 것 같아."

"그런데 아내 등뒤에서 몰래 담배를 피운다고요?"

"그래." 내가 말했다.

"엄마, 그거 이상한 거예요."

"음," 내가 말했다. "알겠지만, 우리 모두 스스로 선택하는 거니까." 하지만 앞서 말했듯 나는 그게 사실인지—정말로 우리가 스스로 선택하는 것인지—모르겠다. 그리고 어느 밤 내 컴퓨터로 읽은 내용, 자유의지 같은 것은 없고 모든 것은 예정되어 있다는 그 말을 생각했다. 그래서 내가 말했다. "우리가 스스로 선택하는 것 같지만, 정말 모르겠어."

크리시가 나를 돌아보았다. "무슨 뜻이에요? 요전날 엄마가 여기 앉아서 내가 했을 수도 있는 선택을 하지 말라고 설득해놓고, 이제 와서 어떻게 우리 스스로 선택하는 건지 아닌지 정말로 모르겠다고 말할 수 있어요?"

"나도 모르겠어." 내가 말했다. "나도 내가 그걸 믿는지 아닌지 모르겠어." 잠시 말을 중단했다. "나는 정말로 아무것도 모르겠어." 그리고 덧붙였다. "내가 너와 베카를 정말로 많이 사랑한다는 걸 빼면. 그건 알아."

크리시가 나를 똑바로 바라보았다. "엄마," 그애가 부드럽게 말했다. "엄마는 많은 걸 아네요."

베카가 다시 말했다. "음, 우리는 이런 생각을 하고 있었어요—그래요, 그냥 말할게요. 우리는 아빠가 다시 아빠 혼자 있게 되는 게 싫어서 엄마와 합치려고 한 게 아닌가, 그래서 팬데믹 동안 엄마가 거기 올라가 살도록 조종한 게 아닌가 생각했어요."

"진심이니?" 나는 정말로 놀랐고, 베카의 심리치료사인 로런이 베카에게 오래전에 윌리엄이 나를 조종한다고 말했던 것과 내가 그 말을 결코 이해한 적이 없었다는 사실을 기억해냈다.

내가 딸들에게 말했다. "아빠는 내 목숨을 구하려고 나를 거기로 데리고 올라간 거야. 너희 목숨도 살리려고 그 도시에서 너희를 빼낸 거고."

"오, 우리도 아빠가 우리를 사랑한다는 건 알아요." 베카가 말했다. 그리고 덧붙였다. "그리고 우리도 아빠를 사랑해요. 하지만 왜 엄마를 다른 곳이 아닌 메인으로 데려갔겠어요? 아마 로이스 부바 때문일 테고, 그게 아빠 입장에서 잘 풀렸죠."

나는 깜짝 놀란 느낌이 작게 내 안을 통과하는 것을 느꼈는데, 윌리엄이 처음으로 로이스를 만나고 온 뒤 나 스스로도 했던 생각이기 때문이었다.

베카가 계속 말했다. "그리고 엄마도 아는 거겠지만, 여자는 슬퍼하고 남자는 교체한다잖아요." 잠시 뒤 그애가 생각해본 뒤 말했다. "아빠가 늘 신뢰할 만한 사람이었는지 난 잘 모르겠어요."

"정확히 어떻게……?" 내가 묻기 시작했다.

하지만 그 순간 크리시가 갑자기 말했다. "배고파요."
그애가 그렇게 말한 것이다!

나는 일어서며 말했다. "먹을 데를 찾아보자." 그래서 우리는 공원을 떠났고, 햇살이 다시 환하게 비치고 있었다. 매디슨 애비뉴에 야외 테이블을 내놓은 식당이 있어 우리는 햇볕 속에 앉았고, 크리시는 메뉴를 보고 종업원에게 "치킨 샐러드 샌드위치로 주세요" 하고 말했다.

"나도 그걸로 줘요." 내가 말했다. 그러자 베카가 어깨를 으쓱한 뒤 말했다. "좋아요, 그럼. 나도 그걸로 주세요."

우리는 거기 앉아 이야기를 나누었고, 잠시 뒤에 크리시는 "커피를 마시니 오줌이 마려워요" 하더니 마스크를 쓰고 안으로 들어갔고, 그애가 안에 들어가 있는 동안 베카가 말했다. "엄마, 그 남자 코에 블랙헤드가 있었대요."

"어떤 남자?" 내가 주위를 둘러보며 물었다.

"크리시의 남자요—크리시가 자려고 했던 그 남자요. 어제 크리시가 그 남자를 만났을 때 코에 블랙헤드가 있었대요. 그리고 그 남자가 크리시에게 정말로, 정말로 화를 냈대요."

내가 베카를 보았고, 베카는 고개를 저으며 나를 쳐다보았다. "줌 화면에서는 블랙헤드가 보이지 않았대요." 베카가 덧붙였다. "하지만 크리시가 그걸 하지 않은 건 블랙헤드 때문은 아니었어요. 그러니까 블랙헤드가 상황에 **도움**이 되진 않았단 거고, 진짜 이유는 그가 크리시에게 너무 무섭게 화를 내서였어요."

내가 말했다. "천만다행이야." 그러자 베카가 말했다. "그렇죠?"

그리고 크리시가 돌아왔고, 샌드위치가 나왔다. 나는 크리시가 샌드위치를 먹는 것을 지켜보았다—느렸지만, 계속 먹었다. 절반을 먹고 나자 접시를 보며 말했다. "음, 나도 먹을 수 있네요." 그리고 나머지 절반을 집어들었다.

후유, 그걸 보자 내 마음이 놓였다.

그리고 나는 입을 벌렸는데, 이 말을 해주려고 했기 때문이다. 얘들아, 잘 들어. 아빠가 암에 걸렸어. 하지만 나는 입을 다물었다. 그가 애들에게 말하지 않았으니 나도 말하지 않아야 한다고 생각했기 때문이다. 그리고 내가 막 이 생각을 하는데 베카가 생각에 잠기며 말했다. "아빠는 늘 비밀이 필요한 사람 같아요."

나는 깜짝 놀랐고, 잠시 뒤에 말했다. "어떤 비밀?"

베카가 어깨를 으쓱하며 말했다. "음, 더이상은 구체적으로 모르겠어요. 엄마와 아빠가 다시 합친 게 좀 걱정되는 건 그래서예요."

나는 잠시 말을 멈추고 생각해보았다. "아빠에게 남은 비밀이 더 있는지는 모르겠어. 그리고 솔직히, 얘들아. 그건 더이상 중요하지 않아. 아빠와 나는 젊지 않고, 우리가 다시 젊어질 리도 없으니까. 그리고 우리는 잘 지내고 있어."

"그냥 잘 지낸다고요?" 크리시가 물었다.

"음, 잘 지내는 것 이상이지. 나는 지금 아빠가 어떤 사람인지 알아―그러니까, 이 세상의 누군가가 아빠에 대해 알 수 있는 것만큼은 알아."

딸들이 고개를 끄덕였다. "알겠어요." 베카가 말했고, 바로 동시에 크리시가 "그래요, 엄마. 엄마가 행복하면 됐어요" 하고 말했다.

그래서 우리는 보도에 놓인 우리 테이블에 앉아서—햇살이 영원히 비칠 것처럼 우리 위로 쏟아졌다—좀더 이야기했다. 그리고 마침내 우리는 그곳을 떠났고, 딸들은 뉴헤이븐으로 돌아가는 기차를 타러 갔다. 며칠 뒤에 아빠를 만나러 다시 올 예정이었다. 우리는 보도에서 서로를 끌어안았다. "잘 가요, 엄마." 우버 택시가 도로 연석에 차를 세울 때 딸들이 말했고, 이어 차에 탔다.

나는 잠시 서서 아이들이 멀어지는 것을 지켜보았다. 아이들이—아이들의 삶이—내가 기대한 것과 지금 얼마나 달라졌는지 생각했다. 그리고 나는 생각했다. 아이들의 삶이라고, 아이들은 자신들이 원하는 대로 하면 된다고, 혹은 필요한 대로.

그리고 나는 예전에 내가 크리시를 가졌을 때 내 커진 배를 내려다보며 그 위에 손을 얹고 이렇게 생각한 것을 떠올렸다. 네가 누구든 너는 내 소유가 아니야. 내 일은 네가 세상에 나오는 걸 돕는 것이고, 너는 내 소유가 아니야.

그리고 지금 이것을 기억하며, 나는 루시, 네가 전적으로 옳았어, 하고 생각했다.

6

내가 묵고 있는 곳으로 돌아왔을 때 윌리엄이 자신의 실험
실과 아파트에 대한 강한 슬픔에 빠진 채 내게 전화를 걸어
와 말했다. "루시, 내가 거기로 가서 밤에 같이 있어도 될까?
나는 오늘밤 이 아파트에 있고 싶지 않아."

"당연히 되지!" 내가 말했다. "당신에게 할말이 아주 많아."

*

그 순간 내가 윌리엄을 처음 만났을 때, 그가 나를 데이트
에 데려간 때를 떠올렸다. 그는 나를 진짜 레스토랑에 데려
갔다! 나는 진짜 레스토랑에는 가본 적이 없었다. 그는 내 식
사비까지 내주었는데—아무렇지 않게, 현금을 꺼내서 내 몫
까지 냈다. 그리고 우리는 영화를 보러 갔다. 일주일에 한 번
씩 그렇게 했다. 영화를 본 것이다! 나는 대학에 갈 때까지
영화관에서 영화를 본 적이 없었지만, 우리는 금요일 밤마다

저녁을 먹고 영화를 보았고, 그는 영화가 시작되면 내 얼굴에 팝콘을 한 알 던졌다.

이 남자가 나를 세상 속으로 데리고 들어갔다는 것, 그게 내가 말하려는 것이다. 내가 세상에 들어갈 수 있는 그만큼, 윌리엄은 그렇게 해주었다.

하지만 나는 머릿속에서 베카의 말을 지울 수 없었다. 자신의 아빠가 신뢰할 만한 사람은 아니라는 말. 나는 내가 한 일에 대해 생각했다. 내가 메인에 살기로 동의한 마당에 지금 그의 새 가족은 그를 이렇게나 많이 차지하고 있고, 나는 뉴욕에 있는 내 집을 포기한 것이다.

그리고 나는 이것을 떠올렸다. 브루클린에서 윌리엄과 딸들과 같이 살 때 2층 우리 침실에 작은 포치가 딸려 있었는데, 어느 아침 윌리엄이 포치 옆쪽으로 다람쥐가 큰 집을 지어놓은 것을 발견했다. 그가 내게 그 이야기를 해주었고, 그 집을 없애야 한다고 결정했다—내가 같이 결정을 내린 것 같다. 그래서 윌리엄이 빗자루를 들고 그 전부를 치워버렸다.

그리고 내가 기억하는 것은 이것이다. 그날 종일 밤과 낮 동안, 그리고 다음날까지 다람쥐가 우는 소리를 냈다는 것.

다람쥐는 울고 울고 또 울었다. 집이 사라졌기 때문이다.

*

나는 창문에 달린 레이스 커튼을 둘러보며 생각했다. **엄마, 나는 누구를 믿어야 할지 모르겠어요!** 그러자 내 어머니—내가 지난 세월 동안 만들어낸 그 좋은 엄마—가 내게 곧바로 말했다. 루시, 너 자신을 믿어.

*

나는 밖으로 나갔고, 내가 지내고 있는 건물의 현관 입구 계단에 앉았다. 거기 앉아 딸들과 윌리엄과 데이비드에 대해—그가 떠나버린 것에 대해—그리고 우리 모두 언젠가는 떠난다는 사실에 대해 생각했다. 이 생각을 하면서 슬펐다는 것이 아니라, 단지 내가 그것을 사실로 받아들였다는 것이다.

그리고 그 순간 이 생각이 내 마음을 스쳤다.

우리는 모두 늘 록다운 상태에 있다는 생각. 단지 우리는 그것을 모르고 있다는 것, 그저 그뿐이다.

하지만 우리는 우리가 할 수 있는 최선을 다한다. 우리 대부분은 그저 헤쳐나가려고 애쓸 뿐이다.

한 남자가 생각에 잠겨 마스크 위로 약간 쏘아보는 듯한 눈빛을 한 채 지나갔다. 길 건너로 녹색이 가득하고 연노란색 팬지꽃이 핀 창가 화분이 보였다. 거리에 차 몇 대가 지나갔다.

그리고 곧 회색 차가 멈추고 윌리엄이 내렸다. 그는 바퀴가 달린 작은 갈색 가방을 들고 있었다. 나는 일어서서 두 팔을 내밀었다. "오, 윌리엄." 내가 말했다. 우리는 거기서 끌어안은 채 서 있었다. 우리 두 늙은이가 아주아주 오래전에 함께 도착했던 뉴욕의 보도에서.

"더 꼭." 내가 말했다. "더 꼭."

그러자 윌리엄이 잠시 나를 떼어내고 "내가 여기서 더 꼭 끌어안으면 당신 뒤에 가 있게 될걸" 하고 말한 뒤 다시 끌어안았다. 나는 그의 두 팔이 나를 감싸안는 것을 느낄 수 있었다. 그리고 그가 조용히 말했다. "사랑해, 루시 바턴. 어떤 일이 있어도."

그 순간 전조 같은 작은 전율이 내 안을 통과했는데, 그것은 나 자신에 대한 전조를 알리는 전율이기도 했고, 또한 온 세상에 대한 것이기도 했다. 그리고 나는 그가, 우리가 지구라고 부르는 이 사랑스럽고 슬픈 땅에 남겨진 바로 마지막 사람인 것처럼 이 남자를 부둥켜안고 거기 서 있었다.

감사의 말

이 책이 결실을 맺기까지 도와준 다음 사람들에게 감사의 말을 전하고 싶다. 가장 먼저, 첫 독자인 캐시 체임벌린에게 한결같은 감사의 마음을 전한다. 또한 편집자 앤디 워드에게 감사한다. 내 책을 출판해준 지나 센트렐로, 내 책을 맡아준 랜덤하우스의 팀원 모두, 몰리 프리드리히와 루시 카슨, 캐럴 레나, 트리시 라일리, 팻 라이언, 베벌리 골로고스키, 지니 크로커, 엘런 크로스비, 내 딸 자리나 셰이, 그리고 멋진 벤저민 드레이어에게도 감사의 말을 전한다.

나는 우리가 연결되어 있다고 느꼈어요

변주곡처럼 같은 주제의 내용을, 심지어 같은 표현을 반복하고 또 반복하는 것 같은데도 잉여의 느낌이 아니라, 스위스의 조각가이자 화가인 알베르토 자코메티의 〈걷는 사람〉 조각처럼 떼어내고 또 떼어낸 뒤 남겨진 뼈대만 보는 그런 느낌. 엘리자베스 스트라우트의 작품, 특히 루시의 이야기를 읽는 것은 내게 늘 이런 느낌을 일으킨다. 작고하신 문학 평론가 김현 선생님은 자코메티에 대해 이렇게 말했다. "한 인간에게서 그가 파악한 그 인간의 본체를 드러내기 위해서 그 인간에 본질적으로 속해 있지 아니한 모든 것을 계속해서 지우고 깎아낸다."* 늘 가슴에 담겨 있는 말이다. 본질만 남기는 것, 그리고 그 살을 깎아내는 과정을 꼭 필요한 만큼만 보여주는 것, 엘리자베스 스트라우트의 루시 이야기를 읽는 것은 이런 경험이다.

『바닷가의 루시』(2022)는 『내 이름은 루시 바턴』(2016), 『오, 윌리엄!』(2021)에 이어, 『올리브 키터리지』(2008)로 2009년 퓰리처상을 받은 작가 엘리자베스 스트라우트의 주요 인물인 루시가 주인공으로 등장하는 세번째 책이다. 루시는 일리노이주 앰개시에서 성장하고 대학생이 되면서 가난하고 폭력적인 가정을 탈출하여 뉴욕에서 거주하는 "가난한 환경에서 자란 것에 대한 글을 쓰는 늙은 여자" 작가다. 『버지스 형제』의 주인공 밥 버지스가 『바닷가의 루시』에서 말하듯(스트라우트의 작품들은 한 작품에서 등장한 인물이 다른 작품에서 등장하는 등 유기적으로 연결되어 작품 전체가 하나의 세상처럼 느껴진다), 가난은 루시 이야기에서 핵심적인 주제이자 폭력, 문화적 결핍, 외로움 등 여러 다른 주제들을 파생시키는 중심 주제이기도 한데, 이번 소설에서 역시 가난을 포함한 이 모든 주제가 반복적으로 다뤄진다. 더 깊이 있

---

* 김현, 『김현 예술 기행／반고비 나그네 길에』, 문학과지성사, 1999.

게 혹은 새롭게 다뤄진다는 말은 적절치 않은 것 같고, 지난 번 성찰의 자리에서 다시 한 걸음, 어쩌면 꼭 한 걸음씩 더 나아가는 것 같다. 수직적으로 파고드는 것이 아니라 앞으로 진행하는 수평적인 성찰의 개념이다. 이를테면 『오, 윌리엄!』에서 "모른다"는 단어가 유난히 눈에 들어왔는데, 이번 소설에서는 "그만큼 안다(알았다)"는 표현이 유난히 눈에 띈다. 그러니까 전작에 나온 문장 "우리는 결국 타인에 대해서는 아무것도 모르는 것이다. 물론 자신에 대해서도. 아주 조금만 알 뿐"에서 출발하여, 이 소설에서는 그 조금을 '만큼'이라는 강렬한 힘을 가진 단어를 써서 자신과 타인에 대해 더 구체화한 듯하다. "나는 그런 엄마가 아니고, 나는 **그만큼** 안다." "하지만 윌리엄은 데이비드가 아니었다. 나는 그만큼 알았다." "나는 지금 아빠가 어떤 사람인지 알아—그러니까, 이 세상의 누군가가 아빠에 대해 알 수 있는 것만큼은 알아."

'만큼'이 스스로를 검열하는 루시의 엄격한 성찰을 반영한다면, 그런 특성을 반영하는 또다른 루시의 화법적인 특징은 쐐기를 박는 듯한 말투다. 일부만 옮겨보면 이렇다. "하지만 우리는 또한 정말로 행복했다. 정말로 그랬다." "나는 그를 아주 유심히 쳐다보았다. 아주 유심히, 내가 그를 쳐다본 것이다." "나는 궁금했다. 경찰이 된다는 건, 특히 지금, 요즘은 어떤 느낌일까? 당신이 된다는 건 어떤 느낌일까?" "나는 조용히 일어나 아래층으로 내려갔다. 그리고 계속 이것에 대해 생각했다. 내 생각은 이랬다." 비슷한 문장을 반복하여 우리에게 주입하듯 밀어넣는, 루시의 이런 곱씹는 화법은 우리를 루시의 성찰에 집중하게 하고, 묘하게 루시의 성찰과 나의 성찰에 거리를 두게 하면서 우리의 사유를 자극한다. '이건 나, 루시의 생각이야. 당신의 생각은 어때?' '나 루시는 이렇게 했어. 당신은 어떻게 했을 것 같아?' 『내 이름은 루시 바턴』에서 "하지만 이 이야기는 내 것이다. 이 이야기만큼은. 그리고 내 이름은 루시 바턴이다."라고 선언했듯, 스트라우트는 루시와 우리 사이에 분명한 선을 긋고 우리가 우리 자신의 이름으로 스스로를 선언하기를 바라는 것 같다. 그렇게 함으로써 무엇 하나 확실하지 않은 불안하기 짝이 없는 이 세상에서 우리는 우리 자신으로 설 수 있다. 루시가 만든 그 좋은 엄마는 말한다. "루시, 너 자신을 믿어." 루시의 진짜 어머니는 말했다. "누구나 자기가 중요하다고 느낄 필요가 있어." 하지만 대체로 우리는 루시처럼 내가 중요하다고 느끼지 않고 "그래서 하루하루가 힘들"지도 모르겠다.

이번 소설에서 또 유난히 많이 등장한 표현은 "이상하다"였다. 팬데믹을 배경으로 하는 이 이야기에 이상한 일이 많이 일어나는 것은 사실 이상하지 않지만, 돌이켜 생각해보면 우리는 그 이상한 일에 너무 쉽게 적응해버렸다. 일일이 열거할 필요도 없게 느껴지는 그 이상한 일들은 팬데믹 상황에 도입되자마자 우리에게 익숙한 풍경이 되어버렸고, 팬데믹이 종식되었다고 하는 지금에도 여전히 비대면이나 마스크의 형태로 남았지만 더이상 이상하게 받아들여지지 않는 것 같다. 작가가 이상하다는 표현을 쓴 것은, 그리고 마스크에 대한 많은 언급("대부분은 직접 만든 마스크를 쓰고 있었다." "그녀가 나를 분노의 눈빛으로 쏘아보았다. 마스크는 하고 있지 않았다." "마스크 위로 그의 눈은 다정했다." "그는 매번 그렇게 말하면서 내게 윙크했고, 담배를 피울 수 있게 마스크는 턱 밑으로 내린 채였다.")은 끊임없이 이 익숙해진 이상한 상황을 다시금 익숙하지 않은, 이상한 그대로의 이상한 상황으로 환기시키면서, 작가의 또다른 주제인 폭력을 연상시킨다. 우리는 이미 알고 있다. 그 시기를 통과할 때, 우리는 마스크 하나를 놓고도 서로에게 폭력적일 수 있었던 것을.

불안과 공포에 대해 개개인은 어떻게 느끼고 반응하는가, 그들의 정서는 어떻게 변화하는가, 혹은 그럼에도 불구하고 변화하지 않는가. 무엇에 겁을 먹는지보다는, 그 겁이 상황을 어떻게 바꾸어놓는지에 주목할 필요가 있다. 개인의 정서가, 사회 전체의 정서가 바뀐다. 미워하고 경계하고, 불안해하고 불신하고, 외로워하고 답답해하고, 그런 감정들이 일어나고 어느새 우리 안에 각인된다. 그리고 그것은 한 시대의 정서가 된다. 전쟁이나 개인적, 사회적으로 큰 사건 사고가 생길 때마다 그런 현상이 생긴다. 하지만 스트라우트는 그것을 드러내놓고 표현하지 않고, 단지 각 에피소드를 통해 끊임없이 환기시킴으로써 깨닫게 한다. 아주 단순하게, 이상한 건 이상한 거라고.

전작에서도 그러했지만, 나는 집이라는 주제에 좀더 끌리는 듯하다. 개인적인 이야기로, 어렸을 때, 그러니까 초등학교 입학 전후로 집이 사라지는 꿈을 종종 꾸었다. 이유는 모르겠다. 기억에, 길을 잃고 간신히 찾아간 곳에 집터만 있고 집이 사라졌거나 거대한 벽이 나타나 있어서 집으로 들어갈 수 있는 방법이 없었다. 그 망연하고 난감하고 서러웠던 느낌, 바로 그 느낌이 이 소설에서 집에 대한 가장 구체적이고 상징적인 이야기인 다람쥐의 집 이야기를 통해 되살아났다. 그 이야기에서 나는 정확히 다람쥐의 심정이 되었다고 말하고 싶지만, 꿈으로 말하기엔 이 현실의 세상이 너무도 이상하고 험난하다.

『바닷가의 루시』에서 작가는 우리도 잘 아는 그 팬데믹 상황에 빠지면서 전남편 윌리엄과 함께 메인주 크로스비로 이동하게 된다. 크로스비는 스트라우트의 또다른 작중 인물인 올리브 키터리지의 삶의 배경이 되는 곳이자, 메인주 셜리폴스에서 뉴욕으로, 다시 셜리폴스로 이주한 밥 버지스가 이 시점에 이주해 사는 곳이기도 하다. 크로스비는 누군가에게는 오래 거주해온 정착지이나 루시와 윌리엄에게는 피신처이자 격리의 장소다. 그런 성격에 걸맞게, 그 집은 절벽에 우뚝 서 있다. 전기가 언제든 끊길 수 있고 욕조 물이 잘 빠지지 않을 수 있지만, 바다 바로 위로 큰 유리문을 단 포치가 있는 전망 좋은 곳이다. 루시는 유독 누군가의 집에 들어갈 때 자신에게 일어나는 반응에 민감한데, 피신처가 된 이 집에 들어갈 때도 마찬가지다. "하지만 안으로 들어가니 내가 다른 사람의 집에 들어갈 때 늘 느끼는 그런 감정이 일어났다. 그게 싫었다. 나는 다른 사람들의 삶의 냄새가 싫다." 심지어 루시는 딸 크리시의 집에 들어가서도 이런 감정을 경험한다. "크리시와 마이클의 집에 들어갔을 때, 다른 사람들의 집에 들어갔을 때와 같은 반응이 일어난 것을 깨닫고 나는 깜짝 놀랐다."

집에 대해 우리는 또한 연결감을 느낀다. 연결감은 당연히 사람에 대해서만 느끼는 것은 아니다. "뉴욕에서 나를 기다리고 있는 아파트가 내가 진정한 연결감을 느끼는 곳이 아니라는 사실, 그 사실에 몸이 굳는 것 같았다—그 사실이 이 팬데믹 전체가 계속되고 있는 동안 나를 한 번도 겁먹게 하지 않았던 방식으로 나를 겁먹게 했다." 집과의 연결이 끊기는 느낌, 집이 없어지는 느낌, 그것은 루시가 이 소설에서 경험하는 감정이기도 하고, 과거에 윌리엄과 헤어지면서 경험한 감정이기도 하다. 첫 남편 윌리엄과 두번째 남편 데이비드에 대해, 윌리엄은 집이고 데이비드는 집이 될 수 없었다는 말은 이미 전작에서 루시가 했는데, 그 말은 이 소설에서도 반복된다. 그리고 루시는 이 소설에서 윌리엄에 대해 이렇게 말한다. "이 남자가 나를 세상 속으로 데리고 들어갔다는 것, 그게 내가 말하려는 것이다. 내가 세상에 들어갈 수 있는 그만큼, 윌리엄은 그렇게 해주었다." 그러니까 윌리엄은 루시에게 두려운 세상 속에서 불안하지 않아도 괜찮은 현실의 집이면서 한편으로 상징적인 집이었던 것이다. 루시의 어린 시절 집은 멀리까지 옥수수밭과 콩밭만 보이는 곳에 달랑 한 채만 있는 고립된 집, 세상 속에 있지 않았던 집, 그마저도 집이라고 부르기 힘든 곳이었다. 그런 집에서 루시는 나무 한 그루가 친구가 되고 방과후의 교실이 추운 겨울의 피신처가 되는 가난한 어린 시절을 보냈다.

그 어린 시절 이후로 루시는 자신과 세상을 알아갔고, 자신의 삶을 진지하게 일구어나갔으며, 세상을 그럭저럭 안전한 곳으로 받아들이게 되었다. 하지만 이 소설에서 루시에게 일어났을 일들, 팬데믹이라는 기본적으로 불안한 배경과 그로 인한 뉴욕 집과의 물리적인 단절, 이어지는 정신적인 연결감의 상실, 그리고 그 기간에 일어난 미세한 감정들의 위기들로 인해 루시는 그 견딜 만해진 세상이 다시 휘청하고 흔들리는 것을 경험했을 것이다. 그러니 집과의 연결감을 잃은 루시의 이야기 역시, 윌리엄이 곁에 있었던 건 다행이었지만, 다른 상실을 경험한 크리시나 윌리엄의 이야기와 마찬가지로, 상실의 이야기다. 집을 잃는다는 것은 우주(宇宙, 우주의 한자 뜻을 생각해본다)적인 상실이다. 그리고 상실 이후 우리가 할 일은 무엇일까. 살아남아야 한다. 어떻게? 다람쥐는 울고 또 울다가 어떻게 울음을 그치고 어떻게 마음을 추슬러 어떻게 다시 집을 지었을까, 혹은 짓지 못했을까.

이 소설을 옮기면서 『오, 윌리엄!』에 대한 독자들의 생각을 검색해보다가 어느 독자분이 개인 블로그에서 번역자인 나에 대해 "그 온도를 사랑한다"라고 써주신 글을 보았다. 그 순간 루시가 의사를 사랑하고 밥 버지스를 사랑하고 또 곳곳에서 누구누구를 사랑한다고 말한 그 감정을 오롯이 이해하게 되었다. 내 마음에서 사랑이 점점 사라진다고 느껴지던 시점이어서, 울컥할 정도로 감사했다. 나 역시 그런 사랑의 마음을 드린다. 그리고 좋은 말을 해주시는 분들과 엘리자베스 스트라우트의 작품을 읽고 사유하는 모든 분께도 같은 마음을 드린다. 반갑고, 친밀하고, 연결된 느낌이다. 그리고 이 옮긴이의 말 제목은 본문에서 캐서린이 누군지 알아낸 밥이 비명을 지르듯 한 말의 일부다.

마지막으로 좀 길지만 이 부분을 옮겨본다.

"하지만 나는 종종 그 일이 나를 더 괜찮은 사람으로 만들어주었다고 생각했다. 정말로 그렇게 생각한다. 정말로 겸손해지면 그렇게 될 수 있다. 나는 살면서 그 사실을 알게 되었다. 더 성장하거나 더 비통해지거나, 이것이 내가 생각하는 것이다. 그리고 그 고통의 결과로 나는 더 성장했다. 왜냐하면 그때 나는 아내는 그런 사실을 모를 수 있다는 것을 알게 되었기 때문이다. 그 일이 일어났고, 그 일은 내게 일어났다."

이 글을 마무리하려니 꼭 나처럼 글을 쓴 것 같다. "모두 꼭 자신처럼 생각"한다는 말은, 맞다. 독자 여러분도 엘리자베스 스트라우트를 읽는 여정이 꼭 자신 같았을 것이다. 어떤 여정이었을까.

정연희

옮긴이 **정연희**

서울대학교 영어교육과를 졸업하고 미국 펜실베이니아대학교에서 석사학위를 받았다. 전문 번역가로 활동하고 있으며, 옮긴 책으로 『오, 윌리엄!』『다시, 올리브』『내 이름은 루시 바턴』『무엇이든 가능하다』『버지스 형제』『에이미와 이저벨』『디어 라이프』『착한 여자의 사랑』『소녀와 여자들의 삶』『작가와 연인들』『매트릭스』『운명과 분노』『플로리다』『엘리너 올리펀트는 완전 괜찮아』『그 겨울의 일주일』『비와 별이 내리는 밤』『헬프』『정육점 주인들의 노래클럽』등이 있다.

문학동네 세계문학

바닷가의 루시

1판 1쇄 2024년 8월 8일 | 1판 2쇄 2024년 8월 28일

지은이 엘리자베스 스트라우트 | 옮긴이 정연희
기획 이현자 | 책임편집 박효정 | 편집 윤정민 이현자 이희연
디자인 김이정 최미영 | 저작권 박지영 형소진 최은진 오서영
마케팅 정민호 서지화 한민아 이민경 안남영 왕지경 정경주 김수인 김혜원 김하연
　　　김예진
브랜딩 함유지 함근아 박민재 김희숙 이송이 박다솔 조다현 정승민 배진성
제작 강신은 김동욱 이순호 | 제작처 천광인쇄사(인쇄) 경일제책사(제본)

펴낸곳 (주)문학동네 | 펴낸이 김소영
출판등록 1993년 10월 22일 제2003-000045호
주소 10881 경기도 파주시 회동길 210
전자우편 editor@munhak.com | 대표전화 031)955-8888 | 팩스 031)955-8855
문의전화 031)955-1927(마케팅) 031)955-2685(편집)
문학동네카페 http://cafe.naver.com/mhdn
인스타그램 @munhakdongne | 트위터 @munhakdongne
북클럽문학동네 http://bookclubmunhak.com

ISBN 979-11-416-0678-7 03840

www.munhak.com